A

KATHRIN WERNER

NIU

ROMAN

ATLANTIK

*Atlantik ist ein Imprint des
Hoffmann und Campe Verlags, Hamburg.*

1. Auflage 2022
Copyright © 2022 Hoffmann und Campe Verlag, Hamburg
www.hoffmann-und-campe.de
Umschlaggestaltung: FAVORITBÜRO, München
Umschlagabbildung: © Plainpicture/Christopher Anderson
Satz: Pinkuin Satz und Datentechnik, Berlin
Gesetzt aus der Sabon
Druck und Bindung: GGP Media GmbH, Pößneck
Printed in Germany
ISBN 978-3-455-01336-8

Ein Unternehmen der
GANSKE VERLAGSGRUPPE

1. KAPITEL

Körper an fremdem Körper. Auf seiner Oberlippe wächst ein Schnurrbart aus feinen Schweißperlen, sein Rücken wird feucht unter der Daunenjacke. Thomas zieht die Schulter hoch und wischt den Schweißbart in den Stoff seiner roten Jacke, es bleibt ein dunkelroter Fleck. Die Subway ruckelt in den Kurven. Menschen stehen so nahe aneinander, dass sie nicht umfallen können, und schwanken in einem gemeinsamen Rhythmus. Thomas klammert sich an der Haltestange fest.

Es ist das erste Mal, dass er allein in der New Yorker Subway fährt. Ohne C. Ohne seine Frau. Er hat sich noch nicht daran gewöhnt, sie so zu nennen: meine Frau. Der neue Ring an seinem Finger glänzt golden und ungewohnt vor dem grauen Stahl der Haltestange. Amerikaner tragen den Ehering links, Thomas jetzt auch. Er hat ihn direkt nach dem Umzug vom rechten Ringfinger an den linken Ringfinger gesteckt. Er fühlt sich roh allein in der Subway, als würde ihm ohne C. eine Schicht Haut fehlen. Alle Eindrücke prasseln auf ihn ein, dringen in ihn ein, ohne Schutz. Der Geruch. Nasse Haare, Schweiß, Mottenkugelmuff. Das Quietschen der Subway. Die Körper, die sich in jeder Kurve und bei jedem Bremsen aneinanderdrücken. Die große neue Stadt ist ein Gefühlsverstärker für ihn, fast wie Alkohol. Und wie Alkohol wirkt der Verstärker noch stärker, wenn Thomas alleine ist. Er kann kaum atmen vor Gefühl, aber er kann es nicht benennen, er ist glücklich und traurig zugleich.

Das Blut läuft langsam aus seiner Hand, die die Haltestange umklammert. Sein Jackenärmel rutscht hinab, legt sein rechtes Handgelenk und die alte Narbe daran frei. Sie ist noch immer rosafarben nach all den Jahren. In der Mitte der Narbe eine Schlucht, die sich in sein Gewebe hineingräbt, fast lila wie ein Rotweinfleck. Die Haut darüber pergamentdünn und glänzend, mit feinen Falten. Wie Seitenflüsse in einem Flussdelta quellen winzige Narbenverästelungen aus dem tiefen Narbengraben hervor. Diese Verästelungen haben wiederum winzige zackige Narbenzuflüsse, sie werden immer kleiner, immer heller, bis man nicht mehr weiß, ob das noch Narbenhaut oder schon heile Haut ist. Die Narbe zieht sich um sein gesamtes Handgelenk, er sieht sie ständig vor sich. Wenn er schreibt, wenn er sein Handy aus der Tasche zieht, wenn er Fahrrad fährt. Trotzdem erschreckt sie ihn, auch nach all den Jahren. Der Unfall, die Wogen, das schwarze Meer, die Schreie, die Gischt, das Blut, die Angst.

»Next stop, Union Square«, rauscht es durch den Lautsprecher. Thomas blickt hinab auf all die Köpfe, Mützen und Frisuren, er ist der Größte hier. Hoffentlich stinken seine Achseln nicht durch seine Jacke hindurch. Direkt unter seinem Arm klammert sich eine Frau mit brauner Perücke, dicker, schwarzer Strumpfhose und langem schwarzem Rock an die Haltestange, die Knöchel ihrer Hand treten weiß hervor. Vor ihm wankt ein Mann mit abgewetzten Nadelstreifen und Schuppen auf den Schulterpolstern im Rhythmus der Bahn. Ein alter Mann versucht im Stehen eine chinesische Zeitung zu lesen. In der hinteren Ecke des Abteils ist fast niemand, lediglich ein Obdachloser liegt auf der gelben Plastiksitzbank. Er trägt nur einen Schuh, und sein linker Fuß hängt in einer schmutzigen Socke von der Bank hinunter. Sein säuerlicher Geruch zieht zu Thomas hinüber. Je näher man ihm kommt, desto betäubender ist der Gestank. Thomas ist beim Einsteigen an ihm vorbeigegangen und hat sich so weit weg von ihm durch die Menge gedrängt, wie er nur konnte. Der Mann tut ihm leid, aber er ekelt sich auch vor ihm. Ob er merkt, dass die Menschen ihn abstoßend finden? Keiner will in seiner Nähe bleiben. Ich weiß nichts von all diesen Menschen, denkt Thomas. So viele Fremde. Zu Hause waren die Fremden auch fremd, aber er konnte sich besser vorstellen, wie sie leben. Ein fremder Rucksack drückt Thomas' Jacke in seinen feuchten Rücken, der Schweiß läuft langsam hinab, Tropfen für Tropfen. Wo ist C. wohl gerade? Er lässt seinen Ehering gegen den Stahl klingen.

Die Subway jault und bremst abrupt. Thomas geht kurz in die Knie und spürt einen Ruck in seiner Schulter, seine feuchte Hand klammert weiter an der Haltestange. Eine Frau stolpert gegen seine Brust, ihr schwarzes Haar streicht über sein Kinn. Thomas spürt ihre Brüste durch seine Jacke hindurch. Sie strauchelt, er greift ihren Arm und hält sie fest. »I'm so sorry«, sagt sie und streicht sich die Haare hinter die Ohren. Sie ist um die dreißig, etwa so alt wie er. »Are you okay?«, fragt er. Sie nickt und blickt zu ihm hinauf mit den schwärzesten Augen, die er je gesehen hat. Auf ihrer Stirn schimmern feine Schweißperlen. Sie schwankt, als würde sie gleich ohnmächtig. »Geht schon wieder«, sagt sie, »keine Sorge.« Thomas rückt ein wenig zur Seite, damit sie sich festhalten kann. Sie steht so nah neben ihm, dass er ihren Scheitel sehen und ihr Shampoo riechen kann. Sie riecht sauber und merkwürdig vertraut. Die Bahn fährt mit einem Ruck wieder an.

Mit dem Ruck rutscht der Ärmel ihres Mantels hinab. Thomas zuckt zusammen. An ihrem schmalen Handgelenk frisst sich eine Narbe ins Gewebe, Millimeter für Millimeter identisch mit seiner. Er kennt seine Narbe genau, er hat sie jahrelang studiert wie eine Landkarte, er hat ihre Linien mit dem Kugelschreiber nachgezogen in langweiligen Vorlesungen an der Uni. Die Narbe der Frau hat die gleichen immer feineren Striemen, als habe jemand seine Narbe abgepaust und eine Schablone über ihr Handgelenk gelegt. Seine Narbe zieht sich um ihr linkes Handgelenk. Um sie herum cremeweiße, unschuldige Haut.

Thomas will etwas sagen, öffnet den Mund. »You«, flüstert er, »your …« Seine Kehle ist trocken. Er weiß nicht, was er sagen soll, und sagt darum nichts. Er will ihre Narbe berühren, lässt die Stange los und verliert die Balance. Die Frau blickt zu ihm empor mit ihren schwarzschwarzschwarzen Augen, ihr Blick wandert auf sein Handgelenk und seine Narbe. Sie muss ihre Narbe genauso gut kennen wie er seine, sie muss ihre als seine erkennen. Oder seine als ihre. Aber sie sagt nichts, ihr Gesicht bleibt unbeweglich, als würde sie durch sein Handgelenk hindurchschauen, dann wendet sie sich ab. Die Bahn bremst und fährt in die Station ein. Die Türen öffnen sich, die Frau drängt sich durch die Menge und steigt aus, ohne sich noch einmal umzudrehen. Thomas verliert sie sofort aus den Augen.

Der Unfall, die Wogen, der schwarze Himmel, das Meer, die Schreie, die Gischt, das Blut, die Angst. Wie kann sie die gleiche Wunde bekommen haben wie er? »Excuse me, excuse me«, ruft er, schiebt die anderen Menschen zur Seite und drängt sich zum Ausgang und springt gerade noch durch die Schiebetür, bevor sie sich schließt. Die Frau ist so klein, zwischen all den Menschen mit ihren Mützen und dicken Winterjacken kann er sie nicht ausmachen. Plötzlich entdeckt er sie auf der Treppe nach oben. Er eilt ihr hinterher, rempelt Leute an. »Fuck you, asshole«, schreit ihn jemand an. Er hat sie schon wieder aus den Augen verloren.

Thomas hetzt in die Richtung, in der er sie zuletzt gesehen hat. Was wird er sagen, wenn er vor ihr steht? Er bleibt stehen, sieht sich um, aber die Menschenmassen drängen ihn weiter. Er läuft hinab zum anderen Bahnsteig, sieht sie nicht, läuft wieder hinauf. Er stellt sich auf die Zehenspitzen, reckt den Hals, aber sie ist weg. Er lehnt sich gegen die weiße gekachelte Wand der Subway-Station. Neben ihm trommelt ein Mann auf leere Eimer, er hat keine Arme, winzige, krumme Hände wachsen direkt aus den Schultern, die Trommelstöcke hat er unter die Achseln geklemmt. Vor ihm ein Schild: Spenden, bitte. Eine Plastikschale voller Münzen und Dollarscheine. Sein haariger, dickbäuchiger Oberkörper ist nackt. Bumm, bumm, bumm. Viertel-, Achtel-, Sechzehntelnoten. Thomas schließt kurz die Augen. Sein Herz pocht bumm, bumm, bumm.

Vielleicht hat er es sich nur eingebildet. Vielleicht war es ein Zufall. Er läuft zurück zu seinem Gleis, um den nächsten Zug in seine Richtung zu nehmen. Er wollte ja gar nicht hierher zum Union Square. Einmal noch dreht er sich um, lässt den Blick über die Köpfe gleiten – und sieht ihre schwarzen Haare auf der Treppe zum Ausgang. Sie bleibt stehen, dreht sich um, lächelt ihm über all die fremden Köpfe und Schultern zu. Dann dreht sie sich um und geht die Treppe empor. Thomas rennt los, stößt gegen den Pappaufsteller der Zeugen Jehovas. »Hey«, ruft er ihr zu. Aber er ist zu weit weg.

Als er die obersten Stufen der Treppe erreicht, ist sie schon auf der anderen Seite der Straße. Es ist Rushhour, überall gelbe Taxis, Hupen. Es nieselt. Thomas sieht sie auf der anderen Straßenseite, er sprintet ihr nach, obwohl die Fußgängerampel gerade rot geworden ist. Reifen quietschen auf dem nassen Asphalt. Thomas hastet weiter. »Hey«, ruft er wieder, aber seine Stimme versinkt im New Yorker Straßenlärm. Die kleine Frau mit der Narbe dreht sich nicht um, sie geht schnell, die Schultern hochgezogen. Es ist ein kalter Märztag, feuchte Schneereste türmen sich auf dem Bürgersteig.

Er geht immer schneller, windet sich an den Menschen vorbei, aber auch sie zieht ihr Tempo an. Ob sie ihn gesehen hat? Sie dreht sich kein einziges Mal um, ihre Schritte sind leicht, fast als würde sie den Boden nicht berühren. Thomas kommt ihr kaum näher. Sie ist noch immer gut einhundert Meter vor ihm. Sie verschwindet immer wieder in der Menschenmenge, er rennt jetzt fast. Sie windet sich zwischen den Schachspielern auf dem Union Square hindurch, die hier selbst bei Regen sitzen und für Geld gegen Touristen spielen. Thomas ist vor ein paar Tagen gegen einen angetreten und hat in einer Minute und vierundzwanzig Sekunden verloren. Eigentlich ist er ein guter Schachspieler. Der andere war besser. Heute drängelt er sich hinter ihr an ihnen vorbei. Was wird er zu ihr sagen, wenn er sie eingeholt hat?

Sie dreht ab auf die 16th Street, dann Richtung Norden auf die Fifth Avenue, sie missachtet alle roten Ampeln. Thomas keucht, einer seiner Schnürsenkel ist aufgegangen. »Hey«, ruft er noch einmal. Doch er stolpert, sein Handy

fällt aus seiner Hosentasche. Er hebt es auf, blickt wieder
hoch – und sieht sie nicht mehr. Thomas lehnt sich gegen
einen Laternenmast, außer Atem, sein ganzer Körper ist
feucht unter den Winterklamotten. Er hat sie verloren.

Traurigkeit breitet sich dunkel und pochend aus durch
seine Adern, bis er sie tief und dunkel in seinem ganzen
Körper spürt. Er öffnet den Reißverschluss seiner Jacke,
die kühle Luft fühlt sich gut an auf seinem feuchten Pull-
over. Der Verkehr der Fifth Avenue rauscht an ihm vorbei.
Seine Arme und Beine sind schwer. Er zieht das Telefon aus
der Tasche. Keine neue Nachricht. Er hat den ganzen Tag
noch nichts von C. gehört. Er schiebt das Handy wieder in
die Tasche schaut auf. Und ihr direkt ins Gesicht.

Die Frau mit der Narbe steht vor ihm, ganz nah, fast
so nah wie in der Subway. Sie blickt zu ihm auf mit ihren
Kohleaugen. Beide schweigen, schauen einander an, dann
lächelt sie. »Hey«, sagt sie. »Bist du mir gefolgt?« Thomas
stottert. »Nein. Also ja, eigentlich schon. Ja. Sorry.« Sie
legt die Hand auf seine Schulter, die Hand mit der Narbe.
Es ist, als könne sie direkt in ihn hineinschauen, seinen
Herzschlag sehen. »Ich war so schockiert, als ich deine
Narbe gesehen habe«, sagt sie. »Ich wollte einfach nur noch
weg.« Ihre Augen werden feucht, aber sie lächelt. Thomas
lächelt zurück. »Ich dachte schon, ich hätte mir das nur
eingebildet«, sagt er und schiebt seinen Ärmel hoch. Sie
halten die Handgelenke aneinander. Sein breiter, sommer-
sprossiger, haariger Arm neben ihrem schlanken, weichen
Arm mit fast durchsichtiger Haut. Langsam streicht sie mit
dem kleinen Finger ihrer Narbenhand über seine Narbe.
Thomas' Augen füllen sich mit Tränen, und es ist ihm nicht
peinlich. Er wischt sie mit dem Ärmel der anderen Hand
weg.

»Und was machen wir jetzt?«, fragt sie leise.

»Ich weiß auch nicht«, sagt er, seine Stimme zittert. »Ich würde gerne wissen, woher du deine Narbe hast.« Sie schweigt und sagt dann langsam: »Es gibt viele Gründe und keinen.«

»Das verstehe ich nicht«, antwortet Thomas.

»Manchmal habe ich das Gefühl, ich hätte sie schon immer gehabt«, sagt sie. »Aber ich weiß, dass das nicht stimmt. Es gibt Fotos von mir ohne Narbe, die noch gar nicht so alt sind. Aber wenn ich mich ohne Narbe ansehe, fühle ich mich nicht wie ich.«

»Ich verstehe das nicht«, sagt er wieder. Sie schüttelt den Kopf und flüstert fast. »Ich auch nicht, ich kann mich an alles erinnern. Glaube ich. Es ergibt nur keinen Sinn.«

Thomas und die kleine fremde Frau halten noch immer die Hände nebeneinander. Sie streicht wieder über seine Narbe. »Sie fühlt sich an wie meine«, sagt sie. Thomas bekommt eine Gänsehaut. »Mir ist kalt«, sagt er.

»Mir auch.« Sie schauen einander an, sie blinzeln nicht, sie halten dem Blick lange stand. Ihre Augen haben das schwärzeste Schwarz der Welt, denkt Thomas, so schwarz, dass ich sie kaum sehen kann. Er will etwas sagen, aber weiß nicht, was. »Du, ich muss los, ich habe einen Termin«, sagt sie dann mit fester Stimme und schiebt ihren Ärmel über die Narbe. Thomas will nicht, dass sie geht. »Ich weiß noch nicht einmal deinen Namen«, sagt er.

»Ich heiße Niu. N und I und U.«

»Sehen wir uns wieder?«, fragt er.

»Vielleicht«, antwortet sie und dreht sich um.

»Geh nicht, ich möchte dich wiedersehen«, ruft Thomas ihr nach. Vielleicht – das heißt nein in einer Stadt wie New York. »Warte.« Aber sie läuft davon mit ihren Federschritten und reckt noch einmal ihr Narbenhandgelenk in seine Richtung. Kein Wort zum Abschied. Nach wenigen Sekunden hat die Menge auf dem Gehweg sie verschluckt.

Thomas zieht den Reißverschluss seiner Jacke zu, seine Hände sind steif vor Kälte. Langsam geht er zurück zur Subway-Station, den gleichen Weg zurück über die 16th Street, dann den Union Square, und steigt die Treppen hinab. Unten am Gleis wartet niemand, wahrscheinlich ist gerade ein Zug abgefahren, und Thomas hat ihn verpasst. Er blickt in den dunklen, leeren Tunnel.

Seit er in New York ist, fühlt er sich so roh, so offen, neu und lebendig. Alle sagten, es werde die beste Zeit seines Lebens in der tollsten Stadt der Welt. The time of your life. The city that never sleeps. City of Dreams. City of Lights. Er wünscht sich so sehr, dass sie recht haben. Er will die Stadt einsaugen. Jeden Moment nutzen, Carpe Diem und so. Er liebt es, die Leute zu beobachten. Oder die Ratten unten bei den Gleisen der Subway, die zerlumpten, schwarzgrauen Trippelviecher, die immer genau wissen, wann die Bahn kommt. Wenn es anfängt zu rattern, verschwinden sie in ihren Löchern. Thomas starrt zu ihnen hinab. Es werden bestimmt mehr Menschen bei Subway-Kollisionen getötet als Ratten, denkt er. In manchen Abteilen hängt ein Schild, wie viele Menschen pro Jahr sterben, weil sie eine Subway erfasst. 147 im vergangenen Jahr. Man soll nicht zu nah an die Bahnsteigkante treten. Don't be a victim. Thomas misstraut sich, wenn er an der Bahnsteigkante steht. Da ist auch dieser Drang, näher heranzutreten, immer näher. *Halb zog sie ihn, halb sank er hin.* Er misstraut sich, sich nicht fallen zu lassen, plötzlich zu stolpern, ohne viel nachzudenken, to be a victim. Sein Blick wandert zu all den Kaugummiflecken auf dem Bahnsteig, mehr Kaugummifläche als Fläche ohne Kaugummi. Der Bahnsteig füllt sich wieder. Es ist ein ewiges Anschwellen, erst ein Mensch, dann zwei, fünf, Dutzende. Dann saugt die Bahn sie auf, das Gleis ist wieder leer. Und es beginnt wieder von vorn, Tag und Nacht. Thomas blickt von fremdem Gesicht zu fremdem Gesicht und erschrickt. Da hinten am Fuß der Treppe sieht er Niu, die zu ihm hinüberschaut. Einen Sekundenbruchteil lang sieht er ihre Augen, dann duckt sie sich und verschwindet in der Masse. Er streckt sich, schaut über die vielen Köpfe hinweg und sieht sie nicht mehr. Er muss sich geirrt haben, sie ist schließlich in die andere Richtung davongegangen. Die Bahn fährt ein, die wartende Masse setzt sich in Bewegung, Thomas schaut noch einmal an den silberfarbenen Waggons entlang, ob er sie sieht. Ist sie das dort hinten? Steigt sie in die Subway ein, drei oder vier Abteile hinter ihm? Es kann nicht sein. Die anderen Menschen hinter ihm drängen ihn durch die Tür. Er setzt sich auf einen der letzten freien Sitze. Er kennt das schon, dass er bekannte Gesichter in fremden zu sehen glaubt. Am Anfang, als er frisch verliebt war in C., sie aber noch nicht zusammen waren, hat er sie an jeder Straßenecke gesehen, hinter jedem Schaufenster oder Supermarktregal. Aber es war nie sie, auf den zweiten Blick war es immer eine andere Frau, die vielleicht genauso blond oder genauso groß war wie seine Frau, die damals noch nicht seine Frau war.

Wird er C. von seiner Begegnung erzählen? Vielleicht soll C. nichts von ihr wissen. Er hat es sich so sehr angewöhnt, sie nur C. zu nennen, dass er manchmal überlegen muss, um sich an ihren richtigen Namen zu erinnern. Ihren Namen, den sie nicht mag. Seit sie hier in New York sind, spricht er das C. amerikanisch aus. Wie sea. Nicht wie Zeh.

Als er aussteigt und die abfahrende Bahn an ihm vorbeiquietscht, kneift er die Augen zu und versucht in den Abteilen Niu zu entdecken. Aber zwischen all den Körpern erkennt er keinen, der ihrer sein könnte. Er geht die wenigen Straßen zu sich nach Hause und dreht sich immer wieder um, als könnte Niu hinter ihm gehen, aber sie ist nirgends zu sehen. Er fühlt sich beobachtet.

Er schließt die Wohnungstür auf, zwei Sicherheitsschlösser, eine Stahltür, das zweite Schloss klemmt. Man muss den Schlüssel erst anheben, dann nach rechts ruckeln, dann ganz schnell nach links. Inzwischen weiß er das. »Hey«, ruft er. Keine Antwort. Die Wohnung ist dunkel, er tastet nach dem Lichtschalter. Seine Hand hat sich noch nicht an die Höhe des Schalters gewöhnt. Sie tastet viel zu niedrig. Thomas fasst an die Steckdose, die zwei schmale Schlitze hat und nicht zwei runde Löcher wie zu Hause. Er leuchtet mit dem Handy die Wand ab, da ist der Schalter. C. liegt schon im Bett, ihre Augen bewegen sich hinter den Lidern im Schlaf. Es ist eigentlich noch viel zu früh, um schlafen zu gehen, aber er will in ihrer Nähe sein. Thomas macht schnell das Licht wieder aus, beobachtet ihr Gesicht, das im Schein des Radiowecker-Displays grün glänzt. Er zieht leise seine Klamotten aus und kriecht in Boxershorts und T-Shirt unter die warme Bettdecke. Er berührt C. nicht, bleibt auf seiner Seite des Bettes.

2. KAPITEL

C. läuft schon seit drei Stunden. Den Financial District und Chinatown, Soho und das East Village hat sie letzte Woche abgearbeitet. Auch die eine Straße, die noch von Little Italy übrig ist. Dickbäuchige Kellner in weißen Hemden mit Fettrand am Kragen versuchen Touristen hineinzulocken in überteuerte Pizzerien mit fleckigen karierten Tischdecken. »'O sole mio« schallt blechern aus den Stereoanlagen in den New Yorker Winter. C. läuft einfach vorbei. Der Regen fällt kalt auf sie nieder, aber C. läuft und merkt nichts von dem Wetter, nichts von der Nässe, von der Blase am rechten Fuß, die längst aufgeplatzt ist und erst die Socke und dann den Rücken des Schuhs rot verfärbt hat. Diese Woche ist Midtown dran. Vielleicht schafft sie es bis Freitag bis zum Central Park. Sie hat noch einen Monat Zeit, bis ihr neuer Job beginnt. C. läuft mit System. Immer vom Osten bis in den Westen, dann eine Straße nördlich davon wieder von Westen nach Osten. Vom East River zum Hudson, zurück zum East River und wieder zum Hudson. Häuserblöcke, Straßenzüge, Kilometer um Kilometer. Sie ist froh, dass sie den Süden verlassen hat, wo die Straßen Namen haben statt Nummern und ihr das rechtwinklige Netz fehlte. Nördlich von der Houston Street herrscht Ordnung.

C. sieht nichts, sie riecht nichts, sie hört fast nichts entlang des Wegs. Manchmal drängt sich eine karierte Tischdecke, eine gebratene Ente im Schaufenster in Chinatown, eine Taxihupe in ihr Bewusstsein. Aber es geht ihr nicht darum zu sehen, zu riechen oder zu hören. Alles ist gleich für sie. Abends pocht das Blut in ihren Beinen, und sie erinnert sich an nichts. Sie denkt nur: First Avenue, Second Avenue, Third Avenue und ist ansonsten leer. Sie hat sich vorgenommen, alle Straßen Manhattans abzulaufen, es ist ihr Projekt, und sie mag Projekte, selbst wenn sie nicht weiß, wofür dieses neue Projekt gut ist, außer abends ihren pochenden Körper zu fühlen und matt ins Bett zu sinken. Ihre Beine sind schon stärker geworden, abends streicht sie über die strammen neuen Muskeln an den Unterschenkeln.

Sie macht Pausen bei Starbucks für Wasser und Kaffee, manchmal auch für einen Muffin und die Toilette. Grundversorgung des Körpers, die Maschine muss laufen. Es gibt an fast jeder Straßenecke eine Starbucks-Filiale. Fifth Avenue Ecke 27th Street, Fifth Ecke 32nd, Fifth Ecke 34th. Die gleichen braunen Sessel, die Pappbecher tall, grande oder venti, die Toilette hinten links, die Musik so sanft und unauffällig, dass sie C. ärgert, statt sie zu unterhalten. Sie zögert ihre Starbucks-Stopps so lange wie möglich hinaus. Sie muss mal, aber muss sie schon so dringend, oder schafft sie es, noch zwei Straßenecken weiterzulaufen bis zur nächsten Filiale? Was, wenn vorm Klo eine Schlange ist? Wenn sie zur Toilette hastet, ist es oft so eilig, dass ein paar Tropfen in ihrer Unterhose landen. Kann die Blase wirklich platzen? Füllt sich ihr Bauch dann mit Urin? Verteilt sich der Urin über die Blutbahnen im Körper? Vergiftet ihr Urin ihr Blut? Sie lernt nie dazu, denkt sie, jedes Mal macht sie sich fast in die Hose, weil sie zu stur ist, früher auf Toilette zu gehen. Weil die Toilette Zeitverschwendung ist.

Die Schlange vor der Toilette ist kurz diesmal, sie schafft es gerade noch unfallfrei. Dafür muss sie für den Kaffee lange anstehen, es ist Mittagspausenzeit am Fuß des Empire State Building, und Anzugträger und Touristen drängeln sich vor der Kasse und vor dem Klo, ein Starbucks weiter wäre es vielleicht besser gewesen. C. steht ganz ruhig auf beiden Beinen, während sie darauf wartet, bestellen zu können. Nicht aufregen über Dinge, die ich nicht ändern kann. Um sie herum Gedränge und Gerede, sie hört in sich hinein. Sie atmet langsam. Ihre Unterschenkel kribbeln vom langen Laufen.

»Next!«, ruft das Mädchen hinter der Kasse.

»Medium Latte, please«, sagt sie und hofft, dass man ihren Akzent nicht hört. Sie hätte »grande« sagen müssen, den bescheuerten Starbucks-Begriff für medium. Aber sie kann sich nicht dazu überwinden.

»What's your name?«, fragt die Barista.

»Carmen.«

Die Frau kritzelt den Namen auf den Pappbecher, ohne aufzuschauen. C. bezahlt und wartet.

»Karen!«, ruft der Junge, der den Kaffee macht und die Pappbecher auf die Theke knallt. Noch mal: »Karen!« Lauter. »Is anybody here called Karen? Kaitlin? Katherine? Karen? Something like that? Who got a latte?«

»I think that's you.« Eine schmale schwarzhaarige Frau zupft an C.s Ärmel. »I think that's you, Carmen«, sagt sie. Sie muss gehört haben, wie C. die Bestellung aufgegeben hat. C. schaut sie an. Sie kommt ihr merkwürdig bekannt vor, als hätte sie sie schon mehrfach gesehen, auf der Straße vielleicht, aber nie mit ihr gesprochen. »I think that's you«, sagt die Frau noch einmal und deutet auf den Pappbecher.

C. nimmt den Kaffee für Karen. »That's you«, denkt sie. Interessant, wie die Amerikaner nicht That's for you oder That's yours sagen, sondern nur That's you. Als stünde da ein Teil von ihr auf dem Tresen im Pappbecher. »Oh yes, that's probably for me, thanks«, sagt sie zu der schwarzhaarigen Frau und hofft, dass sie ihren Akzent nicht wahrnimmt.

»Viele Leute haben Decknamen nur für Starbucks«, sagt die Frau. »Ich heiße Stacy bei Starbucks.«

»Gute Idee«, sagt C., lächelt. Bloß nicht zu viel lächeln. Sie will nicht reden. Sie dreht sich weg und geht zu einem der freien Stühle. Der heiße Becher brennt in ihrer kalten, steifen Hand.

Sie setzt sich ans Fenster und schaut auf die Fifth Avenue. Grauweißer Himmel. Der Schnee ist fast weg. Hier und da noch harte Haufen, bedeckt von Kniest, Staub und Steinchen, der Ausgeburt der Stadt, grau, fast schwarz. Die Wülste sehen schon nicht mehr aus wie Schnee, sie sehen aus wie Narben auf dem Asphalt, zeitlos. Sie werden nie wieder schmelzen, denkt C. Nichts wird ihnen etwas anhaben können, noch nicht einmal die Wärme des Frühlings, der irgendwann kommen wird, kommen muss. Die schwarzhaarige Frau setzt sich direkt neben sie und pustet vorsichtig in ihren Kaffeebecher.

»I like your name«, sagt sie.

Das ist der Moment, in dem C. entscheiden muss, ob sie reden will oder nicht. Sie kann einfach Thanks sagen, unverbindlich lächeln und weiter nach draußen auf die Straße starren. Sie kann aufstehen und einfach gehen, denn selbst ein Thanks kann gefährlich sein, eine Einladung zu weiteren Fragen. Oh, you have an accent. Where are you from? Die übliche Frage, der übliche Small Talk, der nichts bedeutet. Nice to meet you. Amerikaner können das, Floskeln aneinanderreihen, Freundlichkeiten in diesen Stimmen, die immer eine Tonlage höher sind als deutsche Unterhaltungen. Danach fühlt sich C. meist leerer als vorher. Nichts sagen und weiter auf die Straße starren wäre sicherer. C. sagt nichts und starrt weiter auf die Straße.

Aber die Frau lässt nicht locker. »Carmen. Die Oper«, sagt sie. »Du heißt wie die Hauptfigur der Oper.«

»Ja, meine Mutter liebt die Oper«, sagt C., es rutscht ihr heraus und überrascht sie selbst. Sie hat schon lange mit keiner Fremden mehr gesprochen. Die Frau blickt sie direkt an, sie wendet die Augen nicht ab, sie will hören, was C. sagt. Sie kommt ihr noch immer bekannt vor, aber das kann auch ein Irrtum sein, sie ist sich nicht sicher. »Ich finde das peinlich. Nach einer Oper benannt zu sein, irgendwie aus der Zeit gefallen«, antwortet C.

»Och, es ist doch ganz schön, finde ich«, sagt die Frau.

»Warte, bis du meinen zweiten und dritten Vornamen hörst. Manon. Und Eurydike. So heiße ich: Carmen Manon Eurydike.« Sie hat ihn schon lange nicht mehr gespürt, diesen alten Ärger auf ihre Mutter. Dieser Name, der so gar nicht zu ihr passt, Carmen Manon Eurydike aus Hildesheim. Peinlich. Carmen Manon Eurydike Dumeier mit ihrem Provinz-Nachnamen und dazu die Vornamen, die so viel sein wollen, die Pseudo-Kultiviertheit ihrer Mutter in Namensform. Der alte Ärger ist warm und dunkel in ihrem Bauch, er breitet sich aus. Ihr wird warm. Sie betrachtet ihren Ärger mit fast pathologischem Interesse. So fühlt sich das also an. Ein Gefühl. »Die meisten Leute nennen mich C.«, sagt C. »Einfach nur der Buchstabe.« Die Frau lacht laut und lange. Und obwohl es C. gewohnt ist und sehr hasst, wegen ihres Namens ausgelacht zu werden, stimmt sie mit ein. Es ist ein warmes Lachen, kein gemeines Lachen. Die alte Wut ist weg, und plötzlich, von einer Sekunde auf die nächste, findet sie die Namen auch lustig in ihrer Lächerlichkeit. Auf Englisch klingt Eurydike sowieso weniger albern. Sie hat ihren Drittnamen zum ersten Mal *Eurydice* ausgesprochen, *Yuh-rid-ih-see*.

Die Schwarzhaarige lächelt immer noch und schaut aus dem Fenster. Es war ein Fehler. Zu viel offenbart. Die Frau fängt an, leise zu singen. Die Arie. Habanera.

L'amour est un oiseau rebelle
Que nul ne peut apprivoiser

Sie hat eine schöne Stimme. Sie singt leise und klingt, als könnte sie viel lauter. Eine Bühnenstimme. Zu groß für die kleine Frau. C. hat noch nie etwas Schöneres gehört. Sie bekommt eine Gänsehaut.

»Eine Carmen würde auch anders aussehen als du«, sagt die Frau, als sie mit der Arie fertig ist. Sie kennt den gesamten Text auswendig, nicht nur den Refrain, den auch Leute summen können, die eine CD mit dem Titel »Die besten Arien der Opernwelt« im Regal stehen haben, so wie ihre Mutter. »Eine Carmen würde schwarze Locken umherwerfen und aus Kohleaugen feurige Blicke blitzen. Eine Carmen trägt ein knallrotes, wallendes Kleid und riesige Ohrringe. Manon und Eurydike passen irgendwie auch nicht.«

C. lacht. Ihr Lachen klingt fremd und kommt aus der Tiefe, unkontrolliert. Sie hat es doch nicht verlernt.

»Ich bin ein wenig überrascht, dass du den ganzen Text auswendig kannst. Das ist mir noch nie passiert«, sagt C. »Wie heißt du? Also ich meine, wie heißt du wirklich, anscheinend ja nicht Stacy.«

»Mein Name wird immer falsch geschrieben«, sagt die Schwarzhaarige. »Ich heiße Niu. N und I und U. Klingt wie new, wie neu, das verwirrt die Leute.« Niu zuckt mit den Schultern. »Es ist eines dieser chinesischen Wörter, die ganz viele Bedeutungen haben, je nachdem wie man es ausspricht. Ochse oder Bulle, Knopf, merkwürdig, stur, schüchtern sein, mit den Hüften schwingen. Und noch ein paar andere Sachen. So wie meine Eltern es aussprechen, heißt es einfach nur Mädchen.«

»Das ist schön«, sagt C. »Mädchenhaft.«

Niu lacht laut. Sie legt den Kopf schief dabei, ihr Haar wippt im Takt mit dem Lachen. Dann wird sie wieder ernst. »Ja, na ja. Ich habe immer gedacht, dass ich es ihnen nicht wert war, sich einen richtigen Namen für mich auszudenken. Und dass ein wenig Enttäuschung mitschwingt, dass ich nur eine Tochter bin. Jedenfalls kommt der Name mit eingebauten Schreibfehlern. Alle denken, ich heiße New.« Sie blickt auf die Straße. »Eigentlich fände ich es gar nicht so übel, wirklich New zu heißen. Ob wir andere Menschen wären, wenn wir andere Namen hätten? Wie würdest du gern heißen?«, fragt sie und wartet keine Antwort ab. »Bist du im Urlaub hier?«

»Nein, ich bin neu in der Stadt. New. Klingt wie Niu. N und I und U«, sagt C. und grinst. »Ich lebe jetzt hier. Lerne die Stadt gerade kennen.«

»New York kann man nicht kennen, Carmen, C.«, sagt Niu und schaut C. direkt in die Augen, ohne zu blinzeln. C. fühlt sich, als habe sie noch nie jemand so direkt angesehen. »Sag mal, kennen wir uns irgendwoher?«, fragt C. »Nicht dass ich wüsste«, antwortet Niu. »Mir passiert das öfter, dass Leute glauben, mich zu kennen. Vielleicht habe ich ein Allerweltsgesicht.« Dann lächelt Niu. Es ist, als würde ihr ganzer Körper lächeln. C. hat noch nie etwas Schöneres gesehen. Niu fährt sich durch die Haare, dreht eine Strähne um den Finger und fängt an, die Arie zu summen. C. summt leise mit. Beide schauen aus dem Fenster auf die Schneereste.

»Keine Ahnung, ob man New York kennen kann«, sagt C. »Ich will es wenigstens versuchen. Ich laufe die Straßen ab.«

»Welche Straßen?« Niu trägt ein Sweatshirt mit langen Ärmeln, die ausgeleierten Bündchen rutschen über ihre Handgelenke. Ihre schmalen Hände umklammern den warmen Pappbecher, auf den der Verkäufer mit grünem Filzstift »Stacy« gekritzelt hat.

»Alle Straßen«, antwortet C. »Immer von Ost nach West und West nach Ost und Ost nach West. Diese Woche ist Midtown dran. Klingt verrückt, ich weiß.«

»Ja, klingt verrückt«, sagt Niu. »Verrückt gut. Crazy in a good way.« Ihre Hand tippt leicht auf C.s Hand. Ganz kurz nur. Kaum merklich. C. starrt auf ihren Handrücken. Der Punkt auf der Hand ist der neue Mittelpunkt ihres Körpers. Wie ein winziger Wassertropfen, der auf die Haut fällt und einen kühlen Punkt zurücklässt. Nur andersherum: heiß. Sie hat noch nie etwas so Schönes gefühlt. Crazy in a good way.

»Wann ist denn die Upper West Side dran?«, fragt Niu.

»Nächste Woche, glaube ich, vielleicht übernächste. Wieso fragst du? Ich will erst die ganze Upper West Side und dann die Upper East Side abarbeiten«, sagt C. »Den Central Park lasse ich wahrscheinlich aus.«

»Ich wohne da. 94th Street and Columbus. Komm doch auf einen Kaffee vorbei, wenn du in meiner Straße bist.«

Sie kennt mich doch gar nicht, und ich kenne sie nicht, denkt C. »Das mache ich. Gern. Danke. Danke für die Einladung«, sagt sie. »94th Street. Vielleicht nächsten Donnerstag oder Freitag. Meinst du das wirklich ernst? Amerikaner laden ja manchmal Leute ein nur in der Hoffnung, dass die Einladung nicht wirklich angenommen wird. Hab ich zumindest gehört.«

»Ich bin nicht so«, sagt Niu und lacht. Vogelzwitscherlachen. »Gut, dass du keine Vorurteile hast.« Sie kneift ganz leicht in C.s Arm. »Ich meine das ernst, klar.« Sie tauschen Telefonnummern. Niu tippt ihren Namen und ihre Nummer selbst in C.s Handy. Statt ihres Nachnamens schreibt sie »Stacy bei Starbucks«. Es ist die zweite Nummer, die C. in ihrem neuen amerikanischen Handy abspeichert. Die erste war Thomas' neue Nummer.

»Ich glaube, ich muss jetzt weiter«, sagt C. »Nice meeting you.«

»Warte, in welche Richtung gehst du?«

»Nach Westen bis zum Hudson, dann einen Block nördlich wieder Richtung Osten«, sagt C.

»Ich komme ein Stückchen mit, in die Richtung muss ich auch.«

Niu tritt vor C. auf die Straße. Sie ist so schmal und klein, C. könnte ihr Kinn auf ihren Kopf legen. Sie sieht den geraden, weißen Scheitel, eine helle Linie im Schwarz. Er erinnert sie an etwas, aber sie ist sich nicht sicher, an was.

»Es muss inspirierend für dich sein, all die Menschen und Dinge, an denen du vorbeiläufst«, sagt Niu. »Ich mache das auch gern, ich laufe oft auch einfach herum, die Stadt hat so eine Energie. Es gibt immer noch so viele

Straßen, in denen ich noch nie war. Und durch manche bin ich schon so oft gelaufen, dass ich gar nichts mehr wahrnehme. Wenn man neu irgendwo ist, nimmt man die Dinge viel besser auf. Es muss intensiv sein für dich.«

»Ja«, murmelt C. Sie redet nicht gern von Energie und Inspiration, solche Worte sind ihr fremd, so ist sie nicht. Und dennoch wünscht sie sich, dass ihr Wandern intensiv und inspirierend wäre, nicht nur ein Projekt, dessen Sinn sie nicht versteht. »Ja, die Stadt ist schon toll«, sagt sie vage. Nius Bewegungen sind leicht und stark und federnd, ihre Muskeln kontrollieren ihre Schritte präzise und effizient wie bei einem Tier.

»Sieh mal da, Straßenkunst«, sagt Niu und geht in die Knie. Ein brauner dicker Hundehaufen liegt zwischen einem Schneerestwulst und einem Hydranten. Er sieht frisch aus, vielleicht ist er noch warm. Jemand hat ein kleines Papierfähnchen mit dem Sternenbanner in die Kacke gerammt, ein Käsespießfähnchen, so wie damals Neil Armstrong und Buzz Aldrin die flatternde Fahne – warum eigentlich flatternd? – in den Mond. »Postmodern«, sagt C., grinst. Niu zieht ihr iPhone aus der Tasche und macht ein Foto. »Ein profundes Statement zur Lage der Nation und der Rolle Amerikas in der Welt«, sagt sie.

»Eine Sozialkritik«, sagt C.

»Ich liebe es, wie Kunst in New York den öffentlichen Raum vereinnahmt«, sagt Niu.

»Und doch ist es ein bescheidenes Werk«, sagt C., »unprätentiös, zeitlos.«

»Eindeutig Gegenwartskunst, die ihrer politischen Verantwortung gerecht wird«, sagt Niu und lacht. C. bewundert, wie locker sie lacht. C. lacht mit, lauter, als sie sonst lachen würde. Es fühlt sich an, als würde sie davon Muskelkater bekommen.

An der nächsten Straßenecke biegt Niu ab. »Hey, it was so nice to meet you. And see you soon.«

»Nächste Woche«, sagt C. »Ich komme wirklich. Falls du es dir noch anders überlegst und es doch nicht so gemeint hast, sag Bescheid. Nicht, dass das dann peinlich ist.«

»Meine Wohnung ist etwas ungewöhnlich. Aber ich mache guten Kaffee. Besser als Starbucks«, sagt Niu. Sie streckt C. die Hand hin, C. greift nach ihr. Aber statt sie zu schütteln, legt Niu eine Hand auf und die andere Hand unter C.s. Nius weiche und warme Hände streichen ganz sacht über C.s und senden eine warme Welle durch ihren Körper. C. schließt kurz die Augen. Als sie sie wieder öffnet, schaut Niu ihr aufmerksam ins Gesicht. »Bye, meine Liebe«, sagt sie. C. senkt den Blick. »Bis bald«, flüstert sie.

C. geht weiter ihren Weg, die Straße sieht genauso aus wie vorher, aber ihr Gang hat ein neues Wippen. Sie fühlt sich leichter. Und voll, voller. Ohne Niu hätte sie die Hundehaufen-Flagge nie bemerkt. Postmodern, denkt sie, lächelt. Plötzlich will sie sehen, nicht nur gehen. Sie will die Inspiration spüren, was auch immer das heißt. Offener sein. Sie wird Niu besuchen. Niu hat zwei hellbraune Punkte in den schwarzen Pupillen. Nein, nicht hellbraun, mehr noch: goldfarben. 94th Street. Sie haben gar keine Floskeln ausgetauscht, keinen Small Talk.

Sie läuft weiter. Unterhalb des Empire State Building gen Osten, oberhalb gen Westen. Wieder gen Osten. Hin und zurück. Sie macht noch eine Pause bei Starbucks, aber diesmal setzt sie sich nicht, redet mit niemandem und geht schnell weiter. Mit jedem Schritt, mit jedem Straßenblock, mit jedem Kilometer wirkt das Treffen mit Niu surrealer und sie wieder schwerer. Die Vorfreude läuft sich immer mehr ab. Die Aufregung läuft sich ab. Sie wünscht sich, dass sie blieben. Aber sie verschwinden. Wie alles. Wie die Stunden, die Tage, das Leben. Mit jedem Schritt, zwei, drei, vier, fünf Häuserblocks weiter wird die Vorfreude zur Erinnerung. Sie weiß, dass sie sie gefühlt hat. Dass sie etwas gefühlt hat. Die Gefühle, die wir am meisten festhalten wollen, verlieren wir zuerst, denkt C. Wie weicher Schnee in einer warmen Hand. Man drückt zu, der meiste Schnee schmilzt, rinnt zwischen den Fingern hervor, zurück bleibt ein harter Eisball, der mit dem weichen Schnee nichts mehr zu tun hat. Und eine verfrorene Hand. Sie kickt mit dem Fuß gegen einen vereisten Wulst auf dem Gehweg.

Zuerst saß die Leere nur in ihrem Bauch. Im Unterleib. Dort hat sie C. nicht überrascht. Sie hat sich ausgebreitet in den Tagen danach und ist hinauf in ihre Lunge gewandert und hinunter in ihren Darm und die Wirbelsäule hinab, in die Arme, in die Beine, durch alle Blutbahnen. Nur wenn C. läuft, spürt sie die Leere und die Schwere nicht so stark. Sie hat kein schlechtes Gewissen, es war die richtige Entscheidung. Aber es ist etwas zurückgeblieben. Ein Nichts. Wo etwas war, ist nun nichts mehr.

Es war überraschend einfach. Drei Wochen vor der Abreise nach Amerika. Ein kurzes Gespräch mit ihrer Frauenärztin, zehn Minuten, wenn überhaupt. Ein Termin bei Pro Familia. Eine Viertelstunde Wartezimmer zwischen all den Broschüren mit glücklichen Familien beim Spaziergang im Sonnenschein. Lächelnde Eltern und Kleinkinder beim Engelchen, Engelchen, flieg. Noch einmal zehn Minuten Gespräch mit einer Grauhaarigen mit blassen Augen, die schon so viele Fälle abgearbeitet hatte. »Sind Sie sich sicher? Sie wissen, es gibt andere Möglichkeiten?« Die Standardfragen. Die Stimme so monoton, dass sie nicht mehr wie Fragen klangen, sondern wie Feststellungen. »Es gibt immer Möglichkeiten.« »Ja«, sagte C. »Ich will das nicht. Ich will das.« Die Frau unterschrieb das Formular schweigend. Auf dem Weg nach draußen quietschten C.s Sohlen auf dem Linoleumboden. Frisch gebohnert. Grau marmoriert. Sie faltete das Formular sorgfältig in der Mitte, zog die Knicke mit den Fingernägeln nach und steckte es in die Handtasche. Sie war mit dem Fahrrad gekommen. Die Sonne schien. Sie schob eine Weile. Ihr war so oft schwindelig, seit es in ihr war. Es fraß sie von innen auf. Es musste weg, bevor es zu mehr werden würde als zu einem »Es«.

Beim Ultraschall schlug schon das Herz. »Ich vermute, Sie wollen kein Bild davon«, sagte die Frauenärztin.

»Nein. Danke.« Sie gab C. drei weiße Pillen, rund und flach, so würde ein Kind eine Tablette malen. C. wusste nicht, wohin sie schauen sollte, als sie sie schluckte. Die Frauenärztin schaute aus dem Fenster. Das Wasser schmeckte nach Kalk. Die Tabletten klebten im Rachen. Sie hätte nicht alle drei auf einmal nehmen sollen. C. nahm einen großen Schluck, er tat weh im Hals. Dann waren die Pillen weg. Jetzt war es passiert. Nein, es war nicht einfach passiert, sie hatte es passieren lassen. Sie hatte es getan. Es war richtig. Sie wollte das so. Sie wollte es nicht. Sie spürte noch nichts, aber die Tabletten begannen mit ihrer Arbeit in ihr.

Die Frauenärztin lächelte freundlich. C. lächelte zurück. »Dann sehen wir uns am Donnerstag um 9.30 Uhr«, sagte sie, C. nickte. Sie hatte dauernd Frauen wie C. vor sich. Sie wertete nicht. Drei Menschen wussten, was sie tat. Zwei Menschen, für die solches Wissen zum Beruf gehörte, und sie selbst. Es war gut, die Gruppe klein zu halten. Wenn niemand davon wusste, muss sie mit niemandem darüber reden. Sie ging nach Hause. Thomas war nicht da, vielleicht war das gut, vielleicht hätte er gemerkt, dass sie lügt, wenn sie von ihrem Tag erzählt hätte. Und sie war nicht sicher, ob sie die Kraft hätte, beiläufig zu lügen. Sie trank ein Glas Leitungswasser mit Vitamin-C-Sprudeltablette (Orangengeschmack), nahm die Zeitung und las einen Artikel über die Rolle der Europäischen Zentralbank in der Eurokrise.

Am folgenden Donnerstag war sie um 9.25 Uhr da. Am Empfangstresen standen vier Patientinnen Schlange. Sie hoffte, dass die Sprechstundenhilfe sie nicht fragte, warum sie da war. Aber sie sagte nur: »Ah, Frau Dumeier, kommen Sie mit. Die Frau Doktor wartet schon.« Es klang wie ein Vorwurf, aber nicht wegen ihrer Tat, sondern weil die Frau Doktor wartete. »Ich bin doch gar nicht zu spät«, sagte C., die Sprechstundenhilfe reagierte nicht. Vielleicht wusste sie gar nicht, warum C. da war. »Da sind Sie ja endlich, guten Morgen«, sagte die Ärztin, obwohl C. nicht zu spät war. Ihre Fingernägel waren nicht gleich lang, manche so kurz, dass sie gar keinen weißen Rand hatten, manche so lang, dass sich die Nagelspitzen über die Fingerkuppe krümmten wie Krallen. Wahrscheinlich kaute die Frau Doktor Nägel und nahm sich immer zwei oder drei Finger vor, die sie verschonte. »So, Sie wissen ja, wie es weitergeht, Frau Dumeier, ich hoffe, es geht Ihnen gut.«

»Ja«, sagte C., »legen wir los.«

Die Ärztin hatte ein Nebenzimmer, das C. noch nie gesehen hat. Eine Liege mit Frotteespannbettlaken. Ein kalter schwarzer Ledersessel. Ein flacher Tisch mit Frauenzeitschriften und einer knittrigen *Spiegel*-Ausgabe aus dem Januar 2017. Eine Tür zu einem kleinen Badezimmer. Ein Fenster mit Blick in eine kahle Baumkrone.

An diesem Tag war die Tablette größer. Die Ärztin reichte sie ihr auf einer kleinen weißen Serviette, eine, die man sonst unter ein Weinglas legen würde. C. nahm sie sofort, im Stehen, im Nebenzimmer. »Jetzt warten Sie einfach, in spätestens zwei Stunden gehen die Blutungen los. Ich schaue ab und an bei Ihnen vorbei. Bis später.«

C. wusste nicht, ob sie sich auf die Liege legen oder auf den Sessel setzen sollte. Sie wurde ja nicht untersucht und sie war ja nicht krank. Sie blätterte durch den *Spiegel*, auf ihr Buch hatte sie keine Lust. Sie starrte auf den Baum vor dem Fenster. Wenn sie das linke Auge schloss, sah sie andere Zweige, als wenn sie das rechte Auge schloss. Ganz rechts in ihrem Blickfeld war ein toter Ast, an dem noch ein paar braune verkrumpelte Blätter hingen. Sie sah ihn nur mit dem rechten Auge. Mit beiden Augen sah sie alle Zweige, aber das Bild wirkte schmaler. Sie bekam Kopfschmerzen. Sie las den Hohlspiegel, er war nicht witzig. Dann doch ein paar Seiten im Buch. Es interessierte sie nicht. Sie starrte aus dem Fenster. Sie ging in das kleine Bad und schaute nach. Sie blutete nicht. Nichts. Alle fünf Minuten checkte sie, ob jemand etwas Neues bei Facebook geschrieben hatte. Sie hörte Musik, aber das lenkte nicht ab. *Spiegel Online. Zeit Online. Sueddeutsche.de.* Noch keine Blutungen. Schon fast zwei Stunden rum. Die Ärztin kam rein. »Nur Geduld, das kann auch mal länger dauern. Wenn nach drei Stunden nichts passiert, müssen wir einen Termin zum Absaugen ausmachen. Aber keine Sorge, nur Geduld, manchmal dauert es eben länger. Man hat das nicht in der Hand.«

Nach zwei Stunden und vierundzwanzig Minuten bekam C. Bauchschmerzen. Nicht schlimm, nicht so wie früher, als sie dreizehn war und ihre Periode so weh getan hatte, dass sie gezittert hatte und nicht mehr denken konnte. Nur ein kleiner Schmerz, wie wenn man einen Furz unterdrückte. Sie ging in ihr Privat-Bad, noch kein Blut in ihrer Unterhose, aber als sie mit dem Finger nachfühlte, war die Fingerspitze rot. Es ging los. C. legte sich die dicke Binde in die Hose, die sie mitgebracht hatte, Tampons waren verboten. Sie legte sich auf die Liege, sie würde schon merken, wenn das Blut so lief, dass es das Frotteelaken beflecken könnte. Wie oft wohl schon jemand auf dieses Laken geblutet hatte? Sie faltete die Hände über dem Bauch. So würde man sie auch in einen Sarg legen. Der Schmerz wurde stärker. Aber vielleicht hörte sie auch einfach nur mehr in sich hinein. Es wanderte abwärts in ihr. Sie zählte auf Französisch, rückwärts von einhundert, das hatte sie früher auch gemacht, wenn sie sich ablenken wollte bei Bauchschmerzen, die sie so schlimm hatte als Teenager,. Quatre-vingt-dix-neuf, quatre-vingt-dix-huit.

Sie weint nicht oft, und wenn, dann nur bei Kleinigkeiten. Tränen, wenn sie spät dran ist und die Subway nicht kommt. Tränen, wenn sie ihre Wäsche zur Reinigung schleppt und vergessen hat, dass sie am Dienstag geschlossen ist. Tränen, als sie sich im Flugzeug Orangensaft in den Schoß kippt und vier Stunden im Mittelsitz aushalten muss mit einer nassen, klebrigen Jeans.

Wenn die Tränen aus ihren Tränensäcken emporsteigen, kommen sie mit leichten Schmerzen. Oft bleibt es bei den Schmerzen, und sie bringt doch nicht genug Tränenflüssigkeit auf, damit sie laufen. Aber ihre Augen werden heller, das Blau wird fast türkisfarben. Sie findet das eigentlich ganz schön. Aber es hat noch niemand außer ihr gesehen. Noch nicht einmal Thomas.

Nachdem es weg war, als das Blut versiegte, weinte sie nicht. Sie arbeitete viel. Packte Kisten. Mistete aus. Leerte ihre Schreibtischschubladen, verschenkte alte Klamotten, verkaufte Möbel. Die Topfpflanzen brachte sie zu Evi, die sie gießen wollte, bis sie wiederkommen oder vielleicht auch für immer. Siebenmal schaute sie nach, wann der Flieger nach New York ging, und vergaß die genaue Uhrzeit nach jedem Nachschauen sofort wieder. Sie reservierte ein Taxi. Verpasste zweimal den Bus, ohne zu weinen. Sie schloss die Hamburger Wohnungstür zum letzten Mal zu. Flug in die neue Welt. Dvořák auf den Ohren bei der Landung.

Erst waren die Leere und die Schwere klein und kaum spürbar in ihr. C., die sich immer ein wenig leer und immer schwer fühlte, war nicht überrascht von noch mehr Leere und Schwere. Sie sind langsam gewachsen, C. hat zugeschaut, wie sie wuchsen. In Amerika schrumpfen sie wieder, hat sie gedacht, so weit weg von hier ist alles anders und neu, und ich bin neu und anders. Aber sie wurden immer größer. Leere und Schwere sollen schrumpfen beim Laufen durch die Straßen von Manhattan. Sie will sie weglaufen.

Vor ihr liegt der Hudson, graue, kalte Wassermassen. C. biegt rechts ab in die 35th Street und marschiert mit ihren gleichmäßigen Schritten zurück Richtung East River. Noch fast sechzig Straßen bis zu Niu.

3. KAPITEL

Thomas rückt den Sessel direkt vor den Ofen und lässt sich in das weiche Polster fallen. Er legt seinen Kopf an die kühle Wand dahinter. Tullsta heißt der Sessel und ist wie alles hier in der Wohnung von Ikea. Als hätten sie versucht, ein Stück Deutschland in diesen Raum zu schaffen, in dem ansonsten alles so aussieht, wie er sich New York immer vorgestellt hatte. Die Wohnung gefiel C. und ihm gleich, als die Maklerin sie ihnen zeigte, sie war die erste, die sie überhaupt angesehen haben, und er hat an C.s Blick sofort erkannt, dass sie sich keine weitere mehr anschauen müssen. Siebenunddreißig Quadratmeter mit schwarzer Feuerleiter vor dem Fenster, braunrote Backsteinziegel-Wände mit weißen Farbresten darauf, als hätte jemand gerade die Farbe abgekratzt, Holzdielen, die so rau sind, dass man lieber nicht barfuß läuft. Er hat C. an ihrem ersten Abend mit der Pinzette einen Splitter aus dem großen Zeh gezogen und den roten Blutpunkt in ihrer Haut geküsst. C. zog ihren Fuß schnell weg.

Der Fußboden, wahrscheinlich das ganze Gebäude, ist so schief, dass sie die Kommode nur an eine der Wände stellen konnten. Auf der anderen Seite glitten immer die Schubladen auf, so abschüssig sind die Dielen. Kommode Hemnes, Ikea, weiß lackiertes Sperrholz, 199 Dollar. Durch das Oberlicht scheint fahles Licht in die Mitte des Raumes, jemand hat vom Dach aus Graffiti darauf gekritzelt. Ein grüner Graffiti-Schriftzug, aus der Wohnung sieht er aus wie eine Liane. Graffitipflanze im Großstadtdschungel, *concrete jungle where dreams are made of*. Das Graffito lässt sich nicht lesen aus der Wohnung heraus. Seit einer Weile schon will Thomas aufs Dach steigen und endlich nachschauen, was dort geschrieben steht. Vielleicht kann er oben auf dem Flachdach sitzen und auf die Stadt schauen, wenn es wärmer wird.

Billy-Regale, Pax-Kleiderschrank, Hemnes, Tullsta. Sogar die Bettdecke ist von Ikea. Ein deutsches Paar, jeder auf seiner Bettseite, in New York unter schwedischen Daunen. Ihre alte Wohnung in Hamburg sah fast genauso aus wie diese hier, die Möbel waren fast genau die gleichen, aber wirkten komplett anders in der ordentlich renovierten deutschen Wohnung, in der sich die Fenster kippen ließen und die Heizung regulieren. In der New Yorker Wohnung pustet die Heizung rund um die Uhr trockene, heiße Luft in den Raum. Wenn es zu warm wird, schieben sie das Fenster auf. Ikea in Brooklyn riecht genau wie Ikea in Hamburg-Schnelsen. Pappkarton-Staub-Holz-Desinfektionsmittel-Köttbullar-ungewaschene-Haare. Sie wollten neu anfangen in der Ferne und haben dann bei erster Gelegenheit alles so gemacht wie daheim. Nähe für die Ferne.

Ikea-Möbel kauft man nicht für die Ewigkeit. Vielleicht war C. deswegen gleich so entschieden, dass sie all ihre neuen Möbel hier kaufen sollen, als sie den blau-gelben Klotz in Brooklyn gefunden haben. Ein Billy-Regal kann man wegwerfen, wenn man es mit jemandem gekauft hat, mit dem man nicht den Rest seines Lebens verbringen wird. Thomas' Eltern leben schon seit sechsunddreißig Jahren zusammen und genauso lange mit den Wohnzimmerschränken. Sie haben sie für die erste gemeinsame Wohnung gekauft, damals in Braunschweig, dann selbst erst auseinander- und im neuen Haus wieder zusammengebaut, Thomas war da zwei Jahre alt. Als er laufen lernte, hat er sich an der Schrankwand hochgezogen und einmal so den Kopf gestoßen, dass ihm das Blut in die Augen lief. Er kann sich nicht daran erinnern, aber er hat noch eine Narbe davon an der linken Augenbraue. Es war die erste Narbe an seinem Körper, damals haben sie ihn nicht allein gelassen, sie haben ihn zum Nähen ins Krankenhaus gebracht. Eine Schrankwand, die älter ist als er. Quietschende Scharniere und Eiche massiv. Einmal im Monat Scharnierpflege-Öl auf die Scharniere, Holzpflege-Öl aufs Holz. Billys hätte es bei seinen Eltern nie gegeben.

Dieser Trip nach Brooklyn zu Ikea zwei Wochen nach ihrer Ankunft. Spätwinter, der Himmel fast unerträglich strahlend blau, die Luft roch nach Streusalz, der Teer auf den Straßen war weiß vor Salzresten. Bis dahin hatten sie nichts als zwei große Koffer in der neuen leeren Wohnung mit den schmutzigen Fensterscheiben. Sie fuhren mit der Subway zu Ikea, mit dem Brooklyn bound F train. Die Subway war noch neu für Thomas und C. Sie kauften eine Metrocard am Automaten, das wiederaufladbare Ticket. Man muss die Metrocard genau im richtigen Tempo durch den Leseschlitz ziehen, sonst dreht sich das Drehkreuz nicht. »Ein New Yorker hat das im Gefühl, dieses Tempo«, sagte C. Für sie war das von Anfang an kein Problem. »Man muss das so aus dem Handgelenk machen«, sagte sie, »mit

Gefühl.« Thomas schaffte es nicht. Er versuchte es acht-, neun-, zehnmal, zwölfmal. Hinter ihm stand C., und hinter ihr bildete sich eine Schlange. Er hörte die Schlange seufzen. Das Drehkreuz piepte gnadenlos, please slide again blinkte auf dem Display. Loser, dachte er. Ich kann nichts. C. nahm ihm die Metrocard aus der Hand und zog sie für ihn durch den Schlitz. Das Kreuz drehte sich, Thomas ging hindurch. Er würde gern irgendetwas besser können als sie. Aber das ist ein Macho-Gedanke. Und ein Macho will er nicht sein. Also sollte er das lieber nicht denken, dachte er, und versuchte an etwas anderes zu denken. Es ist schön, dass ich und sie so viele Dinge gleich gut können oder sie besser als ich, dachte er und nahm ihre Hand. C. zog sie nicht weg. Das überraschte ihn.

In Brooklyn fuhr die Subway nicht unterirdisch, sondern auf einer Brücke am East River entlang Richtung Ikea. Sie setzten sich so, dass sie auf Manhattan schauen konnten. Die Skyline glitzerte so hell, dass es blendete, das Sonnenlicht brach und spiegelte sich auf Tausenden Wolkenkratzerfenstern. Dicke Strahlen fielen durch das zerkratzte Fenster der Subway direkt auf C., als existierten sie nur für sie. C. leuchtete. Thomas drückte ihre Hand. Sie blinzelte, schloss dann die Augen und zog ihre Hand noch immer nicht weg. Bei Ikea gingen sie schnell durch die Gänge, sie kannten ja alles. Diesmal kein Probeliegen auf Taschenfederkern. Keine verschwörerischen Blicke in der Kinderzimmer-Abteilung – vielleicht brauchen wir so ein winziges Bett auch einmal, so einen Wickeltisch, so einen bunten Teppich, noch nicht jetzt, aber vielleicht irgendwann einmal. Keine Hotdogs mit so viel Ketchup und Senf und Röstzwiebeln, dass sie die Wurst unter dem Soßenmatsch kaum mehr sehen konnten. Sie hatten das alles schon gemacht, als sie vor fünf Jahren ihre Hamburger Wohnung eingerichtet hatten. Es kommt ihm vor, als sei das eine Ewigkeit her, in einem anderen Leben.

Ihre Bücher und CDs sind in Deutschland geblieben. Es war schwer für Thomas, sie zurückzulassen. Es war, als würde er sie betrügen. Als würde er die Geschichten verstoßen, die ihm anvertraut wurden. Die Protagonisten verlassen, deren Eigenschaften er nach und nach kopierte, um sich seinen eigenen Charakter zu basteln. Vielleicht liebt er seine Bücher so sehr, weil sie ihm erklärt haben, was es bedeutet, ein Mensch zu sein und wie ein Mensch zu sein hat. Wie er zu sein hat, wie es funktioniert, sein leeres Ich mit Ideen und Tiefe zu füllen. Wie groß Schmerz sein kann, die Liebe und der Liebesschmerz, lernte er von Anna Karenina. Sehnsucht vom Großen Gatsby. Wie Neugier die Welt öffnet von Pippi Langstrumpf. Die erfundenen Menschen machen ihn zum echten Menschen. Er erfindet sich mit ihnen. Sie im Keller zu lassen war, wie einen Teil von sich selbst zurückzulassen. Vielleicht brauchen interessante Menschen keine Geschichten, denkt Thomas, als er in seinem Sessel in der Wohnung in New York sitzt. Menschen, die aus sich heraus interessant sind und sich nicht erst interessant machen müssen. Er hat noch längst nicht alle seine Bücher gelesen und sie doch zurückgelassen. Nur eins hat er mitgenommen, eine dünne Gedichtsammlung. Wisława Szymborska, *Hundert Freuden*, ein Geschenk von Marina, ihre Geburtstagskarte liegt noch im Buch bei der Seite mit seinem Lieblingsgedicht. Es heißt »Entdeckungen«. Er fand es passend, es mit nach New York zu nehmen.

Ich glaube an die große Entdeckung.
Ich glaube an den Menschen, der die Entdeckung macht.

Ich glaube an die Angst des Menschen, der die Entdeckung macht.

Die neuen Billy-Regale sind fast leer. Vielleicht mag er seine Bücher auch so sehr, weil er Menschen mag, die Bücher mögen. Wann sind Interessen überhaupt echte Interessen und wann interessiert man sich nur, weil man gern ein Mensch wäre, der sich für solche Dinge interessiert? Hobbys sind eine Entscheidung, oder? Oder haben andere Leute einen echten inneren Drang, sich mit Modellbau, Jazz, Fotografie oder spätmittelalterlicher Kirchenkunst zu beschäftigen? Thomas interessiert sich für alles irgendwie. Er könnte sich jedes Hobby einfach danach aussuchen, ob es zu der Person passt, die er gern wäre.

Er stand immer gern vor seinen Regalen und hat seine Bücher zurechtgerückt, neu sortiert, nach Autor, alphabetisch, nach Farbe, nach Größe, nach Erscheinungsjahr, nach Thema. Immer wieder neu, stundenlang. Sich erinnert an die Geschichten, an die Figuren, die Gedanken. Ein Buch aus dem Regal gezogen, ein paar Sätze gelesen. Als Kind hat er alle seine Bücher nummeriert, seinen Namen in sauberer Schreibschrift von innen auf den Buchdeckel geschrieben, kleine orangefarbene Aufkleber auf den Rücken geklebt und eine Bücherei eröffnet in seinem Kinderzimmer. Außer seiner Mutter wollte niemand etwas ausleihen. Eine Mark nahm er für eine Woche Leihdauer, *Emil und die Detektive* hat seine Mutter besonders oft ausgeliehen und ihm das Buch dann zum Einschlafen vorgelesen. Thomas in seinem weichen Frotteeschlafanzug unter der Bettdecke. Seine Mutter auf dem Holzstuhl neben seinem Bett.

Er weiß, dass er zu viel über seine Narbe nachdenkt, auch zu viel über sie spricht. C. verdreht schon die Augen, wenn sie sieht, wie sein Blick wieder über sein Handgelenk wandert und die Narbengräben studiert. Als er zwölf oder dreizehn Jahre alt war, war sein Lieblingswort Identität. Er wollte etwas Besonderes sein. Ein Waisenkind wie *Anne auf Green Gables*. Jüdisch wie Anne Frank. Vielleicht sogar im Rollstuhl sitzen und mit diesem Kleinbus abgeholt und in die andere Schule gebracht werden wie Oskar, der kleine Bruder von Sebastian aus seiner Klasse. Er wollte etwas haben oder etwas sein, das ihn anders machte als die anderen Kinder in der Pinneberger Mittelmäßigkeit und über das er sich »definieren« konnte. »Identität« und »sich selbst definieren« hatte er in seinem Ethik-Schulbuch gelesen. Herr Sensebach hatte das Kapitel dazu gar nicht behandelt, aber Thomas las es trotzdem, und die Wörter ließen ihn nicht mehr los. Und dann kam seine Narbe und war etwas, das ihn besonders machte.

Ob Niu das auch so geht? Die Begegnung in der Subway und auf der Straße am Union Square flackert immer wieder zurück in seine Gedanken. Wenn er sie doch nur wiedersehen könnte. Wo sie wohl wohnt? Obwohl er weiß, wie unwahrscheinlich es ist, hofft er, wieder auf sie zu treffen. Im Supermarkt, in der Subway oder auf der Straße vor seiner Wohnung.

C. und er haben die Möbel von Ikea mit zwei Taxis zur Wohnung gebracht. C. im ersten Taxi, er im zweiten direkt hinter ihr her. Das Gelb der Taxis ist hier ein anderes als zu Hause. Hier ist es ein richtiges Gelb, Sonnengelb, Sonnenblumengelb, nicht das deutsche unentschlossene Eierschalen-quasigelb. Dieser Moment im Taxi auf der Rückfahrt von Ikea, Rückbanklledersitz mit Rissen, Februarkälte durch ein Fenster, das nicht richtig schloss, der Geschmack von Streusalz in der Luft, wundgerüttelte Stoßdämpfer bei jedem Schlagloch, Wunderbaum-Geruch, und die Stadt zog an ihm vorbei, die große Verheißung, die Möbelkartons im Kofferraum. Er sah C.s Hinterkopf im sonnengelben Taxi vor sich, ihr Zopf wippte bei jedem Hubbel. Wir werden hier glücklich werden, dachte er. Nach zwei Tagen war ihre neue Wohnung fertig eingerichtet. Beim Aufbauen der Möbel kurbelten sie sich Blasen an die Finger mit den Inbusschlüsseln. Blasen im Partnerlook.

Er weiß nicht genau, wann er es zum ersten Mal gemerkt hatte und woran. Aber C. wirkte unglücklich. Sie war stiller als sonst. Manchmal starrte sie ins Leere, weit weg von ihm in ihren Gedanken verloren. Sie erzählte ihm nichts mehr von sich. Warum nur? Es war doch ihr gemeinsamer Plan, nach New York zu gehen. Sie wollte es doch so sehr, genauso sehr wie er. Vielleicht sogar noch mehr.

Wohin mit den leeren Möbelkartons, was macht man mit dem Altpapier in New York? Er würde es herausfinden. Er würde alles herausfinden. Auch das Metrocard-durch-den-Leseschlitz-Tempo würde er lernen.

Am Tag nach seiner Begegnung mit Niu fährt er wieder mit der Subway. Am Bahngleis an seiner Station Essex/Delancey spielen fast rund um die Uhr Musiker. Er mag den Saxophonisten. Und den Mann, der sich einfach unter die anderen Wartenden mischt und dann plötzlich anfängt zu singen. Immer irgendeinen Gospel. Jeder von ihnen würde bei *Deutschland sucht den Superstar* sofort gewinnen, denkt Thomas.Heute ist das erste Mal, dass er sich auf den Weg zu seiner neuen Arbeit macht. Heute spielt eine große, dünne, schwarze Frau Gitarre und singt. Schwarzes Kleid, schwarzer Hut mit Münzen und Scheinen vor sich auf der mit Kaugummi bedeckten Plattform. Wiegende Hüften. Sie singt mit einer Stimme, dass er ganz weich wird, viel zu weich für einen ersten Arbeitstag.

If I lose my fame and fortune
And I'm homeless on the street
And I'm sleeping in Grand Central Station
It's okay if you're sleeping with me

Er lässt einen Zug wegfahren, hört ihr zu, starrt sie an, gibt ihr zwei Dollar. Sie ist wunderschön. Unbändiger Afro. Riesige Augen. Dunkellila Lippenstift. Er ist ein kleiner Junge, als er zu ihrem Hut geht und den Schein hineinlegt, weiche Knie, Blick gesenkt. »Thanks, darling«, sagt sie.

Direkt neben dem Bahnsteig unter der Erde, an dem er seit seiner Ankunft fast jeden Tag in den Zug gestiegen ist, hängt noch ein altes Münztelefon an der Wand neben der Stelle, wo die Musiker spielen. Der Hörer ist nicht aufgelegt, er baumelt an seiner silbernen Schnur. Seit Tagen fragt sich Thomas, wann zuletzt jemand mit diesem Relikt telefoniert und dann vergessen hat aufzulegen. Vielleicht ist es auch ein Test. Wie lange kann so ein Hörer baumeln neben Hunderttausenden Passanten und Subway-Mitarbeitern? Thomas geht gemessenen Schrittes zum Telefon und legt den Hörer auf die Gabel. Er fühlt sich beobachtet dabei, obwohl er niemanden sieht, der zu ihm schaut. Mit dem nächsten Zug fährt er zur Arbeit.

C. hat noch einen Monat länger frei. Thomas weiß nicht, was sie tun wird, während er im Büro ist. Sie sagt, sie will durch die Stadt laufen. Er würde gern mit ihr laufen. Sie wird ihre eigenen Lieblingsplätze finden. Er wäre gern dabei, er würde gern gemeinsame Lieblingsplätze finden. Er würde gern ihre Hand halten dabei. Sie machen das schon zu lange nicht mehr, Händchen halten. C.s Handgelenk ohne, Nius Handgelenk mit der Narbe. Warum kriegt er Niu bloß nicht aus dem Kopf?

Der neue Job ist sein Traumjob. Traumjob. Traumstadt. Time of your life. Das Büro in einem Dachgeschoss in Soho, 134 Spring Street. Dieses Gefühl im Fahrstuhl an seinem ersten Tag in dem fremden Büro, das bald nicht mehr fremd sein wird. Der Geruch nach frischer Farbe. Erste Schritte durch die Glastür im sechsten Stock. Es werden viele Schritte durch diese Glastür folgen, denkt er. Heute ist sie noch fremd, und seine Sinne sind scharf für alles Neue. Es ist so hell in dem Büro, dass er blind hineinblinzelt an seinem ersten Tag und erst nach und nach die Konturen des großen Raums ausmacht, in dem er ab heute mehr wache Stunden verbringen wird als sonst irgendwo. Ein halbrundes Fenster vom Boden bis zur Decke, ein Sonnenuntergang-über-dem-Meer-förmiger Fensterhalbkreis. Herzklopfen im ganzen Körper. Seine Kopfhaut brennt von innen. Wo ist der Chef? Wem soll er zuerst Hallo sagen?

»Hi, I'm Thomas.«

Ein Mädchen mit Turnschuhen und nach hinten gedrehter Baseballkappe steht auf und bringt ihn zu seinem Schreibtisch. »Hi Tom.«

Sein Schreibtischstuhl ist warm, er steht in der Sonne vor dem halbrunden Fenster. Staubkörnchen tanzen, sie wiegen nichts. Das Licht blendet, er kann kaum den Bildschirm erkennen. Es riecht fremd, nach Computerlüftung und Kaffee und Essigreinigungsmittel.

Kein Gesicht, das er kennt. Der Chef ist der Einzige, den er schon einmal getroffen hat. Er ist heute nicht da, sagt der dünne Schnurrbärtige am Schreibtisch neben ihm. Sein Schnurrbart zieht eine feine schwarze Linie unter seiner schmalen Nase. Er hat seinen Namen gesagt, aber Thomas hat ihn gleich wieder vergessen. Mike? John? Matt? Jim?

»Hey, morgen nach der Arbeit gehen wir noch was trinken. Are you in?«, fragt er. »Willst du mit?«

»Sure«, sagt Thomas. Er muss irgendwie noch mal nach seinem Namen fragen. Er wünscht sich Freunde hier. Vielleicht denkt er auch deshalb so oft an Niu. Ihrer ist der erste neue Name, den er hier gelernt hat. Ob sie öfter mit der Subway fährt am Union Square vorbei? Vielleicht trifft er sie in der Subway wieder. Woher sie wohl ihre Narbe hat?

Auf seinem Schreibtisch warten schon seine Visitenkarten, ein ganzer Stapel. Er mag sie und seinen neuen Titel: Chief Marketing Officer Europe, Middle East, Africa. Meat No More heißt die Firma. Sie werden die Welt verändern mit dem pflanzlichen Steak, das genauso schmeckt wie richtiges Rindfleisch, genauso riecht und genauso aussieht. Es »blutet« sogar, wenn man es anschneidet. Das Ende der Massentierhaltung. Der einzige Weg, den Klimawandel aufzuhalten. Keine Kühe mehr. Eine vegane Welt. »Together we will save the world«, hat sein neuer Chef geschrieben, als er ihm die Zusage per E-Mail schickte. Erst fand Thomas das ein wenig peinlich, dieses typisch amerikanische Pathos. C. verdrehte natürlich die Augen. »Immerhin macht der was«, sagte Thomas. »Immerhin versuchen wir es.« Er sagte schon »wir«, bevor er angefangen hatte. Thomas las die E-Mail immer wieder. Nach einer Weile fand er sie nicht mehr pathetisch.

Thomas soll den Markteintritt in Europa vorbereiten. Und wenn alles gut läuft, kann er in ein paar Jahren das erste Büro der Firma in Europa leiten. Er darf sich die Stadt selbst aussuchen, hat Jonathan gesagt. Dublin, denkt Thomas, allein schon wegen der Steuern. Oder Lissabon, weil C. und er dort glücklich wären, er sieht sie zusammen vor sich, in einem Straßencafé, jeder eine Nata und einen Galão vor sich. Sein Name ist richtig geschrieben auf seiner neuen Visitenkarte, sonst schreiben sie hier oft Siegelman. Falls er für immer hierbleibt, wird er vielleicht ein N streichen lassen. Siegelman. Tom. Tom Siegelman, a different man. Sein Name lässt sich bestens amerikanisch aussprechen. Scharfes S und großes rundes män, kein kurzes, hartes, deutsches Mann.

Er weiß nicht, was er tun soll an seinem ersten Tag. »Don't worry«, sagt Larry, der Chief Marketing Officer America, »wenn der Chef morgen kommt, wird er dir alles erklären.« Vierundzwanzig Hände geschüttelt, vierundzwanzig Namen gehört, vierundzwanzig Namen gleich wieder vergessen. Namen ziehen an ihm vorbei, als hätte er keinen Platz in seinem Gehirn, um sie zu speichern, er ist zu sehr damit beschäftigt, freundlich und interessiert zu wirken bei der Vorstellung. »Nice to meet you.«

»Welcome, Tom.« Er ist hier schon Tom. Er fotografiert seine Visitenkarte ab, postet sie bei Facebook. C. schickt ihm keine SMS, um zu fragen, wie es läuft. Er hätte ihr eine SMS geschrieben, wenn es ihr erster Arbeitstag wäre. Vielleicht schreibt sie später noch, es ist ja erst zwölf Uhr. Wenn er ihre Nummer hätte, würde er Niu schreiben. Mittags geht hier niemand essen. Pedro, der Chief Technology Officer, der erste neu gemerkte Name, bestellt für alle Chinese Take-out. Jeder isst am Schreibtisch. Erste Sojasoßenspritzer auf seiner Tastatur. Thomas surft im Internet, schaut sich andere Fleischersatz-Start-ups an. Das hat er schon so oft gemacht in den vergangenen Monaten, dass er alle Websites und »Über Uns«-Beschreibungen halb auswendig kennt. Schon siebenundsechzig Likes bei Facebook für seine neue Visitenkarte. Kein Like von C.

Er schaut auf die große Uhr an der Wand, der Sekundenzeiger tickt nicht von Sekunde zu Sekunde, er läuft ohne Stakkato im Kreis, dreht sich pausenlos um die Mitte wie eine alte Bahnhofsuhr. So kann Thomas keine Sekunden zählen. Jede Sekunde lässt sich in Millisekunden teilen, unendliche Teilbarkeit, der Sekundenzeiger berührt jeden Teiler. Er mag seinen Schreibtisch, den hellen großen Raum, das Fenster, das Geräusch der Tastaturen. Das leise Telefonklingeln. Das Murmeln der anderen. Sie sind alle jung, alle um die dreißig. Manche bestimmt noch jünger. Irgendwann wird er sich hier nicht mehr fremd fühlen, er ist gut darin, sich einzugewöhnen. Wenn er im Urlaub im Hotel ist, fühlt er sich meistens nach einer Nacht schon zu Hause. Die Sonne wandert durch das halbrunde Fenster über seinen Schreibtisch. Um 16.37 Uhr ist sie hinter den Häusern gegenüber verschwunden. Die ersten Kollegen gehen schon nach Hause. »Heute ist ein ruhiger Tag, und der Chef ist nicht da, da kann man früher gehen«, sagt der mit dem Schnurrbart. »Take care, guys, see you tomorrow«, sagt Thomas, klopft in einer Geste, die gleichzeitig locker und entschlossen wirken soll, auf seinen Schreibtisch und geht.

Zu Hause setzt er sich auf Tullsta. Erster Arbeitstag im Traumjob schon zu Ende. Es ist zu spät, um in Deutschland noch jemanden anzurufen. Nach dreiundzwanzig Uhr nur noch bei Notfällen, also siebzehn Uhr New Yorker Zeit. Er hat schon seit Tagen kein richtiges Gespräch mehr geführt. Wo ist C. nur schon wieder? Da liegt noch das Foto von ihnen, der Holzrahmen ist gerissen im Koffer aus Deutschland nach Amerika. Thomas holt den Sekundenkleber, die Kappe klebt fest, er öffnet sie mit den Zähnen. Zwei Tropfen auf den Bilderrahmen. Er drückt die gerissenen Seiten zusammen, sie fügen sich perfekt ineinander. Seine Finger kleben am Fotorahmen fest. C. und er vor fünf Jahren.

Strandspaziergang. Blondes weiches Haar, und ihre Lippen schmeckten nach Salz. Ihr Zopf wippte mit jedem Schritt. Sie rannten, und er fing sie, und sie rannten, und sie fing ihn. So leicht können sich Menschen fühlen. Warmer Sand unter den Füßen. Er zog sie in die Dünen, hier konnte sie keiner sehen. Und wenn schon. Er küsste ihren Hals, salzig von Meerwasser und Meeresluft. Sie ließ sich rückwärts in den Sand fallen, er fiel neben sie. Ihr T-Shirt rutschte hoch, er küsste die blasse Haut unterhalb ihres Bauchnabels, den goldenen Flaum, der dort wuchs. Er fuhr mit der Zunge weiter nach unten. Kann sie auch niemand sehen hier? Ist doch egal, sagte C., und griff nach seinem Gürtel, öffnete die Schnalle, dann seinen Reißverschluss. Seine Knie brannten im Sand. Egal. C. schob ihre Bikinihose zur Seite. Die Möwen schrien.

C. legte ihren Kopf auf seinen Bauch, pustete über seine Haut. Überall Sand, der an den verschwitzten Stellen festklebte. So soll es für immer sein, dachte er. »So soll es für immer sein«, sagte er. C. lachte. »Für immer ist ganz schön lang.« Sie sprachen über die unvorstellbare Tiefe des Meeres, über Wesen, die dort vielleicht leben, von denen die Menschen aber noch nichts wissen. Über all die anderen Dinge, die Menschen in Zukunft vielleicht entdecken werden. Sie sagte, was er dachte. Er muss sich nicht erfinden für sie, dachte er.

»Meine Gefühle sind so tief wie das Meer«, sagte er.

»Und wie tief ist das Meer?«, fragte sie.

»Tiefer als alles, was ich je erlebt habe.«

Ihre Augen so blau wie der Nordseehimmel. Mit dieser Frau wollte er ein Baby haben. Nicht jetzt, aber irgendwann. Sie die Mama seiner Kinder, er der Papa ihrer Kinder, für immer verbunden. Sie schlenderten aus den Dünen zum Wasser zurück, sammelten Muscheln, drückten einem Opi ihre Kamera in die Hand und hielten die Muscheln ins Bild. Ein Lächeln, das sie nicht aufsetzen mussten fürs Foto. Sie hatte noch den Glanz in den Augen, den sie nach dem Sex immer hat und der damals noch neu für ihn war. Kann der Opi das erkennen? Egal. Das Foto stand schon in Hamburg in ihrem Schlafzimmer. Jetzt hält der Kleber den Fotorahmen zusammen. Thomas' Zeigefingerkuppen sind hart unter der Sekundenkleberschicht. Kann man seinen Fingerabdruck verlieren? Er hängt das Foto neben die neue Eingangstür. Wo ist C.?

Thomas greift nach seinem Buch. In Amerika will er amerikanische Literatur lesen. Amerikanische Protagonisten mit amerikanischen Eigenschaften. Aber er kann sich nicht konzentrieren. Er nimmt sein Handy von der Sessellehne, starrt auf das Display, legt es wieder weg. Wenn seine Narbe doch nur an einer anderen Stelle wäre, an der Schulter oder am Bein, wo er sie nicht so oft sehen würde.

C. kommt erst um acht Uhr nach Hause. »Wo warst du denn?« »Im Central Park. Bei den Strawberry Fields an der Westseite. War kalt, aber schön. Jemand hat ›Imagine‹ auf der Gitarre gespielt. Dann ›Can't Buy Me Love‹. Dann ›Hey Jude‹. Dann wieder von vorn. Endlosschleife. Die Sonne schien«, sagt C., »ich habe Fotos gemacht.« Sonnenuntergang war schon vor Stunden, denkt Thomas, aber er fragt nicht, was sie danach gemacht hat. Sie kann nicht den ganzen Tag im Central Park gewesen sein. Er würde am liebsten immer wissen, wo sie gerade ist. Am Anfang war das nicht so. Da fand er aufregend, nicht zu wissen, was sie gerade machte, und es sich dann erzählen zu lassen, wenn sie sich wieder trafen. Es hat sich geändert. Jetzt hat er Angst, dass sie ihm entgleitet. Und wenn sie ihm entgleitet, verliert er sich selbst. In den letzten Jahren hat er ihre Bücher gelesen und ihre Musik gehört, ist an die Orte gereist, die sie sehen wollte. Ihre Identität, seine Identität. Welcher Mensch muss er sein, damit sie ihn liebt? Damit sie nicht aufhört, ihn zu lieben. Damit er es verdient, von ihr geliebt zu werden. Schon bei der Hochzeit hatte er das Gefühl, dass sie ihn gar nicht mehr richtig wollte. Und je unsicherer er wurde, desto abweisender wurde sie.

C. hat eine Flasche Wein dabei, als sie am Abend seines ersten Arbeitstags durch die Tür in die Wohnung tritt. Thomas steht aus seinem Ikea-Sessel auf. »Also, wie war dein Tag?«, fragt sie endlich. Sie setzen sich an den winzigen Küchentisch, der Wein ist unangenehm süß. Er erzählt von dem halbrunden Fenster und den Visitenkarten und den Facebook-Likes und den vierundzwanzig Fremden und Chinese Take-away. C. nickt. Wenn sie nicht zuhört, wird ihr Blick matt, und sie nickt zu viel. Sie schaut irgendetwas hinter ihm an.

»Hörst du mir zu?«

»Ja, klar.«

Er würde gern ihre Hand nehmen, aber er traut sich nicht. Sie steht auf. »Ich glaube, ich gehe ins Bett. War ein langer Tag, viel frische Luft.« Er liest noch ein wenig. *Es war deutlich zu spüren: Etwas Furchtbares würde geschehen.* Ein guter Anfang für einen Roman. Als er ins Bett geht, schläft C. schon, ihr Atem geht gleichmäßig. Was hat sie den ganzen Tag gemacht? Er weiß, dass er fragen müsste, was mit ihr los ist. Aber er hat Angst vor der Antwort. Und so richtig will er sie auch nicht wissen. Er hat keinen Platz für ihre Probleme. Da sind diese neue Stadt und dieses unglaubliche Gefühl, zu ihr zu gehören und sie zu ihm. Sein New York. Sein neuer Job. Je länger er hier ist, desto weniger will er darüber nachdenken, wie C. ihn gern hätte. Er hat die Stadt. Er hat seine Berufung.

Als er aufsteht, schläft C. noch. Sein zweiter Arbeitstag, Thomas zieht sich heute an wie die anderen, seine neuen Kollegen. In Deutschland trug er immer bunte T-Shirts und ein Sakko darüber, die Start-up-Uniform. New Yorker tragen Schwarz, er jetzt auch. Sein Gesicht im Spiegel, braune Sommersprossen auf der Stirn auch im Winter, keine auf der Nase. Seit er hier ist, lässt er seinen Bart stehen, Dreitagebartlänge. Er reckt sein Kinn gegen den Spiegel, kein Barthaar hat die gleiche Farbe, manche sind rostrot, manche fast schwarz, manche ganz farblos. Er mag es, mit dem Bartschneider durch die weichen Stoppeln zu fahren. Thomas zieht die Augenbrauen hoch, lächelt seinem Spiegelbild zu. »Eitel«, sagt er laut in das leere Badezimmer hinein, »eitel bist du.« Amerikaner nennen das Waschbecken im Bad samt Schränkchen darunter »Vanity«, Eitelkeit. Wie passend. Seine Stimme krächzt noch von der Nacht.

Er krempelt seine schwarze Jeans hoch, bis man die Socken sehen kann. Das machen die New Yorker so, selbst an kalten Tagen. Man muss die richtigen Socken tragen, heute sind seine rot und blau gestreift. In einem Secondhandladen um die Ecke hat er Lederschuhe gefunden, Brogues, rahmengenäht, schwarz, schon gut abgetragen. Sie klappern beim Gehen wie Frauenschuhe. Er hat schon Komplimente für sie bekommen, Amerikaner machen so etwas: »I like your shoes.« In Deutschland würde das nie jemand zu einem fremden Mann sagen. Thomas zieht die Tür leise hinter sich zu, C. schläft immer noch. Mit seinen neuen Schuhen klappert er zur Subway, zur Arbeit. Zweiter Tag. Heute Abend wird er etwas trinken gehen mit seinen neuen Kollegen, after work happy hour.

Er will so sein wie New York.

C. will nicht so sein wie irgendwas, wie irgendwer. Sie will nirgends dazugehören, denkt er. C. ist C. Sie fragt sich gar nicht, was andere von ihr denken. Wenn Thomas mehr wie sie wäre, könnte er leichter er selbst sein.

4. KAPITEL

Hi

C. starrt auf ihr Handy. Es hat in ihrer Hosentasche vibriert. Schon bevor sie es herausgezogen und auf das Display geschaut hat, wusste sie, dass die Nachricht von Niu sein würde. Als wäre es ein anderes, weicheres Vibrieren als sonst. Allerdings hat außer Niu und Thomas und der Kanzlei auch noch niemand ihre neue Handynummer. Es ist genau einen Tag, vier Stunden und vier Minuten her, dass sie sich von Niu an der Straßenecke verabschiedet hat. C. hat schon ein paarmal überlegt, ob sie ihr schreiben soll. Aber sie wusste nicht, was. Nius Vogelzwitscherlachen. Ihr Blick ohne Rückhalt. C. kann das Gefühl fast anfassen, das die SMS mit diesem einen schnöden *Hi* ihr gibt, so konkret ist es in ihrem Magen.

Auf ein *Hi* gibt es keine einfache Antwort. C. weiß nicht, wie sie es interpretieren soll. Solch ein nacktes *Hi* wirkt mehr wie eine Frage als wie ein Gruß. Was will Niu damit fragen, was will sie sagen, was will sie hören? Wahrscheinlich denkt sie viel zu lange nach über das kleine Wort. Soll sie auch nur »Hi« zurückschreiben? Das wäre banal. Soll sie »How are you« schreiben? Oder erzählen, wo sie gerade ist auf ihrem Weg durch die New Yorker Straßen in Richtung Norden, in Richtung Upper West Side, wo Niu auf sie wartet. Oder vermutlich gar nicht auf sie wartet. C. steckt das Handy zurück in die Hosentasche, antwortet erst mal nicht und geht langsam weiter. Der Anfang einer Freundschaft ist ein bisschen wie verliebt sein, denkt sie. Ihre Schritte sind leichter, sie möchte hüpfen wie damals als kleines Mädchen, mit nackten Knien quer über die Straße bis zu ihrer besten Freundin. Oder mit Gummistiefeln plitsch, platsch von Pfütze zu Pfütze.

Sie ist nicht mehr sehr viel weiter vorangekommen mit ihrem Manhattan-Projekt, seit sie Niu getroffen hat. Gestern hat sie Pause gemacht, ist im Bett geblieben, ein ganzer Tag zwischen Halbschlaf und halbwach. Sie konnte einfach nicht, es war, als ob ihre Muskeln ihr nicht mehr gehorchten.

Heute wäre es gut, wenn sie Gummistiefel hätte, ihre Schuhe sind schon durchweicht, ihre Zehen feucht, sie versucht die Schneematschpfützen zu umgehen, manchmal sind sie fast knietief und so breit, dass sie nicht drüberspringen kann. Über Pfützen springen ist Notwendigkeit heute, nicht Spaß wie früher. Ihre linkischen, schweren Glieder, ihre Brüste wippen hoch und runter beim Sprung, Landung mit steifen Knien, halb im Wasser.

Die halbe Straße ist eine Schneematschpfütze, schwarzgraubraun, mit Schneeinseln und Eisklumpen darin. Und so viele Menschen auf der Straße, an denen sie sich vorbeidrängen muss. Keine Gesichter, nur Leiber. Feuchte Schneereste türmen sich an den Seiten der Bürgersteige auf und lassen nur eine schmale Spur für C. und all die anderen Fußgänger. Ständig rempelt sie jemand an. Und dann noch all die Regenschirme. Es ist sowieso nicht genug Platz für all die Einwohner dieser Stadt. Wie wäre es wohl, wenn alle gleichzeitig auf die Straßen treten würden? Acht Millionen Menschen. Plus Touristen. Plus Pendler, die nicht als New Yorker zählen, aber trotzdem dauernd hier sind. Tagsüber sind fast doppelt so viele Menschen in Manhattan wie nachts, hat sie mal gelesen. Könnten wir alle nebeneinander stehen auf den engen Straßen zwischen den hohen Häusern? Raum ist nur noch nach oben, neue Gebäude werden immer höher, bleistiftdünne Wolkenkratzer am südlichen Rand des Central Park, so schmal, als würde der erste große Wind sie umstoßen. Auf den Gehwegen dazwischen Körper in dicken Winterjacken, feucht vom ersten großen Spätwinterregen. Touristen, die Fotos von jedem Hochhaus schießen, ihre rot gefröstelten Gesichter und Mützenfrisuren auf den Selfies. Schade, zur falschen Jahreszeit nach New York gekommen, aber wir hatten trotzdem so viel Spaß. New York ist immer eine Reise wert.

C. ist am Times Square, Leuchtreklame, alles blinkt, Dunkin' Donuts wirbt für Kaffee, Abercrombie & Fitch für Jeans. Kodak, Toshiba, Microsoft, eisgekühlte Coca-Cola will jetzt doch eigentlich niemand, ein H&M-Model im Bikini auf einer ganzen Hauswand wie eine Botschaft aus einer anderen Zeit, in der Sommer war, Wärme ist unvorstellbar jetzt. Nachrichten laufen über ein Display, Börsenticker, Poster für Musicals, die C. nicht sehen will. Überall Polizisten, Touristen, Kameras, Autohupen. Eine Frau ist als Minnie Mouse verkleidet und zupft sie am Arm. »Willst du ein Foto mit mir? Fünf Dollar!« C. geht wortlos weiter. Es regnet schon seit Stunden. Sie sieht noch drei weitere Minnie-Mäuse, Spiderman ist auch da. Und Elmo aus der

Sesamstraße. Elmos rotes Fell trieft, Regen perlt von den Ohren der Minnie-Mäuse, Spidermans Superhelden-Anzug ist dunkelblau und dunkelrot vor Nässe.

Ein deutsches Paar um die fünfzig, missmutige Mienen, Kamera im Plastikregenschutz und zusammengekauert unter einem Schirm mit I-heart-NY-Aufdruck, sucht auf einem durchweichten Stadtplan nach dem Weg. Teenager mit Selfie-Stick grinsen und recken die Finger zum Victory-Zeichen vor die Kamera. Es wird langsam dunkel. Die Obdachlosen drängeln sich in die Hauseingänge, die Rücken an die beschlagenen Schaufensterscheiben der Geschäfte gepresst, so trocken wie möglich. Leere Blicke. Struwwelige Bärte. Rissige Lippen. Zerschlissene Jacken. Einer hat eine Plastiktüte von Saks Fifth Avenue auf dem Kopf. Die Wolken hängen fast auf der Straße, die Spitzen der Hochhäuser sind verschwunden. Der Himmel kommt nieder.

Zum ersten Mal bereut C. ihr Projekt. Sie würde jetzt gern mit Niu bei Starbucks sitzen. Oder noch lieber bei ihr zu Hause am Küchentisch mit einem Kaffee, den Niu gemacht hat. Vielleicht hat sie gar keinen Küchentisch. Immer wieder Niu. Ihre Gedanken kreisen um eine neue Sonne. Niu hat bestimmt so eine geschmackvoll eingerichtete Wohnung, wie sie C. immer gerne gehabt hätte. Mit Möbeln aus echtem Holz, sorgsam ausgesucht bei Antiquitätenhändlern, und, ach ja, der Ecktisch ist ein Erbstück von der Urgroßtante, die Bilder an der Wand gerahmt, und Geschirr, das zueinanderpasst. Bei C. hängen Poster immer mit Reißzwecken an der Wand. Sie hätte gern eine Wohnung wie Niu. Was soll sie auf die SMS antworten?

C. hat sich von einem der Straßenhändler eine Baseballkappe gekauft, Logo von den Yankees, wahrscheinlich ge-
fälscht. Jetzt läuft ihr der Regen nicht mehr in die Augen,
aber er sickert langsam durch ihren Mantel hindurch, das
Futter saugt sich voll, und der Stoff wird schwerer und
schwerer, an den Schultern spürt sie das kalte, graue New
Yorker Regenwasser schon.

Der Regen berührt ihren Körper. Regen war für sie schon
immer etwas Männliches. Ob sie ein anderer Mensch wäre,
wenn sie in einer Sprache ohne Geschlechter aufgewach-
sen wäre? Für C. hat jedes Ding ein Geschlecht. Es muss
eine Erleichterung sein für die Amerikaner. Immer nur *the*.
Alles so einfach. The rain. La lluvia. La pluie. Der Regen.
Männlich. Komisch, dass das andere anders sehen. Sie
würde Niu gern danach fragen.

Ob es ein Junge oder ein Mädchen gewesen wäre?

Die nasse Hose klebt an ihren Beinen. Mit jedem
Schritt schmatzt der Matsch. Schneematsch, tsch tsch tsch
schmatsch schmatz schmatz. Schneematsch klebt oben auf
ihren Schuhspitzen. Tsch tsch tsch matsch. Taxis hupen die
Touristen aus dem Weg und fahren zu dicht am Bürgersteig.
Ob sie die Fußgänger mit Absicht nass spritzen? Die Reifen
rollen noch lauter im Schneematsch. Es vibriert wieder in
ihrer Hosentasche. C.s klamme Finger ziehen das Handy
hervor, sie kann es kaum halten, so steif sind sie. Das Display ist feucht.

Hi. Ich bin's, Niu. Wie geht's dir?

C., im Bratfettgestank vor dem McDonald's am Time
Square, nasse Schultern und klamme Hosenbeine, überlegt. Wie geht es ihr? Minnie Mouse zupft schon wieder
an ihrem Ärmel für ein Foto für ein paar Dollar. Mitten
auf diesem Platz der Selfies und blinkenden Lichter und

Taxihupen und koreanischen Touristen, aufgereiht zum Gruppenbild, und Glitzeranzeigetafeln und Aktienkursen. Laut, grell, nass, kalt. Aber es geht ihr nicht schlecht, denkt sie, gar nicht schlecht. Alles außen ist schlecht. Aber innen ist sie ruhig. In Gedanken fliegt sie über sich selbst und schaut auf sich herab, Stillstand inmitten der Eile. Ein nasser Punkt mit Yankees-Kappe, sie ist das Zentrum des Universums, der Times Square kreist um sie.

Sie fliegt in sich hinein und schaut auf ihre Organe, die gleichmütig ihren Dienst leisten, sie denkt an das warme Blut, fließt mit ihm durch ihre Venen, umhüllt von roter dickflüssiger Wärme. Das Heben und Senken ihrer Brust mit ihrer Lunge, die sich füllt und leert, von den großen bis in die feinsten Verästelungen voller Sauerstoff. Das pochende, pumpende Herz. Die blitzenden Synapsen ihres Hirns, Elektronen-Torpedos durch die zwei Hälften, Kleinhirn, Großhirn, sie wackelt mit den Zehen, weil ihr Kopf ihren Muskeln das so befiehlt, sie denkt an die Haut, die sie davor schützt, dass der Regen in ihre Blutbahn dringt, die sie zusammenhält, an ihre weiche Zunge und die vielen winzigen Knochen in ihrem Ohr, an ihren Schluckmuskel und die Milz und die Leber und den Darm. Ihr allzeit verlässlicher Körper, ihr Dienstleister. Sie ist eine große Ruhe. Inmitten der Unruhe. Es geht ihr so gut wie schon lange nicht mehr.

Früher hat sie ihren Körper verachtet. Als wäre ihr wahres Ich eine wachsende Seele, die davonfliegen will wie ein Drachen im Herbstwind, dessen Schnur man loslässt. Aber sie war an ihren Körper gefesselt. Ein Körper, der Bürde ist, der krank werden kann, der sterben wird. Sie war nicht ihr Körper, sie war ihr Innenleben. Jetzt weiß sie, dass es die Unterscheidung nicht gibt. Alles ist Körper, jedes Gefühl und jeder Gedanke ein Zusammenspiel von Hormonen, von Synapsen, von Funktionen. Ihre Wangen werden heiß, wenn sie nachdenkt, ihre Hände werden kalt, wenn sie wütend wird. Sie fühlt mit dem Bauch, mit dem Kopf, mit der Haut, mit dem Herzen, mit dem Blut.

Sie pustet in ihre klamme Hand, wackelt mit den Fingern und tippt eine SMS zurück.

C: *Hi. Schön, von dir zu hören. Mir geht's gut. Bin ein bisschen nass, aber happy. Und dir?*
N: *Ha, witzig, ich bin auch nass. Gerade nach Hause gekommen.*
N: *Mistwetter.*
N: *Du bist wahrscheinlich noch längst nicht in der Upper West Side, ich weiß. Aber falls du Lust hast: Ich spiele heute Abend. Acht Uhr.*
N: *Komm doch vorbei.*

C.s Handy hört kaum auf zu vibrieren. Niu schickt eine Nachricht nach der anderen.

C: *Was spielst du denn? Und wo?*
N: *So ein kleines Konzert mit meinem Trio. Ich spiele Klavier. Ist neue Musik.*
N: *Ein bisschen abgefahren. Jazz, Elektro, Klassik, Computermusik.*
N: *Schwer zu erklären*
N: *Wahrscheinlich nicht so dein Ding*
N: *Aber wer weiß …*
N: *Es geht eigentlich auch nicht darum, dass es Dir gefällt. Wir wollen nicht gefällig sein.*
N: *Anyway. Sorry. Blabla. Ich würd mich freuen, wenn du kommst.*

C: *Hm, klingt gut. Wo denn?*
N: *The Stone, Avenue C Ecke 1st Street in der Lower East Side.*
C: *Bei mir um die Ecke*
N: *Super, ich setz dich auf die Gästeliste ...*
C: *Bis nachher*
N: *Bis gleich*

Bis gleich! Bis gleich! Bis gleich! Sie freut sich, wenn ich komme. C. liest noch einmal all die SMS, sechzehn Stück von Niu hintereinander, ihr Telefon im Dauer-Vibrato.

C. tritt in den kleinen Konzertraum. Wenn sie allein ist und sich beobachtet fühlt, achtet sie auf jeden ihrer Schritte, sie tastet sich vor, als würde der Boden sie nicht halten können. Wenn sie mit jemandem geht, denkt sie nie an den Boden. Es ist dunkel. Das Publikum sitzt auf Klappstühlen, es ist schon ziemlich voll, C. drückt sich in der hintersten Reihe ganz an die Wand. Sie hängt die feuchte Jacke über die Stuhllehne, jetzt klebt sie ihr am Rücken. Ihr Name stand auf der Gästeliste, aber Niu ist nirgends in Sicht. Alle anderen Zuschauer scheinen einander zu kennen. C. hat den Laden erst nicht gefunden, die Fenster sind mit Metall-rollläden verriegelt, Graffiti an den Wänden, eine schmale Tür mit blindem Glas, darauf nur daumenhoch der Schrift-zug *The Stone*. Niemand schaut zu ihr auf. Die Menschen flüstern miteinander, C. stößt mit den Knien an die Vorder-reihen und mit der Seite in ihren Nebenmann. Es gibt keine Getränke, nur einen Wasserspender, an der Wand hängen Schwarz-Weiß-Fotografien von Musikern mit ihren Instru-menten. C. erkennt nur einen: Thelonious Monk. Sie stellt ihr Handy aus.

Niu tritt hervor. Sie nickt zum Publikum, die Augen halb geschlossen, lange Wimpern, kein Lächeln. Sie setzt sich vor den Flügel, ihr weißes Gesicht spiegelt sich im schwarzen Flügeldeckel. Sie trägt schwarze Leggings und ein riesiges schwarzes Männer-Sweatshirt, das ihr bis fast zu den Knien reicht, die Ärmel hat sie bis zu ihren Ellbogen hochgekrempelt. Ihre flügellackschwarzen Haare. Alles an Niu ist ein Rahmen für ihr Gesicht. C. erkennt sie kaum wieder. Neben Niu setzt sich eine sehr jung aussehende Frau hinter einen Apple-Laptop, das Apfel-Logo überklebt mit einem Aufkleber in Form einer angebissenen Birne. Ihr rundes Gesicht leuchtet bläulich im Bildschirmlicht. Ein Stirnband hält ihr Haar zusammen. Eine ältere Frau im Pelzmantel mit grauen Strähnen im Haar, Spinnwebhaar, schreitet herein und hockt sich hinter ein Kinderschlagzeug, neben ihr steht eine Pappkiste mit Rasseln, Glocken und kleinen Trommeln.

Keiner sagt ein Wort, nur der Verkehr rauscht vor der Tür. Dann beginnt ein Vogelzwitschern, es muss aus dem Computer kommen. Es klingt, wie Niu lacht. Die Trommlerin wischt mit den Besen über das kleine Becken. Niu steht auf und klopft mit einem goldfarbenen Hämmerchen auf die Saiten des Flügels unter dem Deckel. Die Trommlerin holt große schwere Glocken aus der Kiste und bimmelt wie eine Weide voller Kühe. Niu setzt sich und spielt die gesamten Pianotasten langsam von rechts nach links. Jede Taste zweimal. Ein Herzschlag, der immer tiefer wird, Halbton für Halbton. Als Niu bei der Mitte des Instruments angekommen ist, erholen sich C.s Ohren von den hohen Tönen. Die tiefen klingen lange nach. C. spürt sie im ganzen Körper. Die Trommlerin wirft ein Bündel mit Holzperlen in die Luft, als sie es fängt, scheppern sie wie eine Gruppe kleiner Holzblocktrommeln. Sie geben Takt. Werfen, fangen, werfen, fangen. Das Vogelzwitschern wird immer schneller, fast kann C. keine einzelnen Töne mehr erkennen, es wird ein einziger großer Klang. Niu spielt jetzt Harmonien, sie klingen süß und traurig, wie ein Singen, das sie an etwas erinnert von ganz früher. C. bekommt eine Gänsehaut. Das Computerzwitschern wechselt in einen hohen Moll-Akkord. Die Schlagzeugerin wischt mit rechts auf dem Becken und bimmelt mit links mit winzigen Glöckchen. Sie sind in perfektem Einklang. Dann aus dem Computer ein Schrei wie von einem Adler, Niu steht wieder auf, klopft rasend schnell mit dem Hämmerchen auf die Flügelsaiten, auf die ganz hohen Töne. Der Computer spielt eine Harmonie, der Flügel klingt wie ein Vogel. Niu setzt sich, spielt ein paar Akkorde, steht auf, hämmert, setzt sich, steht wieder auf, schiebt die schwarzen Pulloverärmel höher. Sie ist Energie, wild, entschlossen, frei.

C. sieht zum ersten Mal Nius Arme. Sie bewegen sich so schnell, dass sie sie nicht genau erkennen kann. Aber ist das eine Narbe um ihr linkes Handgelenk? Ein hellrosafarbenes Narben-Armband scheint sich darum herumzuwinden. Sie erinnert sie an Thomas und gibt ihr ein merkwürdiges schlechtes Gewissen. Dann verliert sie sich wieder in der Musik, die in ihrem Kopf schwimmt. Crescendo. Dann Stille, alle drei haben die Augen geschlossen. Sekunden wie Ewigkeiten. Niemand denkt an Applaus. Dann spielt Niu, die Stirn gerunzelt, der Rücken krumm über dem großen schwarzen Instrument. Es ist ganz still, nur ihre Melodie klingt durch den Raum. Niemand im Publikum scharrt mit den Füßen, niemand hustet oder flüstert. Die anderen setzen ein. Alle drei spielen jetzt im Takt, eine alte Melodie,

die C. kennt, aber nicht erkennt. So zart, dass sie wehtut. C. denkt nicht mehr, es ist, als würde etwas brechen in ihr, aufbrechen. Die Musik erfüllt sie, füllt jeden Raum in ihr. Alles wird groß und weit. Sie ist ein Schwingen zwischen Einklang und Auseinanderdriften und Dissonanz und Zueinanderfinden. C. empfindet Angst und Hoffnung und Erleichterung und Freude und Wut und Liebe und alle Gefühle so nah beieinander. Süß und sauer. Scharf und salzig. Bitter und umami. Sie wünscht sich, dass es vorbei ist und dass es niemals endet. Als es endet, bleibt sie sitzen, bis sie wieder denken kann.

Es hat aufgehört zu regnen nach dem Konzert. Die Straße glänzt vor den Autoscheinwerfern. Es ist wärmer jetzt. Niu lehnt mit dem Rücken an der feuchten Hauswand, ein Bein aufgestellt, ihre Augen leuchten. »Wie fandest du es?« Sie blickt C. direkt ins Gesicht. »Ich kann gar nicht sagen, wie ich es fand«, sagt C., »ich habe es nicht verstanden, aber es hat mich weggetragen, ich habe noch nie so etwas gehört, es war intensiv, aber das ist so ein dummes Wort, ich fand es unglaublich, ich habe keine Worte.« C. stottert. »Ich habe keine Worte, aber das liegt nicht an der Sprache, also nicht daran, dass ich nicht gut genug Englisch kann, ich kann gut Englisch, ich kann meine Gedanken und Gefühle einfach nicht sortieren, die Musik hat mich ganz schön umgehauen. Also, es hat mir auf jeden Fall gefallen. Sehr. Sehr.«

So viele Worte am Stück hat sie schon lange nicht mehr gesagt, es waren stille Wochen. »Es ist schwer, über Musik zu reden«, sagt Niu, »besonders über neue Musik wie unsere. Musik ist größer als Sprache, sie entzieht sich jeder Definition. Über Kunst, also bildende Kunst, kann man schließlich auch nicht richtig sprechen. Man kann ein Kunstwerk beschreiben, aber nie so, dass man versteht, was es bedeutet. Es sei denn, man versucht, irgendeinen Sinn hineinzudeuten, den man selbst darin sieht. Aber das wollen wir ja genau nicht. Unsere Musik soll größer sein als ein konkreter Sinn.« C. und Niu blicken auf die Straße, sagen lange nichts.

»Ja, so fühlt sie sich auch an für mich«, sagt C. dann. »Ich bin noch immer ganz …« Sie pausiert und sucht nach dem richtigen Wort. »Erfüllt. Irgendwie ganz.« Niu stößt sich von der Wand ab, sie steht jetzt vor C., klein und schmal, ihr weißes Gesicht, ihre schwarzen Augen. Ihre Handgelenke schauen aus den riesigen schwarzen Ärmeln hervor, so schmale Knochen. Und da ist eine Narbe. C. nimmt ihre Hand und sieht sich die Narbe an. Sie ist anders als die von Thomas. Die Mitte der Narbe schneidet viel tiefer ein als Thomas' weiche Ästelchen. Und sie hat neben dem tiefen Einschnitt viele kleine Einstiche, als hätte sie jemand mit grobem Garn zugenäht. C. streicht mit der Fingerspitze darüber. »Was ist passiert?«, fragt sie leise. Niu blickt auf die Straße, antwortet lange nicht. Dann so leise, dass C. sie kaum versteht: »Ach du, nichts. Nichts. Drachen getötet. Drachenkampfwunde.« Niu grinst und nimmt C.s kalte, große Hände in ihre warmen, trockenen, kleinen Hände und hält sie fest. Ihre Finger schieben sich zwischen C.s Finger.

»Ich mag dich«, sagt Niu.

»Ich mag dich auch«, antwortet C. ein bisschen zu schnell.

»Du hast keine Jacke an, ist dir nicht kalt?«

»Nein, mir geht es gut, lass uns noch ein bisschen draußen bleiben. Die kalte Luft fühlt sich gut an. Ich bin nach den Konzerten immer so aufgedreht.«

Niu lässt C.s Hände nicht los. »Ich möchte, dass alles genau so bleibt, wie es jetzt ist«, sagt sie. »Stell dir die Ewigkeit vor!« C. nickt und schweigt. Sie wird Niu noch einmal nach der Narbe fragen, aber nicht jetzt. Ihre Blicke folgen Nius Blicken, sie schauen den Autos auf der Houston Street hinterher und den Menschen, die aus dem kleinen Konzertsaal kommen und zur Subway gehen, in den grauen Himmel, auf den nassen Gehweg, auf Nius Hände, die C.s Hände halten. Sie sind still, minutenlang. Verrückt, denkt C., früher wäre mir das hier peinlich gewesen, in Deutschland, wo die Leute gucken, und wo ich Leute kenne. Hier ist sie frei. Sie hat sich nach Freiheit gesehnt in Deutschland, ohne zu wissen, wie sich Freiheit anfühlt. In Deutschland hätte sie das Konzert nicht ertragen, ihre Gedanken wären gewandert zu To-do-Listen und Karriereplänen und an Orte, an denen sie lieber gewesen wäre. Sie hat sich danach gesehnt, in der Gegenwart zu leben statt in der Zukunft. Sie hatte keine Ahnung, wie man Musik wirklich hört.

»Ich werde dich nicht C. nennen«, sagt Niu. »Du bist mehr als ein Buchstabe, Carmen.« Sie stellt sich auf die Zehenspitzen, ihr Gesicht kommt näher an C.s Gesicht. Zeitlupe. C. neigt sich herab und drückt ihre Lippen auf Nius Lippen. Hauchschnell, weich auf weich, Mund geschlossen. Hat Niu das gewollt? Einen Kuss? C. fährt zurück, aber Niu folgt ihr und küsst sie. Sie hat das gewollt. Warmer Atem, eine fremde Zunge, sie schmeckt ein bisschen säuerlich. Hände verschlungen. Lippen so weich. Sind das Sekunden oder Minuten oder Jahre? Alles an C. kribbelt. Blut rauscht in ihren Ohren. Keine Kraft in den

Gliedern. Sie hebt ab oder fällt um. Alle Instrumente im Orchester zum großen Crescendo. Das Grande Finale beim Feuerwerk. Ein Schweißtropfen, der langsam die Wirbelsäule hinabrinnt. Ein Windstoß in der Wüstenhitze. Zuckerwatte auf der Zunge. Sonnenfinsternis. Tropenregen. Vollmondschimmer auf einem stillen See. Niu löst sich und wendet ihren Blick ab.

»Danke, Niu, danke, danke, danke«, sagt C.

»Ich gehe mich mal von den anderen verabschieden«, antwortet Niu leise, »sehen wir uns bald?«

»Ja, bald«, sagt C. und zieht ihre Hände langsam aus Nius Händen. »Ganz bald, hoffentlich.«

C. läuft langsam nach Hause. Ohne Angst, ohne Druck, ohne Eile. Der Boden ist fest und hält ihre Schritte, sie muss nicht vorsichtig gehen. Es ist, als wären ihre Sinne gewachsen, sie sieht und hört und riecht. Alles ist neu, das Hässliche ist schön. *There's a crack in everything / that's how the light gets in.* Die heiße Luft, die aus dem Subway-Schacht aufsteigt und sich mit der Märznachtluft zu festen, feuchten Dampfschwaden vereint, die nach Keller stinken und Brillen beschlagenlassen. Das Klackern ihrer flachen Absätze, Holz auf Asphalt. Der Glanz der feuchten Mauersteine. Ein einäugiger Hund, eine Fellhöhle, wo das linke Auge sein sollte. Das Seufzen der weiß-blauen Linienbusse. Eine durchweichte Papiertüte, die an einem Mülleimer klebt. Der Fleischdampf der Hotdogs aus dem silberfarbenen Wägelchen an der Straßenecke. Die Frau, die in eine der letzten Schneematschpfützen tritt, ihr nasser Schuh, ihr leises Fluchen. Die braunen Treppenstufen vor C.s Haustür, in der Mitte flach und abgewetzt, ausgehöhlt von hundert Jahren Schuhsohlen. Kinderfüße hinaufgeklettert, Sargträger hinabgeschritten.

Thomas schläft schon. Halb auf dem Bauch, halb auf der
Seite. Die dicke Daunendecke über ihm, nackte Schultern
heben und senken sich. Ihr erster Kuss ist ein Jahrtausend
her. Wie sie vor ihrer Haustür standen, eng aneinander
unter dem schmalen Vordach, ein Vorhang aus Hamburger
Nieselregen um sie herum. Sein schüchternes Lächeln. Sie
hat sein Gesicht zwischen ihre Hände genommen. Kalte,
feuchte Nasenspitzen. Raue Lippen, die ihre weichen Lippen kratzten und streichelten zugleich. So raue Lippen. Erst
ein kurzer Kuss, dann ein langer. Dann Abende voller Küs-
se, durchküsste Partys, sie waren das Paar, das alle gleichzeitig beneideten und verabscheuten, aneinandergeklebt,
Lippen aufeinander, Hände ineinander. Sie haben geredet,
und sie hat ihm alles erzählt. Sie hat Gedanken gedacht,
die sie noch nie gedacht hatte, die aber in ihr waren. Und
er fand sie interessant, weise, wahr. Und hatte die richtigen
Antworten. Er hat ihr von seinen Plänen erzählt, wie er
die Welt retten will. Der Klimawandel, Ausbeutung der Ar-
beiter in den chinesischen iPhone-Fabriken, die Neonazis
vom Stellinger Weg, Plastiktüteninseln in den Ozeanen, die
armen Kinder im Südsudan, Vergewaltigungen in Indien,
Leseschwäche von Kindern mit Zuwanderungsgeschichte
in Deutschland, Erdbeben in Nepal, die Globalisierung,
schlechte Fahrradwege, Zwangsbeschneidungen von jungen Frauen in Afrika, zu wenig Frauen in Führungsposi-
tionen, Hühner-Käfighaltung und Mastsauen im Kasten-
stand, Amerikas Waffengesetze, deutsche Studiengebühren,
syrische Diktatoren, Mehrwertsteuererhöhung, Bildungs-
chancen für Mädchen, Israels Siedlerpolitik, HVV-Ticket-
preise, Pressefreiheit in Russland, Atomstrom. Er hat ihr
von allem erzählt, er hatte Meinungen, zu allem hatte er
Ideen und Pläne, sie war beeindruckt, wie tief und ehrlich

ihn diese Dinge trafen, über die sie sich schon längst nicht mehr aufregen konnte. Dass er etwas tun wollte. Wie er unter den Weltnachrichten litt. Wie er glaubte, dass man etwas tun kann. Sie wusste immer, was er denkt. Er hat schon von Anfang an davon gesprochen, dass er mit ihr eine Familie gründen will, und sie hat nicht nein gesagt dazu, auch wenn sie sich ihn zwar wunderbar als Vater vorstellen konnte, sich selbst aber nie als Mutter. Wie hätte sie nein sagen können dazu? Sie war sich ja selbst nicht sicher, hätte es nie erklären können, hatte keine Kraft, darüber nachzudenken, darüber zu sprechen. Er war so unschuldig, er hat sie gerührt.

Wie sie nachts aufwachte in ihrer ersten gemeinsamen Nacht, ihr Kopf voll mit seinen Worten, und er lag da wie jetzt, halb auf dem Bauch, halb auf der Seite, nackte Schultern, das weiße Betttuch über seinen perfekten runden Pobacken, seine Sommersprossen wie ein Sonnensystem. Blasse Haut im matten Schimmer der Straßenlaterne, deren Licht durch die Gardinen drang. Sie fuhr die Linien zwischen den Sommersprossen-Sternenbildern entlang, er wachte auf, lächelte. Sie wollte das für immer, für immer mit diesem Mann.

Inzwischen hat sie alles gehört von ihm. Wenn er redet, beobachtet sie die Spucke in seinen Mundwinkeln, und wenn sie dann nichts antwortet, ist er beleidigt. Und wenn sie sagt, was sie denkt, ist er beleidigt. Er ist auch nur einer, der redet, aber nichts tut. Nichts verändert sich. »Wer sich für alles interessiert, interessiert sich für nichts richtig«, hat sie einmal zu ihm gesagt. »Optimismus ist für Leute, die nicht genug nachdenken.« Thomas sagt, dass Pessimisten auch nicht mehr wüssten als Optimisten. Dass alle Pessimisten sagten, dass sie Realisten seien, dabei hätten sie auch nicht öfter recht. Dass sich nichts ändere, wenn man nicht an Veränderung glaube.

Eine Woge Zärtlichkeit treibt ihr Tränen in die Augen. Er ist so ein guter Mann, denkt C. Er liegt immer auf seiner Seite des Bettes, immer rechts, nie in der Mitte, er lässt immer Platz für sie. Sie schlüpft aus ihren Klamotten, die noch immer ein bisschen feucht sind, lässt sie auf den Boden fallen, kriecht nackt zu ihm ins Bett, drückt ihren kalten Bauch und ihre kalten Brüste gegen seinen Rücken, schmiegt ihre Nase in sein Haar. Der Duft seines Shampoos, seiner Kopfhaut, seine Bettwärme. Sie fährt mit dem Zeigefinger von Sommersprosse zu Sommersprosse, so wie früher. Sie streckt sich und greift nach seinem Handgelenk, fährt einmal um die Narbe herum, genau wie sie vorhin über Nius Narbe gestrichen hat. C. atmet im Takt mit Thomas. Das hat sie schon so lange nicht mehr gemacht. Sie schläft sofort ein.

Am nächsten Tag hört sie nichts von Niu. Am Tag danach auch nicht. Am dritten Tag schreibt sie Niu eine SMS. Keine Antwort. Vielleicht hört sie nie wieder von ihr. Am Abend kommt Thomas nicht nach Hause, ohne C. vorher Bescheid zu sagen. Erst um drei Uhr morgens hört sie ihn in die Wohnung poltern. Er fällt schwer ins Bett, die Klamotten noch an. Sie stellt sich schlafend.

5. KAPITEL

Thomas reißt die Augen auf. Seine Zunge ist dick und schwer, die Lippen trocken, Spucke klebt vom Mundwinkel zum Kinn, sein Herz hämmert in den Ohren. Der iPhone-Wecker brüllt, brüllt, brüllt, fiep, fiep, fiep. Ein, zwei, drei Versuche, bis er es schafft, den Alarm auszustellen. Seine Finger zittern auf dem Display. Er hustet. Husten tut weh. Sein linker Arm ist taub, seine linke Gesichtshälfte brennt, er hat mit der Wange auf dem Handrücken geschlafen. Lange kann es allerdings nicht gewesen sein. Es ist sieben Uhr. Er weiß nicht mehr, wann er nach Hause gekommen ist. Oder wie. Es war spät. Seine Gedanken sind eine heiße Suppe, zu lang gekocht. Wenn er den Kopf bewegt, schwappen sie hin und her gegen seine Schädeldecke. Seine Erinnerungen aus der Nacht wabern mit der Gedankensuppe gegen seinen Hinterkopf, gegen seine Stirn, gegen links und rechts und oben und unten in seinem Kopf. Er erkennt sie nicht wieder. Er schnappt nach Luft, als es ihm wieder einfällt.

Er hat es verraten.
Hat er es verraten?
Hat er zu viel verraten?
Wem hat er es verraten?

Wieso hat er es verraten?

Er ist ein Verräter.

Er hat etwas Schreckliches getan.

Und dann auch noch Niu.

Die Panik schießt in seine Wirbelsäule, er schwitzt und friert gleichzeitig.

In den Sitzbänken wohnen Würmer, hat Matt gesagt. Ich bleibe lieber stehen. Er wusste jetzt den Namen von seinem Kollegen, dem mit dem Schnurrbart. Matt. Sie sind nach der Arbeit zusammen aus dem Büro gegangen. Esther und Lamar und Matt und Tom. Tom! Er, Tom, Thomas war einer von ihnen. Sie fuhren mit der Subway bis nach Brooklyn. Thomas schaffte es diesmal sofort, die Metrocard im richtigen Tempo durch den Leseschlitz zu ziehen. Er wusste nicht, wohin sie fuhren, und lief den anderen hinterher, zwischen Menschenmassen, es war laut, am Union Square drängelten sie sich an einer Gruppe Breakdancern vorbei. Sie sahen aus wie in einem MTV-Musikvideo aus den Neunzigern. Die anderen unterhielten sich, Toms Blick blieb an den nackten, schwieligen Füßen des Obdachlosen hängen, der neben den Breakdancern lag. Sie waren von verkrusteten Wunden überzogen. Die weißen Kacheln der Subway-Station reflektierten das grelle Licht. Die anderen navigierten an all den Werbeplakaten, Schildern und den Menschen vorbei, als wären sie nicht da. Thomas stolperte, seine Tasche war groß und schwer, fast wäre er gefallen. Sie betraten die Subway, nach ein paar Stationen stiegen sie aus und warteten eine Weile am Gleis auf eine andere Bahnlinie. Thomas wusste nicht mehr, wo sie waren. Die

Namen der Stationen sagten ihm nichts. Er konnte dem Gespräch der anderen nicht folgen. Es war zu laut, sie redeten zu schnell, und immer ging es um Fernsehshows oder Comedians, die er nicht kannte. Thomas schaute auf die Gleise. Eine Ratte rannte an den Schienen entlang.

Thomas setzte sich auf eine der Holzbänke, Matt und die anderen blieben stehen. Thomas wusste, dass in den Bänken keine Würmer waren – was für ein Quatsch –, und überlegte trotzdem, ob er wieder aufstehen sollte. Er blieb sitzen und schaute zu den anderen hoch, die von der Kneipe redeten, zu der sie gerade fuhren. Irgendwo in Bushwick. Matt geht nie in Manhattan aus, immer nur in Brooklyn, sagte er. Am liebsten in Bushwick, sagte er, er wohnt da auch. Thomas wusste nicht genau, wo Bushwick ist. Irgendwo weiter im Osten. Er war erst zweimal in Brooklyn gewesen und nie so weit draußen. Einmal bei Ikea und einmal in Williamsburg direkt am Ufer, wo er Manhattans ganze Skyline und fast sein Haus auf der anderen Flussseite sehen konnte. Und dann sei da in Bushwick nicht weit weg von der Kneipe nachher noch diese Party von einem Freund von Matt, der Theaterstücke schreibt und mit seiner Künstler-WG ein ganzes Haus bewohnt. Tom könne mitkommen, wenn er wolle. Wollte er.

In der Kneipe in Bushwick gab es nur Dosenbier. Es schmeckte schal und war so kalt, dass Thomas winzige Eisstücke auf der Zunge spürte. Die Wände waren über und über mit den Bierdosen dekoriert, halb aufgeschnitten, das Licht spiegelte sich und brach sich in ihrem mattsilbernen Alu. Das Bier hieß Pabst Blue Ribbon, PBR, und kostete nur zwei Dollar. Mit Schnaps dazu fünf Dollar. Im Garten hinter der Kneipe konnte man im Sommer Minigolf spielen, und die gesamten Minigolfhürden waren aus PBR-Dosen gebaut. Er habe die Anlage letztes Jahr mitgebaut, sagte Matt. »Früher war PBR ein Billigbier, das keiner wollte, aber heute ist es wieder cool.« Es schmeckt noch immer wie Billigbier, dachte Thomas. »Cool«, sagte Tom. Die Dose war angenehm feucht und kalt in seiner Hand, er kannte Dosenbier von ganz früher, von seinen ersten heimlichen Bieren mit seinen Kumpels auf dem Fußboden in seinem Kinderzimmer. Die Angst, dass seine Mutter das Bier in seinem Atem roch. Es hat damals auch nicht gut geschmeckt, aber sich gut angefühlt. In Deutschland gibt es kaum noch Bier in Dosen, schade eigentlich, dachte Thomas, das Dosenpfand, aber auch gut irgendwie, na klar, die Umwelt.

Sie tranken vier Bier und vier Jim Beam. Jeder zahlte eine Runde. Erst Matt, dann Esther, dann rief Thomas: »Next round is on me«, und war froh, wie normal das klang. Lamar hatte einen Afro und schwarz lackierte Fingernägel und Esther so chlorblond gefärbte und ausgeblichene Haare, dass sie grau aussahen. Sie hatte eine Ratte als Haustier, als sie sechzehn war. Sie hat sie immer mit in die Highschool genommen, in der Bauchtasche von ihrem Kapuzenpulli, die Lehrer haben nie etwas gemerkt. Natürlich wäre das verboten gewesen in der Highschool, die sogar die minimale Rocklänge der Schülerinnen in Inches festgelegt hat in ihrer Hausordnung. Eines Morgens ist Esther aufgewacht, und die Ratte lag kalt und tot neben ihr im Bett. Vielleicht hat sie das Tier erdrückt im Schlaf. Sie hat noch immer Schuldgefühle deswegen, erzählte sie. Thomas musste nicht viel sagen, die anderen redeten und lachten, Thomas lachte mit. Wenn Esther die Arme hob, konnte er ihren Bauchnabel sehen. Sie hatte sich die Achseln nicht rasiert. Wann hatte Thomas zum letzten Mal Achselhaare gesehen? Matt, Esther, Lamar, Tom. Einmal legte ihm Matt die Hand auf die Schulter.

Ob C. sich fragte, warum er nicht nach Hause kommt? Er hatte ihr nicht Bescheid gesagt. Sie konnte ihm ja schreiben, wenn sie sich Sorgen macht. Er wollte jetzt nicht an sie denken. Er schaute kurz auf sein Handy, nein, sie hatte ihm noch immer nicht geschrieben. Seine Gedanken wanderten weiter von C. zu Niu. Ob er sie vielleicht bei Google findet? So viele Frauen in New York werden doch nicht Niu heißen, dachte er. Er sollte jetzt nicht an sie denken, nicht an Niu oder an C. Er sammelte seine Aufmerksamkeit wieder zurück auf seine neuen Freunde, die um ihn herumstanden, die PBRs in der Hand.

Thomas hatte heute im Büro den ganzen Tag gewartet, dass Matt endlich die After-Work-Drinks erwähnt. Er wollte lieber nicht nachfragen, nicht zu eifrig wirken. Manchmal passiert ihm das, dass er so sehr darauf aus ist, nett zu wirken und Freunde zu finden, dass jede Zelle an seinem Körper überspannt. Die Leute irritiert das. Thomas hatte Angst, dass er platzen würde, dass es aus ihm herausplatzen würde, wie wichtig es ihm war, dass sie am Abend etwas trinken gehen und er mit dabei sein könne. Es war nicht so wichtig für Matt, das wusste er. Als Matt ihn am Nachmittag tatsächlich gefragt hat, ob er mit nach Bushwick wolle, schossen ihm Tränen in die Augen. Er hat sie weggeblinzelt. Bushwick irgendwo in Brooklyn.

Der Tag im Büro hatte schlecht angefangen. Der Chef war wieder nicht da gewesen. Er war schon wieder in irgendwelchen Meetings, erst an der Wall Street, dann in Midtown, weil er Venture-Capital eintreiben muss, erzählten ihm die anderen. »Wir starten gerade eine neue Finanzierungsrunde, weißt du, und da ist Jon auf Roadshow.« Diese Worte aus der Start-up-Welt, die Thomas früher nur in der Zeitung gelesen hatte, betreffen jetzt sein Leben. Was, wenn kein frisches Geld fließt? Thomas fühlte sich nutzlos. Als Jons Büro schon wieder leer war am Morgen, fürchtete er, dass er wieder einen ganzen Tag im Internet surfen und dem Staub beim Tanz zuschauen müsse. Und auf sein Handy starren. Je weniger er zu tun hatte, desto mehr dachte er an Niu und die Narbe. Und je mehr er darüber nachdachte, desto unwirklicher kam es ihm vor. Er rieb immer und immer wieder über seine Narbe. Er hatte C. nicht von Niu erzählt. Sie hätte ihm bestimmt ohnehin nicht geglaubt, dass er jemanden gefunden hat, der die exakt gleiche Narbe hat. Sie hatte ihm den ganzen Tag nicht geschrieben, sie schrieb ihm fast gar nicht mehr, wenn es nichts Organisatorisches zu schreiben gab. Wir haben keine Milch mehr. Denkst du dran, dem Vermieter den Scheck zu schicken?

Das Nichtstun im Büro machte ihn nervös. Er war nach New York gekommen, um etwas zu tun. Aber um kurz vor zehn, Thomas war schon ganz verzweifelt vor Langeweile, kam Jonathan McInnerny, PhD, der Chefchemiker und Firmenmitgründer, zu ihm und gab ihm einen schweren schwarzen Aktenordner, aus dem verknitterte gelbe Postits hervorschauten.

»Hier, lies das mal, du kannst ja kein Marketing für uns machen, wenn du nicht richtig verstehst, was wir tun. Hast du eine Ahnung von Bio und Chemie?«

»Ein bisschen«, log Thomas.

Er las den ganzen Tag die Unterlagen und musste ziemlich viel googeln, die Fachbegriffe aus der Chemie und Biologie kannte er nicht, erst recht nicht auf Englisch. Die Papiere erklärten das Verfahren von Meat No More, die Patentanträge laufen, Kopien anbei. Da gibt es eine neue Idee, von der Thomas noch gar nichts gehört hatte: Sie wollen falsches Hähnchengeschnetzeltes aus einem speziellen Erbsenpüree machen, das genauso schmeckt wie richtiges Hähnchen, und das ganz ohne Soja. Thomas verstand vieles nicht. Was ist pea protein isolate? Und was genau machen Emulgatoren? Auf alle Unterlagen hatte jemand oben rechts »confidential« gestempelt. Ganz schön oldschool, Papier mit Stempel, dachte Thomas. Und so »confidential« wird es schon nicht sein, sonst würden sie es ja nicht ausgerechnet ihm zeigen, dem Neuen. Er machte eine Kopie von zwei Seiten mit vielen Formeln und steckte sie in seine Tasche. Er wollte sie C. zeigen. C. hatte Chemie-Leistungskurs gehabt.

In der Kneipe mit den anderen fiel die Anspannung des Tages nach und nach von ihm ab. Nach den vier PBR und vier Schnäpsen zogen sie weiter zur Party. Die kalte Luft vor den beschlagenen Fensterscheiben der Kneipe biss Thomas ins Gesicht. Ihm war ein bisschen übel. »Wohin gehen wir?«

»Ist nicht weit, nur drei Straßen entfernt«, sagte Matt.

Das WG-Partyhaus hatte vier Stufen bis zur Eingangstür, braune Steine, brauner Türrahmen, ein braunes Haus. »Brownstone Brooklyn«, sagte Matt, »so sehen die Häuser hier alle aus.«

»Cool«, sagte Tom.

Drinnen hing Blümchentapete an der Wand, und es roch wie im Hausflur von Thomas' Großmutter.

»Hier hat ein schwarzes Ehepaar gewohnt, die Johnsons«, sagte Matt, »erst mit Kindern, die sind alle nacheinander ausgezogen. Ich glaube, es waren fünf. Dann sind zwei Kinder wieder eingezogen, es kamen Enkel. Die Leute in der Nachbarschaft reden immer noch von der WG, die bei den Johnsons wohnt, obwohl die Johnsons schon seit fünf Jahren weg sind. Das ist hier eine richtige Nachbarschaft, anders als in Manhattan, die kennen sich hier alle. Die Johnsons haben hier ihr ganzes Leben lang gewohnt, jahrzehntelang, bis ...« Bis ... Matt sagte seinen Satz nicht zu Ende. Thomas wollte ihn auch lieber nicht zu Ende hören. »Das ist wie bei mir zu Hause, da wo meine Großeltern wohnen«, sagte er, »die Nachbarn haben gesagt, dass meine Familie im Haus der Neuschützers eingezogen ist. Selbst nach Jahren in dem Haus haben sie noch gesagt, dass wir bei den Neuschützers wohnen. Erst als meine Großeltern weggezogen sind, wurde es unser Haus. Jetzt sagen alle, dass die neue Familie im Haus der Siegelmanns wohnt. Es ist ein bisschen so, als würde man erst dazugehören, wenn man wieder wegzieht«, sagte Thomas. Als hätte man erst eine Heimat, wenn man sie hinter sich gelassen hat, dachte er.

Sie gingen knarzende Treppenstufen empor, an der Blümchentapete entlang. Im ersten Stock legte ein DJ elektronische Musik auf. Thomas mochte, wie sie sich in seinem Bauch anfühlte. Wie ein zweiter Puls. Sein erster Puls passte sich an, nach ein paar Minuten schlug er im Takt des Techno. Aus Plastikkisten war eine Bar aufgebaut, auf der Wodka stand. Bier lag in einer Blechwanne voller Eiswasser. Noch mehr PBR in Dosen. Thomas holte sich eine. Er hatte sich an den Geschmack schon gewöhnt.

»Das hier ist Zachary, mein Kumpel, der hier wohnt«, sagte Matt, »ich gehe mal aufs Klo.«

»Hi«, sagte Zachary, »nenn mich Zach, nice to meet you. Du bist Deutscher?«

»Ja.«

»Wow, woher kommst du?«

»Aus Hamburg.«

»Hm, da war ich noch nicht. Ich war mal in Berlin und in Garmisch-Partenkirchen. Wie gefällt dir New York?«

»Super, ich liebe es.«

»Meine Freundin Zania hat mal in Deutschland gelebt, fand es aber kacke«, sagt Zach, »sie ist schwarz, und bei euch ist das nicht so einfach, voll viele Rassisten, sie hatte manchmal richtig Angst, aus dem Haus zu gehen.«

Thomas wusste nicht, was er dazu sagen soll. Sollte er sich entschuldigen?

»O Mann, das tut mir leid«, sagte er.

»Nicht deine Schuld, komm, ich stell dich mal ein paar Leuten vor«, sagte Zach und brachte ihn zu einer Gruppe, alle tranken PBR. »Das ist Zania.« Und dann sagte er viele andere Namen. Thomas konnte sich keinen einzigen merken.

Wenn er sich doch nur besser erinnern könnte. Er ist noch immer zu schwach, um aufzustehen, letzte Nacht war zu viel für ihn. Er dreht sich auf die Seite, die Matratze ist heiß. Seine Zähne vibrieren, er kann seine Gedanken nicht sortieren. Er hätte gern Wasser und Aspirin, aber er kann nicht aufstehen. Ihm ist schlecht. Wenn er jetzt aufsteht, wird ihm noch schlechter werden. Er würde gern kotzen, aber C. ist im Bad. Er hört das Rauschen der Dusche. Wenn er sich doch nur an die Namen von gestern Abend erinnern könnte. Oder die Gesichter. Wer war dabei, als Thomas geredet hat? Zu viel geredet.

Auf der Party waren alle etwas jünger als Thomas. Er verstand sie nicht. Sie benutzten Wörter, die er nicht kannte und über die er erst lange nachdenken musste. Sie sagten »totes adorbs« und meinten »totally adorable« oder »cray cray« und meinten »crazy« und »amazeballs« für »amazing«. Und sie redeten von Schauspielern und einem Videospiel und irgendeinem Fernsehmoderator, der früher so getan hatte, als wäre er konservativ, war er aber gar nicht. Thomas kannte sie alle nicht. Er versuchte etwas zu sagen, aber wenn er sich etwas überlegt hatte, hatten die anderen schon das Thema gewechselt. Alle waren viel kleiner hier als er. Er musste sich hinunterbeugen, um sie zu hören. Es war laut, und er hatte zu viel getrunken.

Matt, Esther und Lamar hatte er schon seit einer Weile nicht gesehen. Er ging in den zweiten Stock. Für die Amerikaner war das der dritte Stock, sie nennen das Erdgeschoss den ersten Stock. Wenn man eine einzige Treppe hochgeht, ist man im zweiten Stock. Thomas findet das verwirrend. Jedenfalls gab es im deutschen zweiten Stock, also im amerikanischen dritten Stock, eine Ecke mit MaIm deutschen zweiten Stock, also im amerikanischen dritten Stock, gab es eine Ecke mit Matratzen. »Hey«, rief Lamar, »wir sind hier.« Die drei lagen auf den Matratzen und kifften. Thomas hatte schon seit Jahren nicht mehr gekifft und sowieso nur selten, immer nur, wenn jemand etwas auf eine Party mitgebracht hat. Er nahm einen tiefen Zug, seine Lungen brannten. Der Joint schmeckte nicht nach Tabak. »Nö, Gras pur«, sagte Lamar. »Gleich fängt das Theaterstück von Zach an, er schreibt da was und will schon einmal erste Meinungen hören. Work in progress«, sagte Matt. Thomas wurde müde. Und Hunger hatte er auch.

Mitten im Raum stellte Zach drei Barhocker auf. Zania und zwei von Zachs Freunden, die Thomas schon von unten kannte, kletterten darauf. Aus dem dritten (oder vierten?) und dem ersten (oder zweiten?) Stock kamen alle Partygäste in den zweiten (oder dritten?) Stock. Zania schlug die Beine übereinander, legte den Kopf in den Nacken. »Welcome to the show«, sang ein Mädchen mit Opernstimme in absteigenden Terzen. Zania sprang vom Stuhl auf. »Ich habe meine Nase verloren«, rief sie und fasste sich ins Gesicht. »Meine Nase ist weg. Ich habe keine Nase mehr. Ich blute nicht, das Organ ist abgefallen, als wäre es nie da gewesen, da sind nur noch bleiche Löcher mitten in meinem Gesicht. Wo ist meine Nase?« »Wer braucht schon eine Nase?«, sagte der Junge auf dem Stuhl neben Zania, »stell dich nicht so an.«

»Solange du noch riechen kannst durch die zwei Löcher«, sagte die andere Schauspielerin, »wozu brauchst du dann eine Nase?«

»Aber ich will eine Nase wie alle anderen auch, du hast eine Nase und du auch, und du, du, du, du, du, du«, schrie Zania und deutete auf die Menschen im Publikum. Zach schlug einen Tusch im Hintergrund.

»Du solltest dankbar sein, dass du riechen kannst und es so angenehm duftet hier. Denk doch an die armen Kinder in Afrika, die haben zwar eine Nase, aber sonst nichts, und außerdem riecht es bei denen oft nicht gut«, sagte die Schauspielerin.

»Und du schnüffelst hier das Blümchenaroma und stellst

dich an, weil deine Prada-Sonnenbrille nicht mehr im Gesicht hält«, sagte der Schauspieler, »die Nase hat doch nur noch diese eine Bedeutung in der Gesellschaft, als Luxusobjektträger, als Deko-Objekt, als Schönheitsmerkmal.« Die Schauspielerin lachte gehässig.

Es passierte nichts in Zachs Stück, die Schauspieler diskutierten ewig lang über Zanias Nase und die Bedeutung der Nase an sich. Zania nahm die Hand nie aus dem Gesicht.

Thomas fasste sich an die eigene Nase. Neben ihm hatte sich Matt genau gleichzeitig an seine Nase gefasst. Matt grinste ihn an, Thomas grinste zurück. Die Zeit raste und stand still. Thomas wusste nicht, wie viel Uhr es war, und es spielte auch keine Rolle mehr. Er existierte außerhalb von Raum und Zeit. Er lag auf der Matratze, den Kopf an ein Kissen gelehnt, wahrscheinlich hatte er ein Doppelkinn. Er schaute an seinem Körper hinab und sah, wie sein Bauch sich hob und senkte mit seinem Atem.

Als er wieder aufwachte, war das Stück zu Ende. Matt war weg, und andere, fremde Leiber lagen neben ihm auf den Matratzen. Sie waren ein Leiber-Haufen, und es fühlte sich schön an, Teil des Haufens zu sein. Nichts daran war sexuell, nur schön und warm. So wie auf Mamas Schoß zusammenrollen und Mamas Hand auf dem Rücken haben. Aber er musste mal. Er stemmte sich auf, seufzte, wankte zum Klo, es war ein Stockwerk weiter unten. Auf der Treppe wurde ihm schwindelig und schlecht. Man konnte die Klotür nicht abschließen, sonst hätte er sich den Finger in den Hals gesteckt, vielleicht hätte er sich dann besser gefühlt. Er hielt sich beim Pinkeln von innen am Knauf fest und so die Tür zu. Sein Mund war trocken. Er trank kaltes Wasser aus der Leitung, ließ sich Wasser über die Pulsadern laufen.

Dann holte er sich noch ein Bier.

»Wie hat dir mein Stück gefallen«, fragte Zach, der plötzlich neben ihm an der Wanne voller PBR stand.

»Super«, lallte Thomas, »super kreativ.« Er hatte seine Zunge nicht mehr im Griff und sagte lieber nicht, dass er das Ende nicht gesehen hatte, weil er eingeschlafen war. Um sie herum standen jetzt drei, vier, fünf Leute und redeten schneller, als er hören konnte. Eine spielte Cello in einer Punk-Band. Der Schauspieler aus dem Nasen-Stück war auch hier. Eine Frau schrieb Gedichte und gerade an ihrem ersten Roman. »Das dritte Kapitel klemmt ganz schön, Schreibblockade«, sagte sie. Einer war Maler beziehungsweise Sprayer, aber er sah sich eher als Maler, sagte er. Ein anderer, sehr jung aussehender Typ war Choreograph und Tänzer und inszenierte sein eigenes Ballett mit einer Gruppe Freunden. Ein Mädchen designte winzig kleines Spielzeug und druckte es im 3-D-Drucker aus. Alle hatten etwas zu sagen, alle hatten ein »Passion Project«, eine Zukunft, von der sie träumten, und einen »Day Job«, mit dem sie ihr Geld verdienten bis zum Durchbruch. Zach war Mathe-Lehrer an der Highschool hinter dem Lincoln Center.

»Und was machst du so, Tom?«, fragte er. »Bist du Künstler?« Thomas überlegte kurz, ob er von den Gedichten erzählen sollte, die er manchmal nachts in sein schwarzes Moleskine-Notizbuch kritzelt, immer mit Bleistift, damit er sie am nächsten Morgen ausradieren kann, wenn sie zu schlecht sind. Aber es war ihm peinlich. Thomas war der langweiligste Mann der Welt. Und die Stadt zählte hier nicht als Interessantmacher, Thomas, der Typ, der nach New York gezogen ist. Hier waren ja alle in New York.

»Nein«, sagte Thomas, »ich bin kein Künstler. Ich mag Kunst, aber ich mache eigentlich nur meinen Job.« Zach und die anderen sahen enttäuscht aus. Klingt blöd, dachte Thomas, klar mag er Kunst, jeder mag Kunst. Der Schauspieler winkte irgendjemandem zu und ging. Aber da waren noch mehr Leute jetzt, eine große Frau, sie war bestimmt 1,85 Meter groß und trug trotzdem hohe Absätze. Eine andere Frau hinter ihr. Zwei Männer. Sie waren alle irgendwie klein und dunkelhaarig. Alle schauten ihn an.

»Woher kommst du, du hast einen Akzent?«

»Ja, aus Deutschland.«

»Oh, und warum bist du hier?«

»Ich arbeite für ein Start-up, wir arbeiten an einem Fleischersatz«, sagte Thomas. »Wir heißen Meat No More. Es ist ziemlich cool. Schmeckt genauso wie richtiges Fleisch. Wir haben schon einen Burger auf dem Markt. Merkst du echt keinen Unterschied. Und jetzt arbeiten wir noch an einem falschen Hähnchengeschnetzelten ganz ohne Soja. Soja ist nämlich eigentlich gar nicht gesund. Und eigentlich immer genmanipuliert, selbst wenn die sagen, es sei nicht genmanipuliert. Unser Fleisch besteht aus Emulgatoren. Und einer Art Erbsenpulver. Pea protein isolate. Habe heute die Formeln gelesen. Warte mal, ich habe sie hier auf dem Zettel. Ich mache aber nur Marketing, verstehe die Chemie auch nicht so richtig, ha ha ha«, Thomas lachte künstlich. »Jedenfalls war es ein riesiger Aufwand, die richtige Erbse zu finden, die haben mehr als tausend Erbsenarten und andere Hülsenfrüchte und Getreide ausprobiert. Es funktioniert nur eine, so eine kleine gelbe aus Kanada, warte, ich hab den lateinischen Namen hier auf dem Zettel. Es geht im Prinzip um möglichst hähnchenähnliches Protein. Und aus der Erbse muss man dann die einen Inhaltsstoffe herausfiltern und mit Wasser und Gewürzen und einem Extrakt des Samens des Garten-Fuchsschwanzes mischen.« Thomas kannte die Vokabeln auswendig, er hatte sie ja den ganzen Tag nachgelesen.

Er redete schnell, immer schneller. Atemlos. Es kribbelte in seiner Wirbelsäule, er wusste nicht, ob ihm noch jemand zuhörte. Einige der Künstler waren gegangen, glaubte er, aber die zwei kleinen, dunkelhaarigen Männer waren noch da. Amaranth (Amaranthus caudatus) heißt Garten-Fuchsschwanz, das hatte er im Büro nachgeschlagen. »Und dann noch Zitronensaftkonzentrat und ein paar Gewürze«, sagte er. »Und dann haben wir den genau perfekten Mix aus Fasern von Möhren und Zwiebelextrakt gefunden. Aber es funktionieren da auch nicht alle Zwiebeln. Nur genau die eine, so eine spezielle Zwiebelart mit niedrigerem Schwefel- und Sulfidgehalt. Wusstet ihr eigentlich, dass die Zwiebel eine Heilpflanze ist? Ist alles ganz natürlich, alles bio, aus Pflanzen gemacht. Aber auf die Details kommt es an. Darin liegt der Zauber. Also nicht der Zauber, sondern die Wissenschaft.« Thomas verschluckte sich, bekam Schluckauf, aber er konnte nicht aufhören zu reden. »Und Dipotassium-Phosphate, Titanium-Dioxide, aber das ist nur für die Farbe, und Potassium-Chloride. Weiß auch nicht, was das ist. Und Maltodextrin als Bindemittel, so ein Kohlenhydratgemisch, das durch Hydrolyse von Stärke hergestellt wird. Das machen wir nicht selber, sondern kaufen es ein. Ist der einzige Inhaltsstoff, der nicht so wirklich gentechnikfrei ist. Aber darüber reden wir nicht so gern. Und

Monosodium Glutamate, das schreiben wir nicht auf das Label. Da gibt es so ein Ausnahmegesetz, dass man das nicht auf das Produktlabel schreiben muss. Ja, und dann kommen noch Gewürze ins Fleisch. Also ins Nicht-Fleisch. Die Gewürze weiß ich nicht mehr genau. Aber ist total überzeugend, richtig gute Wissenschaft. Hier, guckt mal auf die Formeln, habe ich heute kopiert. Unser Chefchemiker kommt von Harvard, der hat da schon an so einem Projekt gearbeitet. Ich habe den Burger schon probiert, aber noch nicht das falsche Hähnchenfleisch, wir sind noch nicht fertig mit der Forschung, aber ich glaube, das wird ganz genau wie richtiges Hähnchen. Ich meine, Geflügelhaltung ist ja eine echte Katastrophe. Massenhaltung, die können in ihren winzigen Käfigen noch nicht mal mit den Flügeln flattern. Tierquälerei. Habt ihr davon mal Fotos gesehen? Und abgesehen davon ist es auch nicht gut für die Umwelt. Fürs Klima. Die Produktion von Hähnchenfleisch kostet pro Pfund so viel mehr Energie als die Produktion von unseren No-More-Meat-Hähnchenersatzstreifen. So viel mehr! Also zehnmal oder zwanzigmal.«

Matt stand jetzt neben ihm und kniff Thomas in den Arm. »Hey, Mann, ich gehe nach Hause, komm lieber mit«, sagte er. »Okay, sorry, guys, ich gehe jetzt«, sagte Thomas zu den anderen.

»Super Sache«, sagte der eine dunkelhaarige Mann. »Mach weiter mit der guten Arbeit. Ciao.«

Wie viel hatte Matt gehört von den Dingen, die er den Leuten erzählt hat? Wer waren die anderen nur? Wie viel haben sie verstanden? Wie viel war wirklich geheim? Haben sie die Formeln von den Kopien gesehen?

Thomas springt aus dem Bett. Die Kopien. Seine Knie geben nach, er stützt sich an der Wand ab, stolpert zu seiner Tasche. Die Kopien. Die Kopien sind weg. Er lehnt sich an die Wand. Sein Kopf. Sein Magen. Ihm ist schwindelig.

Er ist hinter Matt her die Treppen hinuntergestolpert. Matt lief schnell, Thomas langsam, er kam nicht hinterher. »Warte!« Auf den Stufen vor dem Haus waren seine Knie so weich, dass er beinahe zusammensackte, er musste sich auf jeden Schritt konzentrieren, schaute auf seine Füße, die ihm plötzlich groß und fremd vorkamen. Er rempelte gegen eine Frau, die gerade die Stufen emporstieg, blickte zu ihr auf. Niu? Es ist Niu. »Niu?« Sie schaute ihn an, er sah, wie sie ihn erkannte. »Oh, sorry«, stotterte Thomas. »Das bist ja du. Ich … Sorry …« Niu lächelte. »Ja, das bin ich. Und das bist du. Wie schön, dich zu sehen.« Er hielt ihren Blick nicht aus, schaute zu Boden. »Es ist so …«, er unterbrach sich, sammelte seine Gedanken »… so wahnsinnig verrückt mit der Narbe. Ich kann nicht aufhören, daran zu denken.«

»Eine Narbe war einmal eine Wunde«, sagte Niu. Thomas wusste nicht, was er darauf antworten sollte. Hätte er bloß nicht so viel getrunken, dann wäre ihm vielleicht etwas Kluges eingefallen.

»Ja. Und zu einer Wunde gehört eine Geschichte«, stammelte er. »Ich würde deine gerne hören. Sehen wir uns wieder?«, fragte er.

»Vielleicht.«

»Vielleicht heißt nein, oder? Hier trifft man sich doch nicht einfach zufällig.«

»Zufällig nicht«, sagte Niu. »Aber du könntest mich einfach nach meiner Nummer fragen.«

Thomas blickte zu ihr auf, sie lächelte. »Was ist deine Nummer?« Niu tippte sie in sein Handy ein, ihren Namen dazu. Statt ihres Nachnamens schrieb sie *Scar* – Narbe. Matt wartete auf dem Bürgersteig, rief nach ihm. »Geh mal nach Hause, du siehst nicht gut aus. Und dein Kumpel wartet«, sagte sie. Thomas wollte sie aufhalten, schwankte, ihm wurde übel, sie verschwand im Haus.

Danach erinnert er sich an nichts mehr. Er weiß nicht, wie er nach Hause gekommen ist.

Thomas sinkt wieder ins Bett. Sein Ellenbogen tut weh und hat kleine Schrammen. Ist er noch hingefallen? Wie soll er nur zur Arbeit fahren? Die Kopien sind weg. Aber er hat jetzt Nius Telefonnummer. Er greift nach seinem Telefon und ja, da ist sie abgespeichert unter Niu Scar. Sein Gehirn brennt unter dem Schädel.

C. stellt die Dusche aus. Sie hat lange geduscht, länger als sonst. Thomas hört, wie sie den Duschvorhang zur Seite schiebt. Dann hört er nichts mehr. Kein Surren der elektrischen Zahnbürste, kein Klappern des Badezimmerschränkchens, kein Wasserhahn, kein Zurren der Bürste im Haar, kein Föhn, kein Geräusch, das passen würde zu ihrer immer gleichen Badezimmer-Routine. Er stemmt sich hoch, ihm wird schwarz vor Augen, er konzentriert sich darauf, nicht umzufallen, und geht langsam zur Badezimmertür und legt das Ohr an das dünne Sperrholz. Er hört C. leise weinen.

»C.? Alles okay? C.? Was ist los?«

Keine Antwort.

»Hey? Brauchst du etwas? C.?« Er klopft leise an die Tür. Sie antwortet nicht. Thomas wartet kurz. Klopft noch mal. »C.? Du, ich komme rein.«

Er schwankt kurz, hält sich an der Wand fest und geht ins Bad. C. steht vor dem Waschbecken. Bürste in der Hand, die Ellenbogen merkwürdig rechtwinklig und steif vom Körper abgeknickt. Ihre Augen sind zu, kleine Tränen springen hervor wie Nieselregen. Ihr Gesicht ist pink, ihr Mund verzerrt. Ihr Haar ein feuchter, wilder Haufen. In Filmen sehen weinende Frauen immer hübsch aus, denkt Thomas. Im richtigen Leben nie. Aber genau das berührt ihn am meisten. »Was ist denn los, C., was ist passiert?« Seine Stimme ist kratzig.

Sie öffnet ganz kurz die Augen. Ihr Blau ist viel heller als sonst, fast türkisfarben, wie immer, wenn sie weint. Also sehr selten. »Ich war gestern im Fitnessstudio«, sagt sie, »habe mich bei dem in der 4th Street angemeldet.« Ihre Stimme zittert. »Und ich habe meine Arme mit diesem Gerät trainiert, mit dem man die Arme so breit hält und die Gewichte hoch- und runterzieht. Und ich glaube, ich habe es ein bisschen übertrieben.« Sie zieht die Nase hoch. »Ich konnte einfach nicht aufhören, es hat sich gut angefühlt, die Gewichte zu ziehen, meine Arme waren ganz heiß, ich habe mich stark gefühlt. Und ich dachte, das ist gut für mich, wieder ein bisschen Sport, weißt du. Aber jetzt sind sie ganz steif, hier hinten an den Oberarmen. Ich kann sie nicht weiter knicken. Es geht einfach nicht. Wie blockiert. Ich kann mir noch nicht einmal die Haare kämmen. Ich dachte, das warme Wasser hilft, aber nein.« Sie schluchzt laut auf.

Thomas nimmt ihr die Bürste aus der Hand. »Ich kämme dir die Haare.« Er stellt sich hinter sie, fährt mit den Händen über ihre Oberarme, sie sind ganz hart, aber die Haut über den Muskeln ist weich und noch ein bisschen feucht. Aus C.s kleinen Sprinkeltränen sind große langsame Tränen geworden, ihre Nase läuft. Sie duftet nach Shampoo. »Warum bist du nur so hart zu dir selbst?«, fragt er. Er hat ihr noch nie die Haare gekämmt. Er hat überhaupt noch nie irgendjemandem anders die Haare gekämmt und weiß erst nicht, wie er es machen soll, ohne ihr wehzutun. Dann fängt er mit den Spitzen an, so wie sie das immer macht, kämmt die Knoten heraus. Er arbeitet langsam und vorsichtig, Strähne für Strähne. Wenn es nass ist, sieht ihr blondes Haar dunkelbraun aus. Sie schweigen. Er lässt die gekämmten Strähnen durch seine Finger gleiten. Fährt mit der Bürste von der Stirn über den Hinterkopf über den Nacken bis in die Spitzen der Haare. »Fertig«, sagt er. C. nickt und geht an ihm vorbei aus dem Bad. Ihre Hand streift seinen Arm. Sie weint nicht mehr.

Im Spiegel sieht Thomas sein Gesicht. Er hat einen schwachen Abdruck des Eintrittsstempels von der Bar in Bushwick auf der Wange.

6. KAPITEL

Die nasse Wäsche dreht und dreht sich in der Waschmaschinentrommel. C. starrt durch das milchige Fenster auf die Handtücher, Unterhosen und die Schlafanzughose. Ein Reißverschluss klackt rhythmisch gegen die Scheibe. Klick, klick, klick, klick, klick. C.s Fuß wippt im selben Rhythmus. Sie hat die schmutzige Wäsche in der großen blauen Tüte zum Waschsalon an der Ecke geschleppt und in die Maschine gestopft. Sie nimmt nur Quarters an, Vierteldollars, die schweren Münzen beulen C.s Hosentasche aus. Sie setzt sich auf einen der roten, staubigen Plastikstühle vor die Maschine. Nach genau dreißig Minuten ist der Waschgang fertig, viel schneller als zu Hause in Deutschland. Die Wäsche wird hier wahrscheinlich nie richtig sauber.

Gleich wird sie aufstehen und die Sachen in den Trockner stopfen, der ebenfalls nur Quarters nimmt und genau sechsundvierzig Minuten braucht. Dann wird sie die warme, saubere, trockene Wäsche auf dem Plastiktisch in der Mitte des Waschsalons falten. Fremde Menschen werden ihre Unterwäsche sehen, das fand C. am Anfang schlimm. Aber es lässt sich ja nicht ändern. Nichts lässt sich ändern. Ihre Wohnung hat keine Waschmaschine, kaum jemand hat hier eine. In den winzigen Wohnungen ist zu wenig Platz. Sie wird die sauberen, trockenen, gefalteten Sachen

so ordentlich wie möglich in die Tüte stapeln, zurück
nach Hause schleppen und dort in die Kommode und den
Schrank einsortieren. Tag für Tag werden sie und Thomas
die sauberen Sachen aus dem Schrank holen, anziehen,
vierzehn Stunden lang tragen oder manchmal auch mehr,
sie wieder schmutzig machen. Dann muss alles wieder ge-
waschen werden. Unterhosen, Handtücher, Schlafanzug-
hosen. Flecken, Schweiß, Staub. Sie werden die schmutzige Wäsche in die Tüte werfen, bis sie wieder voll ist. Sie
werden Quarters sammeln in dem Glas für die Wasch-
salon-Münzen. Dann wird C. alles erneut zum Waschsalon schleppen. Waschen, trocknen, falten, wegsortieren.
Die Wäsche dreht sich und dreht sich hinter dem Wasch-
maschinenfenster vor ihr.

C. ist müde. Ihre Arme tun noch immer weh vom Fitnessstudio. Sie wollte stark werden, aber erreicht hat sie
das Gegenteil. Noch dreiundzwanzig Minuten braucht
der Waschgang. Es riecht nach Tide, diesem extrem par-
fümierten amerikanischen Waschmittel in der orangefar-
benen Flasche, das hier alle benutzen. Es brennt in der
Nase. Die Luft ist feucht, die Neonbirnen flackern. Alle
um sie herum sprechen Chinesisch, alle sind Frauen. Sie
arbeiten hier und waschen die Wäsche für Menschen, die
sich nicht wie C. selbst in den Salon setzen, sondern ihre
schmutzigen Sachen abgeben. Vierzehn Waschmaschinen
nebeneinander, je zwei übereinander auf der linken Seite
des Raums. Eine Waschmaschinenwand. Die Trockner
auf der Seite gegenüber. Große runde Fenster wie Augen
schauen sie von beiden Seiten des Raums an. Alle Maschinen sind voll. Der Fußboden ist schmutzig, zu Bällen ver-
knotete fremde Haare, Trocknersieb-Flusen. Ein Fernseher
läuft in der Ecke, die Bildröhre flimmert, das Programm ist

auf Chinesisch. C. und Thomas finden es irgendwie falsch, ihre Schmutzwäsche von anderen erledigen zu lassen, zu dekadent. Und C. hat ja Zeit. Also sitzt sie hier alle zehn Tage und schaut zu beim Drehen, Drehen, Drehen. Ein Schlüpfer klebt mitten auf der milchigen Scheibe. C. hält ein Buch im Schoß, aufgeschlagen, aber sie kann sich nicht darauf konzentrieren.

Wäsche waschen macht sie traurig. Sie ist so eingesperrt zwischen Routinen, Wiederholungen, Notwendigkeiten. Sie will frische Wäsche haben. Sie will niemanden dafür bezahlen, ihre Wäsche zu waschen. Sie muss waschen. Immer muss sie etwas. Der Reißverschluss macht Klick, Klick, Klick gegen die Scheibe. Sechsunddreißigmal Wäsche waschen im Jahr. Sie kann fühlen, wie sie älter wird. Sie wird, wenn alles gut läuft, noch fünfzig Jahre leben. Macht eintausendachthundert Waschtage. Wenn sie das Kind bekommen hätte, hätte sie noch mehr waschen müssen. Nicht dass das der Grund war. Der Grund, es nicht zu bekommen. Die Wäsche hätte sie schon geschafft. Aber das Kind hätte andere Dinge mehr gebraucht als saubere Kleidung, so wie sie selbst als Kind andere Dinge gebraucht und nicht bekommen hatte. Und die hätte sie nicht geben können. Sie hat nichts, das ein Kind brauchen könnte.

Die Wäsche dreht sich schneller und schneller. Noch zwölf Minuten. Bald ist die Wäsche sauber. Und dann wieder schmutzig. Es ist alles so sinnlos. Die Waschmittel-Luft brennt in ihren Augen. Sie blinzelt die Tränen weg, schließt die Augen. Die Wäschetrommeln summen.

Plötzlich nimmt jemand ihre Hand, drückt sie sanft, C. zuckt zusammen. Neben ihr auf dem Plastikstuhl sitzt Niu und lächelt sie an. »Hallo, du«, sagt sie. C.s Herz schlägt schneller, in ihrem Kopf drehen sich die Fragen.

»Was machst du denn hier?«, fragt sie.

Niu legt den Kopf schief und grinst.

»Wäsche waschen natürlich. Und dir Hallo sagen.«

»Du wohnst doch gar nicht hier«, sagt C.

Niu zuckt mit den Schultern.

»Aber du.«

C. fragt sie nicht, woher sie weiß, dass sie hier in der Nähe wohnt. Sie hat ihr das doch gar nicht erzählt. Und woher sie weiß, dass sie heute hier ihre Wäsche waschen würde. Vielleicht macht sie etwas kaputt, wenn sie fragt. Kurz überlegt sie, ob sie sich vielleicht nur einbildet, dass Niu hier ist. Aber dann legt Niu ihre Hand auf C.s Hand auf dem Plastikstuhl und C. spürt ihre Wärme, ihren Druck. C. nimmt sie, die schmale Hand mit der Narbe um das Gelenk, drückt sie leicht und lächelt Niu an. »Ich bin froh, dich zu sehen.«

Niu und C. blicken auf die Waschmaschinenwand und halten sich bei den Händen. Es kommt C. nicht komisch vor.

»Warum heißt du eigentlich Niu, also ich meine, warum hast du einen chinesischen Namen?«, fragt C., sie muss laut sprechen, um die Wäschetrommeln zu übertönen.

»Mein Vater ist Chinese, er wollte das unbedingt mit dem chinesischen Namen«, antwortet Niu. C. nickt nur. Sie schweigen. Die Wäsche dreht sich weiter, immer schneller.

»Würde es dir etwas ausmachen, wenn wir einfach nur hier sitzen würden?«, fragt Niu. »Ich mag nicht reden.«

C. nickt langsam. »Natürlich.« Genau das will sie auch. Sie hat so viele Fragen, die sie Niu stellen möchte. Aber sie können warten. C., groß und blond, Niu, schmal und dunkel, sitzen auf den Plastikstühlen und halten einander an der Hand, die Maschinen rattern, im Fernseher eine chinesische Sendung, die Neonröhre flackert. Nius kleine Hand in C.s großer Hand. Ihre Haut so viel weißer als C.s Haut, fast durchsichtig. C. steigen Tränen in die Augen, und sie weiß nicht, warum.

»Musst du eigentlich nicht arbeiten tagsüber?«, fragt Niu. »Noch nicht, mein erster Arbeitstag ist am 1. April.«

Sie starren der Wäsche hinterher.

»Ich bin Anwältin«, sagt C. nach langer Pause.

Niu blickt sie an, nickt.

»Ja, das passt.«

Die Trommel dreht sich schneller und schneller, nichts klebt mehr an der Scheibe Niu drückt C.s Hand immer fester und fester, bis es ein wenig schmerzt. Ihre Hand hat so viel Kraft. Immer schneller, immer fester, die Maschine rattert. Dann bremst sie ab, die Trommel bleibt stehen, es piept. Niu lässt C.s Hand los und steht auf. »Ich glaube, ich gehe«, sagt sie. »Es war schön, dich zu sehen.« C. steht auch auf.

»Willst du nicht noch ein bisschen bleiben? Ich schmeiße das alles nur schnell in den Trockner. Wir könnten einen Kaffee trinken gehen, während der Trockner läuft.«

»Nein, ich muss los, sorry«, sagt Niu und zieht ihre Jacke an. C. möchte so sehr, dass sie bleibt. Aber Niu hat es plötzlich eilig, sie wickelt ihren Schal um, zieht die Mütze tief ins Gesicht, C. kann sie kaum noch erkennen.

»Ich komme bald in deine Straße, ich mache das ja immer noch, ich laufe immer noch die Straßen ab. Vielleicht bin ich übermorgen bei dir.«

»Übermorgen?«, sagt Niu und zieht den Schal noch fester um den Hals. »Ich weiß noch nicht, ob ich dann kann. Schreib mir vorher eine SMS.« Sie wendet sich ab und geht schnell hinaus.

C. blickt ihr lange hinterher, starrt auf die Tür, durch die Niu gerade verschwunden ist wie in einem Traum. Was meint sie nur mit »das passt« über ihren Beruf? Niu kennt sie doch kaum, wie kann sie wissen, was zu ihr passt? C. seufzt und holt die lauwarme, feuchte Wäsche aus der Trommel. Sie duftet fremd. Langsam hebt sie eine Socke, eine Unterhose, ein T-Shirt nach dem anderen aus der Trommel, schüttelt sie auf, steckt sie in den Trockner gegenüber. Es wirkte fast, als würde Niu weglaufen, dabei hat sie doch C. hier aufgesucht. Hat sie etwas Falsches gesagt? Sie haben doch kaum ein Wort gewechselt. Eine rote Socke von Thomas fällt auf den Boden, C. hebt sie wieder auf, jetzt hängen fremde Haare daran. Sie pflückt sie ab, wirft die Socke in den Trockner, steckt das Geld in die Maschine und drückt den Startknopf. Sie lässt sich zurück in den Plastikstuhl fallen und legt ihre Hand ganz sacht auf die Stuhlfläche, auf der eben noch Niu saß und die noch ein bisschen warm ist von ihrer Wärme.

Wenn sie morgen in aller Frühe aufbricht, kann sie es übermorgen Nachmittag in Nius Straße schaffen. Aber inzwischen ist sie sich nicht mehr sicher, ob Niu das überhaupt noch will. C. will es so sehr und hat gleichzeitig Angst davor. Wenn Niu bei ihr ist, denkt sie an nichts anderes mehr als an sie. Sie lauscht Nius Stimme ganz genau, sie hört jede noch so kleine Änderung im Tonfall, sie hört es, wenn ihre Klamotten rascheln, hört ihr Schlucken, ihren Atem. Es ist fast so, als könne sie das Blut in Nius Adern und die Musik in Nius Kopf hören. Dieses verrückte Konzert, in dem Vögel zwitschern und Rasseln fliegen und das Klavier anschwillt, bis es kaum noch zu ertragen ist. Nius Hand auf ihrer Hand. Sie möchte sie berühren und berührt werden. So etwas ist ihr noch nie passiert. Da waren immer nur Männer. Und sie war immer diejenige, die aussuchte, nicht die, die ausgesucht wurde. Sie ist so hilflos, wenn Niu bei ihr ist. Sie ist so allein, wenn Niu nicht bei ihr ist. Der Wäschetrockner ist fertig, und es kommt ihr vor, als hätte er nur wenige Minuten gebraucht.

Niu hat recht, dass ihr Beruf zu ihr passt, von Jahr zu Jahr mehr. Sie ist immer mehr so geworden wie ihr Beruf, und sie mochte das. Sie mochte, dass Fälle wie ein Puzzle waren, das sie lösen musste. Sie mochte, dass es auf Köpfchen ankam, auf Strategien, auf Argumente, auf Wissen, auf Richtig und Falsch. Sie wollte schon fast ihr ganzes Leben lang Jura studieren. Als Kind wollte sie Staatsanwältin werden, die Bösen hinter Gitter bringen, hart und gerecht. Später dann Wirtschaftsanwältin. Sie war gut darin. Sie hat viel gearbeitet, viel verdient. Sie wollte nichts anderes, sie passte zu dem Beruf.

Aber etwas ist mit ihr passiert. Die Abreise aus Hamburg, ohne richtig Abschied zu nehmen, ohne zurückzublicken. Die vielen Kilometer zu Fuß durch die neue Stadt. Die Tränen nach dem Fitnessstudio und die Euphorie nach Nius Konzert. Nius Hand halten. Sie kann sich kaum vorstellen, wieder ins Büro zu gehen, einen Chef zu haben, ihre Zeit nach Minuten abzurechnen und auf einen Mandanten zu buchen, Akten durchzublättern, Urteile zu lesen, Schriftsätze zu schreiben, Diktat an das Vorzimmer, Fall auf Wiedervorlage. Immer in Eile, immer kurz vor Fristablauf.

Sie ist hier. Jetzt. Seit sie hier in New York ist, scheint es ihr, als habe sie die letzten Jahre vor dem Umzug, ihr gesamtes Erwachsenenleben vielleicht, nur mit Warten verbracht. Warten auf das Abitur. Warten auf das Ende der Vorlesung, des Semesters, der Uni. Der erste Job: Warten auf das Ende der Probezeit, die erste Gehaltserhöhung, den neuen Chef, die nächste Verhandlung, den nächsten Mandanten. Fernweh, Urlaub, wieder ins Büro. Warten auf die Mittagspause, auf Feierabend, das Wochenende, den Urlaub. Warten auf die Hochzeit. Warten auf den Anfang der *Tagesthemen* und dann darauf, dass die *Tagesthemen* zu Ende sind. Warten auf den Bus. Warten in der Schlange in der Postfiliale. Und dann das große Warten auf den Umzug nach New York.

Es hat schon lange vor New York und der Hochzeit angefangen. Das Leben hat sich wie eine Schlinge immer fester um ihren Hals gezogen. Immer enger. Ihr Atem ging immer flacher. Sie dachte, dass es besser würde, aber es wurde immer schlimmer. Jeder Tag war gleich. Immer die Hosenanzüge, die gleichen Floskeln im Büro. Abends immer das gleiche »Wie war dein Tag, C.?«. Sie war nur noch eine Hülle, nur noch ein einziger Buchstabe. Anfangs mochte sie das, diese Abkürzung hatte etwas Befreiendes. Irgendwann fing sie an, sie zu hassen. Diese Namenlosigkeit passte zu gut dazu, wie sie sich fühlte: fremd. Fremd von sich selbst.

Und dann kam die Hochzeit. C. konnte sehen, wie sehr sich Thomas darauf freute, doch je näher der Tag rückte, je aufgeregter Thomas wurde, desto weniger fühlte sie. Die Ehe ist eine jahrhundertealte Manifestation der Unfreiheit, der Unterwürfigkeit, findet ihre Mutter, und Hochzeiten sind spießig und auf jeden Fall Geldverschwendung. Und wie weißt du, ob er der Richtige ist und in zehn Jahren noch sein wird? Eigentlich ist das ganze Konzept »der Richtige« doch obsolet und damit auch die Institution der Ehe, sagte sie. C. versuchte wie immer, nichts auf ihre Meinung zu geben, aber wie so oft gelang es nicht. Ständig hört sie Agnes' Stimme. Doch sie schob die Zweifel weg, schließlich brauchte Thomas die Greencard, die sie ihm wegen ihres amerikanischen Passes nur besorgen konnte, wenn sie verheiratet waren. Die Hochzeit liegt in einem Erinnerungsnebel, als wäre sie gar nicht richtig dabei gewesen, und sie vermeidet es auch jetzt noch, ihn ihren Mann zu nennen. Auf Englisch geht es leichter. »My husband« fühlt sich weniger ernst an. Genauso wie sie leichter »I love you« sagen kann als »Ich liebe dich«. Sie hat erst überlegt, ob sie den Ehering überhaupt tragen will. Aber wenn sie das schmale goldene Band an ihrem rechten Finger ansieht, fühlt sie einen warmen Hauch, der sie selbst überrascht und sie daran erinnert, wie sie sich vor vielen Jahren so sehr gewünscht hat, dass das mit Thomas für immer wäre. Nach all den Kurzzeit-Beziehungen, nach dem Alkoholiker und dem verheirateten Mann und dem Kollegen, der schon eine offizielle Freundin hatte, war es mit Thomas so rein und schön, und wenn sie den Ring sieht, denkt sie daran, wie sie sich gefühlt hat damals in den ersten Jahren. Manchmal zieht sie ihn vom Finger und liest die Gravur. »Ein Leben lang« steht da, es war Thomas' Idee. Soll sie den Ring abziehen, wenn sie Niu besucht?

Ihr Projekt, die New Yorker Straßen abzuwandern, kommt ihr zunehmend sinnlos vor. Am nächsten Tag beginnt sie in Hell's Kitchen, läuft nach Osten bis zum East River und sieht nichts außer Hürden. Müllberge. Touristen. Ampeln. Verkehr. Schlangen vorm Gershwin Theatre. Schlangen vor dem Eingang zur Besucherterrasse des Rockefeller Center. Straße um Straße eine Hürde auf dem Weg zu Niu. Aber sie ist schon so weit gekommen, jetzt kann sie nicht mehr aufgeben. Zum Glück wird es langsam wärmer. Wenn sie schnell genug geht, ist ihr so warm, dass sie ihre

Jacke aufmachen kann. Die Sonnenstrahlen fühlen sich gut an auf ihrem Rücken, leider sind die Häuserschluchten so dunkel, dass die Sonne sie kaum je trifft. Eigentlich nur, wenn sie eine der großen, geraden Avenues überquert. Es fasziniert sie, wie weit sie blicken kann über die breiten Verkehrsadern. Sie schaut in Richtung Süden und sieht all die Straßen, die sie schon abgelaufen ist. 57th Street. Noch zwei Straßen bis zum Central Park. Ihre Füße tun weh. Die Carnegie Hall. Es wird langsam dunkel. Die zwei Straßen bis zum Central Park will sie noch schaffen. Am Columbus Circle steigt sie in die Subway und fährt nach Hause, es ist schon spät.

Thomas sitzt im Sessel am Fenster und schaut sie fragend an, als sie zur Tür hereintritt.

»Ich bin schon seit zwei Stunden zu Hause. Wo warst du denn?«

»Ich bin rumgelaufen, einfach nur rumgelaufen«, antwortet C. »Ich hatte dir eine SMS geschrieben. Ich hab Abendessen gekocht.«

»Oh, sorry, ich hab gar nicht auf mein Handy geguckt.«

Sie zieht das Handy heraus und blickt auf das Display, zwei SMS von Thomas, eine von ihrer Mutter. Sie drückt sie weg.

»Was ist denn nur mit dir?«, fragt Thomas.

»Nichts, alles okay.«

»Ich mache mir Sorgen.«

»Um mich? Ach, das brauchst du nicht. Ist wirklich alles okay.«

»Willst du etwas essen? Ich hab Lasagne gemacht. Ich kann sie noch mal warm machen.«

»Nein, danke, ich habe keinen Hunger.«

In Wirklichkeit hat C. Hunger, aber sie will nicht mit

Thomas sprechen. Sie will seine Fragen nicht hören, auf die sie keine Antwort hat.

»Ich gehe unter die Dusche und dann gleich ins Bett.«

Thomas schaut sie an und sieht traurig aus, und plötzlich tut er ihr leid. Sie geht zu ihm, legt ihm die Hand auf den Kopf.

»Es ist wirklich alles okay. Ich bin einfach viel draußen rumgelaufen. Ich bin wirklich einfach nur müde. Alles in Ordnung bei dir?«

»Ja, na ja, ach, bei der Arbeit hab ich irgendwie Stress.«

»Ich dachte, du hast nichts zu tun die ganze Zeit«, sagt C. »Hab ich auch nicht, immer noch nicht. Aber ich glaube, ich habe einen Fehler gemacht.«

C. muss dringend auf Toilette, ihre Füße tun weh, sie will Thomas jetzt nicht zuhören. Sie streicht ihm über die Wange, über die weichen Bartstoppeln.

»Ach, das ist doch normal, dass man am Anfang mal Fehler macht«, sagt sie. »Das werden die schon verstehen.«

C. dreht sich um und geht aus dem Zimmer. Sie duscht lange und heiß, bis ihre Haut ganz pink ist.

Sie duftet und ist ganz warm und weich, als sie sich danach unter die dicke Daunendecke kuschelt. Sie würde sich gern selbst befriedigen, ihre Gedanken rasen, und Entspannung wäre gut. Sie legt ihre warme Hand unter ihren Bauchnabel. Doch dann fällt ihr wieder ein, was da einmal war, da in ihrem Bauch unter ihrem Bauchnabel, und sie zieht ihre Hand weg. Und dann ist da noch die Angst, dass ihre Gedanken abdriften, weg von den Standardszenen, die sie in ihrem Kopf gespeichert hat aus Filmen und Büchern und die sie sonst immer abruft, und hin zu Niu und ihren weichen Lippen. Sie liegt lange wach, und als Thomas um dreiundzwanzig Uhr ins Bett kommt, stellt sie sich schlafend. Er schläft sofort ein, sein Atem ist ganz ruhig. Er schläft immer sofort ein.

Am nächsten Morgen fängt C. an zu schummeln. Sie lässt die 72th Street aus und biegt von der 71st gleich auf die 73rd ein. Als sie merkt, dass sie das gar nicht stört, lässt sie die 76th auch gleich weg. Sie überspringt alle Straßen, die zu viel Verkehr haben, zu viele Müllberge oder eine Baustelle und kommt so viel schneller voran. Vielleicht hat sie morgen ein schlechtes Gewissen deswegen, sie hat sich ja selbst ein Versprechen gemacht. Das Projekt ist ihr Projekt und bringt nichts mehr, wenn sie sich nicht an ihren Plan hält. Aber jetzt hat sie keine Lust, darüber nachzudenken. Es ist hübsch hier oben in der Upper West Side. Sie stellt sich vor, wie es hier wohl aussieht, wenn die Bäume grün sind, deren Äste noch karg und zerbrechlich und grau über die Gehwege reichen. Es sind schmale Straßen mit braunen Reihenhäusern, in denen man glücklich sein könnte. Zur Eingangstür gehen Treppen empor mit breiten Steinstufen und Blumentöpfen darauf, in denen die ersten Frühblüher wachsen. Sie sieht Krokusse und Schneeglöckchen in den winzigen Beeten in den Vorgärten, so vertraut aus den alten deutschen Vorgärten, und stellt sich vor, wie jemand andächtig die Blumenzwiebeln in die Erde gedrückt hat. Die Sonne scheint, der Himmel ist unvorstellbar himmelblau. Im Osten stößt sie mit ihren Straßen auf den Central Park, in dem die ersten Bäume einen hellgrünen Flaum tragen. C. reckt die Arme in die Höhe und streckt sich beim Gehen, ihre Wirbelsäule knackt. So gut wie heute bei ihrem Spaziergang fühlte sie sich schon lange nicht mehr. Er fühlt sich an wie ein Spaziergang heute, nicht wie ein Marsch. Sie zieht den Schal aus und steckt ihn in ihre Handtasche. Am Natural History Museum macht sie eine kurze Pause und setzt sich auf die mächtigen Eingangsstufen, die in der Frühlingssonne so gleißend hell sind, dass es fast in den Augen brennt. Der pinkfarbene Granit des alten Gebäudes, vier ganze Straßenblocks breit, leuchtet, die weißen Säulen am Eingang ragen voller Selbstbewusstsein empor, davor die Bronzestatue von Theodore Roosevelt zu Pferd, darüber die Widmung »Truth, Knowledge, Wisdom« in Großbuchstaben, am Rand rosafarbene Türme, die aussehen wie Harlekinhüte. Es ist ein wilder Architekturmix, wie so oft in Amerika, aber trotzdem hat sie schon lange nichts mehr gesehen, das sie so beeindruckt, so erfüllt. Es ist eine optimistische Schönheit, die an das Gute im Menschen und den Fortschritt glaubt und nur entstehen konnte, weil sie vom Besten kopiert: Ein bisschen Gotik, ein bisschen Mittelalter, ein bisschen Moderne, denkt C. Die alte Welt in ihr findet diese geschichtslose Geschichtsversessenheit ein bisschen lächerlich, die neue Welt in ihr sieht den Glanz und findet ihn wunderschön. Sie stellt sich vor, wie es sich anfühlt, als Kind durch das Portal zu schreiten, aufgeregt wegen der Dinosaurierskelette und des riesigen Blauwals da drinnen.

Vorfreude ist die schönste Freude, denkt sie, was für eine deutsche Art zu denken. Vielleicht sollte sie doch lieber nicht zu Niu gehen. Es gab schon einen Kuss, es gab schon Händchenhalten, es gab diese Berührungen und Blicke, die so viel zu bedeuten schienen. Sie klopft sich ein-, zwei-, dreimal auf die Oberschenkel, steht auf und geht weiter. Sie hat keine Macht über ihre Entscheidungen, im Grunde sind ihre Entscheidungen gar keine Entscheidungen. Selbst wenn sie wollte, könnte sie nicht anders. Aber sie will ja auch nichts anderes. Und wie soll sie wissen, was sie könnte, wenn sie etwas anderes wollte, als sie will? Es ist so leicht zu sagen, dass sie nicht anders kann. Weil sie ja im Grunde nicht anders will. Was ist schon Wollen, und was ist Müssen und Können? Noch eine Nacht hält sie nicht aus, denkt sie, noch eine Nacht, ohne Niu zu sehen, mit so vielen Gedanken und so wenig Schlaf.

87th Street, 88th Street, 89th Street, sie kommt Nius Haus immer näher. Ihr wird etwas schwindlig. In der 90th Street schickt sie Niu eine SMS.

Ich bin jetzt in deiner Gegend. Bist du zu Hause?

91st Street. Keine Antwort. Auf der 92nd Street behält C. das Handy die ganze Zeit in der Hand, damit sie eine SMS von Niu nicht verpasst. Sie geht immer langsamer. An der 93rd Street steht ein kleines Reiterdenkmal, C. schaut es ausgiebig an. Noch immer keine Antwort. Sie geht ganz langsam die Straße hinauf Richtung Central Park. Die Fassaden sind hier glatter, die Treppen zum Eingang weniger opulent, die Häuser höher als in den Querstraßen. Auf der 93rd Ecke Broadway setzt sie sich in ein Starbucks, ohne etwas zu kaufen, und starrt auf ihre Hand, die das Handy umklammert. Und plötzlich vibriert es, als hätte C. es mit der Kraft ihrer Gedanken dazu gebracht.

Ich bin zu Hause, komm gern vorbei, Apartment 3, schreibt Niu. C. springt auf, schlüpft im Gehen in ihre Jacke und eilt los.

Als sie in die 94th Street einbiegt, rast ihr Herz, und ihre Hände sind feucht. Die Häuser sind so schön in Nius Straße. Vor den Türen stehen große Autos. Alles ist sehr sauber. Sie liest die Hausnummern, das da vorn muss Nius Haus sein. Sie hält kurz an, legt sich die Hand auf den Brustkorb und atmet einmal tief ein und tief aus. Sie steigt die mächtige Treppe empor, atmet noch einmal ein und aus und drückt die Klingel. Der Türöffner summt sofort. »Dritter

Stock«, sagt Niu durch die Gegensprechanlage. C. drückt die schwere, alte Eingangstür aus Holz auf, und dahinter gleich noch eine zweite, noch schwerere Holztür und steigt eine breite Treppe empor. Auf der Treppe liegt dicker, bunt gemusterter Teppichboden, der ihre Schritte verschluckt, darunter knarzt das alte Holz. Auf jedem Stockwerk ist nur eine Wohnung. Im dritten Stock ist die Tür nur angelehnt. C. schiebt sie vorsichtig auf. »Niu?«, ruft sie hinein, erst leise, dann noch einmal lauter. Keine Antwort. Sie tritt hinein und steht in einem leeren Flur. Keine Schuhe, keine Möbel, kein Teppich, kein Bild an der Wand. Als würde hier niemand leben. »Niu?« Von dem Flur gehen drei Türen ab, eine davon ist offen. C. durchquert den leeren Raum vorsichtig und leise. Sie fühlt sich wie eine Einbrecherin. »Niu, bist du hier?« Hinter dem Flur ist ein Zimmer mit Parkettboden und einer Matratze auf dem Boden. Auf der Matratze weißes Bettzeug, ungemacht, zerknüllt. Sonst ist das Zimmer leer. »Niu?«

C. tritt zurück in den Flur und klopft an eine der anderen Türen. Keine Antwort. C. öffnet die Tür und tritt in einen riesigen Raum mit Fenstern, die von der Decke bis fast zum Boden gehen. Schwere dunkelrote Vorhänge verdecken die Fenster fast komplett, Lichtstrahlen dringen nur an ihrer Seite durch. C. blinzelt, es ist dunkel in dem Zimmer, das Licht der wenigen Strahlen ist so hell, Staub tanzt darin, so dick, als könnte C. sie greifen. Sie kann erst nichts erkennen. Dann sieht sie einen schwarzen Konzertflügel mitten im Raum. Sie geht langsam darauf zu.

»Niu?«, flüstert sie.

»Ich bin hier, hier drüben«, antwortet Niu mit fester, klarer Stimme. »Komm her, Carmen.«

C. geht in Richtung des Flügels, in Richtung von Nius

Stimme. Sie sieht Niu erst, als sie direkt vor dem Instrument steht, das im schwachen Licht glänzt. Niu liegt unter dem Flügel, flach mit dem Rücken auf dem Boden und starrt von unten auf den mächtigen Holzkörper.

»Hi«, flüstert sie. »Kannst du ein C für mich spielen?«

C. klappt den schwarzen Deckel über der Tastatur des Steinway auf und schlägt ein mittleres C an. Der Ton klingt lange nach.

»Jetzt eine Oktave höher«, befiehlt Niu.

C. spielt das C.

»Jetzt ein G, bitte, das G dazwischen.«

C. spielt die Note.

»Nein, sorry, Fis bitte.«

C. drückt die schwarze Taste.

»Danke«, sagt Niu. »Magst du dich zu mir legen?«

C. zieht die Jacke aus, legt sie auf den Fußboden und kriecht neben Niu unter das Klavier, sie passt genau zwischen Niu und die Beine des Flügels. Von unten ist der Flügel rau, schwarze Querbalken nur fleckig lackiert, darüber unschuldiges, braunes, unbehandeltes Holz, das nicht gemacht ist, um gesehen zu werden. Sie liegt ganz nah neben Niu, so nah, dass sie ihre Wärme spüren kann. Niu liegt ganz unbeweglich und schweigt, C. kann noch nicht einmal ihren Atem hören, obwohl sie Seite an Seite liegen. Dann stößt Niu einen tiefen Seufzer aus. Sie hat die Luft angehalten. Sie dreht sich auf die Seite, stützt den Kopf auf und blickt C. an, C. dreht den Kopf zu ihr. Sie kann Nius Gesicht kaum erkennen im Halbdunkel, obwohl sie einander so nah sind. Niu fährt mit den Fingerspitzen von C.s Hand ihren Arm hinauf, langsam vom Arm den Hals empor, dann über C.s Wangen. Niu beugt sich zu ihr hinüber, ihr Haar fällt kitzelnd über C.s Gesicht. Sie küsst sie erst auf die Stirn, dann auf die Wange, dann auf den Hals. C. liegt ganz still, Gänsehaut an Stellen, von denen sie nicht wusste, dass sie Gänsehaut bekommen können.

»Bist du deshalb gekommen?«, fragt Niu.

C. blickt sie an, versucht ihren Gesichtsausdruck zu lesen, aber es ist zu dunkel. Sie antwortet nicht, ihr fällt keine Antwort ein, sie weiß ja selbst nicht, warum sie gekommen ist. »Ich dachte, du machst Kaffee«, sagt sie dann.

Niu lacht und küsst sie auf die Lippen, auf die Nase, auf die Stelle zwischen ihren Augenbrauen. C. möchte schnurren wie eine Katze. Sie sagt kein Wort.

»Du bist doch deshalb gekommen«, sagt Niu.

Sie schiebt ihre Hand von oben in C.s Bluse, streichelt über ihre Brust und öffnet den obersten Knopf, dann den zweiten Knopf und den dritten.

»Was machst du?«, sagt C. atemlos.

Niu antwortet nicht und fährt mit der Hand langsam in C.s BH. C. schließt die Augen. Niu liegt jetzt halb auf ihr.

»Ich habe einen Freund«, wispert C. »Einen Mann, genau genommen.« Niu hält nicht inne, sie streichelt ihren Hals, ihre Brüste, fährt mit der Zunge um ihre Brustwarzen. »Das weiß ich doch«, flüstert sie in die Falte zwischen C.s Busen hinein. C. liegt ganz steif, sie berührt Niu nicht, Niu küsst und streichelt immer schneller, ihre Hände wandern an C.s Körper hinab, sie öffnet den Reißverschluss ihrer Jeans. C. beobachtet sich selbst, als wäre sie eine Schauspielerin in einem Film, den sie noch nicht kennt. Niu küsst ihren Bauchnabel.

Plötzlich ist es zu viel. Sie schiebt Nius Hand weg, spürt die feinen Furchen der Narbe unter ihren Fingerspitzen wie einen elektrischen Schlag ihres Gewissens. Sie knöpft ihre

Bluse wieder zu und kriecht, so schnell sie kann, unter dem Flügel hervor. Ihre Augen haben sich inzwischen an die Dunkelheit gewöhnt. Sie greift nach ihrer Jacke.

»Sorry, tut mir so leid, ich kann nicht«, sagt sie.

»Hast du Angst bekommen?«, fragt Niu leise. Sie bleibt unter dem Flügel liegen. C. antwortet nicht, sie steht neben dem Flügel und blickt in den schummrigen, leeren Raum, nur das Parkett glänzt im schwachen Licht.

»Du musst doch keine Angst haben.«

»Ich glaube, ich gehe jetzt besser«, sagt C. nach einer Weile.

»Spielst du mir noch ein C, das tiefste C?«, fragt Niu.

C. geht zum Klavier und schlägt die Note an. Sie hallt im Raum nach, vibriert in C.s Körper. Die beiden lauschen dem Klang, bis er verschwunden ist. Dann schließt C. vorsichtig den Deckel über den schwarzen und weißen Tasten und geht langsam aus dem Zimmer. Sie zieht die Zimmertür leise hinter sich zu, durchquert den leeren Wohnungsflur und tritt ins Treppenhaus. Als sie Nius Wohnungstür hinter sich schließt, steigen Tränen in ihr auf. Große, warme Tränen laufen über ihre Wangen, sie hinterlassen einen dumpfen, dunklen Schmerz unter ihren Augen. Sie rennt die Treppen hinab und auf die Straße. Es ist erschreckend hell draußen. Sie blinzelt in die Sonne und wischt sich die Tränen mit dem Ärmel weg, aber es kommen immer neue nach. Fremde Menschen gehen an ihr vorbei, während sie weinend mitten auf dem Bürgersteig steht, mitten in der Sonne, es gibt kein Versteck. Aber niemand sieht sie an. Das ist der Vorteil des berühmten New Yorker Desinteresses an anderen Menschen: Man kann ungestört in der Öffentlichkeit weinen, denkt C.

Sie hat seit Jahren kaum geweint. Sie hat nicht geweint,

als sie die Pillen nahm in diesem Wartezimmer, als die Leere in ihr hinaufstieg. Jetzt weint sie schon zum zweiten Mal in einer Woche. Große, schwere Tränen, die ihren Augen wehtun, weil sie das Weinen verlernt haben.

Sie streicht ihre Tränen weg, dreht sich um und klingelt wieder bei Niu. Niu antwortet sofort: »Komm hoch, meine Liebe.«

7. KAPITEL

Thomas schreibt immer mit Bleistift. Schreibt und radiert. Pausiert und schreibt und radiert, bis das Papier in seinem schwarzen Notizbuch nicht mehr richtig weiß ist und glänzt wie lackiert. Die Worte sind kaum noch zu lesen. Die Spitzen seines rechten Daumens und Zeigefingers sind schwarzgrau. In Bleistiften ist gar kein Blei, aber er hat trotzdem Angst, dass das Schwarzgrau in seine Blutbahn gelangt.

Funke Hoffnung

Ein Phönix ist meine Hoffnung
Unkaputtbar
Lernt fliegen mit gestutztem Gefieder
Zerfleddertes Federvieh, unverzagtes Fabelwesen
Ist es einmal groß,
Kreist es in sanften Schwingen
Über unserem Bett. Über dir und mir
Bis der nächste Funke es entzündet
Zu Asche zerfallen lässt.
Aber immer ein kleiner Rest Glut
Das Gegenteil der Vernunft

Ich bin ein Fakir
Nichts tut mir weh
Ich bin kein Fakir
Die glühende Asche schmerzt

Ich bin zu stolz für Selbstkasteiung, denke ich
Glaube an Vernunft, nicht an Magie, denke ich

Schon reckt der zottelige Vogel
Seinen Hals aus der Asche
Reckt seine Schwingen
Zieht seine Kreise
Und ich mache weiter
Das Gegenteil der Vernunft
Unkaputtbar

Ach, peinlich. Ach. Er hofft, dass niemand sein Notizbuch mit den klobigen und prätentiösen Gedichten je findet. Oder, wenn er ehrlich ist, hofft er, dass es nach seinem Tod jemand findet und sein Genie entdeckt. Geht es nicht allen großen Denkern so, dass sie ihr eigenes Talent anzweifeln? Vielleicht zählt auch er zu ihnen. Vielleicht wird er C. doch irgendwann eines seiner Gedichte zeigen. Aber sie wird sie lächerlich finden, da ist er sich sicher. C. kann Selbstdarstellung nicht ausstehen, und sie wird die Gedichte auf jeden Fall für Selbstdarstellung halten. Für C. ist alles peinlich, was nicht perfekt ist. Sie verabscheut Mittelmäßigkeit, und deshalb tut sie von vornherein nichts, bei dem sie nicht gut ist. Sie wird ihn auslachen. Er hat sich vorgenommen, jeden Tag ein Gedicht zu schreiben, aber meist radiert er es am nächsten Tag wieder aus. So wird er die vielen Seiten des Büchleins nie füllen. Er wäre so gern ein Dichter. Oder vielleicht sollte er versuchen, ein Theaterstück zu schreiben, so eins wie neulich auf der Party. Für heute ist er fertig mit seinem Gedicht des Tages und geht ins Bett. C. ist schon wieder nicht da.

Am nächsten Morgen radiert er das Gedicht nicht weg. Er hat beschlossen, dass er nicht ewig Angst haben kann. Er muss auch diese Sache mit den Patenten und seinem Gequatsche bei der Party hinter sich lassen. Er hat C. nie davon erzählt, er hat niemandem davon erzählt. Bestimmt ist alles in Ordnung. Bestimmt hat ihm niemand zugehört. Je länger nichts passiert, desto unwirklicher kommt ihm der ganze Abend vor. Vielleicht ist es alles gar nicht passiert. Er ist tagelang als Erster ins Büro gekommen und als Letzter gegangen. Er weiß jetzt, wann die ersten Sonnenstrahlen durch das halbrunde Fenster fallen und wie es abends im Büro riecht, wenn die anderen weg sind. Er hat die Kontakte der Zwischenhändler, die er in seinem ersten Monat anrufen sollte, schon in einer Woche abtelefoniert. Er hat in jedem Meeting versucht, etwas Schlaues zu sagen, mit schwitzigen Händen. Er hat immer genickt, wenn die anderen etwas Schlaues gesagt haben. Er hat die Power-Point-Präsentation immer wieder neu formatiert, Bilder eingefügt, die witzig, aber nicht albern sind, er hat vor dem Spiegel geübt, wie sein Gesicht aussieht, wenn er darüber spricht, wie das Nicht-Fleisch schmeckt. Er war bei einem Termin mit einem Wagniskapitalgeber dabei und hat über die Perspektiven auf dem europäischen Markt referiert. Er hat noch mehr zu Tierschutz in Europa und den USA recherchiert, er war sogar in der Public Library auf der Fifth Avenue mit den steinernen Löwen vor der steinernen Treppe, um einen Aufsatz in einer Fachzeitschrift aus den sechziger Jahren zu frühen Experimenten mit Fleischersatz zu lesen. Er hat in der Testküche gekocht, die Resultate fotografiert und ein PDF mit Rezepten zusammengestellt, die gerade noch ins Italienische, Portugiesische und Ungarische übersetzt werden. Englisch, Französisch und Spanisch hat er selbst gemacht und Freunden zum Gegencheck geschickt, die Muttersprachler sind. Er hat für alle Kaffee geholt und sich gemerkt, wer seinen Kaffee wie trinkt.

Und er hat die ganze Zeit darauf gewartet, dass alles über ihm zusammenbricht. Er musste oft daran denken, wie C. ihm mal erzählt hat, dass sie oft nicht ganz sicher ist, dass der Boden ihre Schritte aushält. So fühlte er sich die ganze Zeit. Als müsse er erst vorsichtig tasten, bevor er einen Fuß vor den anderen setzt im Büro. Er ist zusammengezuckt, wenn jemand seinen Namen sagte. Ihm wurde schwarz vor Augen, wenn ihm jemand von hinten die Hand auf die Schulter gelegt hat. Er hat darauf gewartet, dass der Chef, dass Jonathan (»Nenn mich Jon und schreib mich auf jeden Fall ohne h, mit h ist der christliche und ohne h ist der jüdische John/Jon«) oder einer der Kollegen von seinem großen Verrat erfährt, dass es alle erfahren, dass er seine Visitenkarten abgeben und einen Pappkarton mit seinen Sachen nach Hause schleppen muss, wie er es auf den Bildern von den Lehman-Bankern gesehen hat. Seine Narbe brannte wie seit Jahren nicht mehr, er konnte kaum atmen, er fühlte sich steif. Ende. Schande. Arbeitslos. Aber dann passierte nichts. Keine Frage, keine Andeutung. Ein weiterer Tag folgte auf einen weiteren Tag, und nichts passierte.

Er entscheidet sich gegen die Angst und für die Hoffnung. Er will seine Gedanken befreien. Sie zirkeln immer wieder zurück zu seiner Schuld, also braucht er etwas Neues, an das er denken kann. Soll er Niu eine SMS schicken?

Er denkt jedes Mal an sie, wenn er seine Narbe sieht, also ständig. Wie eine Spirale drehen sich seine Gedanken um Niu und den Verrat, ein endloser Kreisel. Er kann kaum noch schlafen. Seine Narbe, die Manifestation einer alten Erinnerung, hat sich mit einer neuen Erinnerung verbunden. Er reibt seit ihrem Treffen wieder ständig über sie, so wie er es früher gemacht hat, als sie gerade verheilt und noch ganz rau und rot war. Er weiß, dass das Quatsch ist, und stellt sich trotzdem vor, dass Niu es spürt, wenn er über seine Narbe streicht. Da er sich verboten hat, an den Geheimnisverrat zu denken, denkt er nun noch mehr an Niu. Gelenkte Gedanken. Er sollte ihr eine SMS schicken. Wird sie ihm erzählen, woher sie seine Narbe hat? Wird er ihr seine Geschichte erzählen? Als er nachts wach lag, ist ihm eingefallen, was er ihr schreiben wird. Nichts Besonderes, aber der Tonfall muss passen. Um Punkt zehn Uhr am Morgen, er sitzt schon an seinem Schreibtisch, greift er zum Handy und tippt ganz schnell die Worte, an denen er nachts gefeilt hat:

Hey, Niu Narbe, erzählst du mir deine Geschichte? Willst du meine hören? Wann sehen wir uns wieder?

Die Nachricht wird sofort zugestellt, zeigt ihm sein Smartphone an.

10.10 Uhr: Keine Antwort.

10.15 Uhr: Keine Antwort.

10.17 Uhr: Keine Antwort. Vielleicht schläft sie lange.

10.42 Uhr: Keine Antwort. Vielleicht hat sie die Nachricht noch nicht gelesen.

11.03 Uhr: Keine Antwort. Sie ist bestimmt beschäftigt.

11.33 Uhr: Keine Antwort. Hätte er etwas anderes schreiben sollen?

12.40 Uhr: Keine Antwort. Waren drei Fragen zu viele für eine SMS?

12.45 Uhr: Keine Antwort. Vielleicht hätte er ihr nicht so schnell schreiben sollen.

13.17 Uhr: Keine Antwort. Vielleicht ist sie einfach nur busy.

13.54 Uhr: Keine Antwort. Sie findet ihn bestimmt aufdringlich.

14.45 Uhr: Keine Antwort. Keine Antwort. Keine Antwort. Keine Antwort.

Seine Narbe brennt. Vielleicht will sie ihre Geschichte nicht erzählen. Vielleicht will sie sie ihm nicht erzählen. Er hat seine schon so oft erzählt, ständig fragt ihn jemand nach der Narbe. Es kommt ihm schon fast vor, als hätte jemand anders die Geschichte erlebt. Er kann sich besser daran erinnern, wie er sie erzählt als wie er sie erlebt hat. Sie ist gewachsen von Mal zu Mal. Die Wellen wurden von Mal zu Mal höher. Seine Schreie lauter. Immer mehr Blut. Vielleicht erzählt Niu ihre Geschichte nicht gern. Er würde so gern wissen, was ihr zugestoßen ist. Eine Narbe war mal eine Wunde, hat sie gesagt. Es tut ihm gut, die Geschichte ihrer Narbe zu erfinden, es lenkt ihn ab. Nichts in seinem Leben ist mehr, wie es war. Die Stadt ist neu, die Wohnung ist neu, die Nachbarn sind neu, seine Frau spricht kaum noch mit ihm, und er weiß nicht, warum. Sein Arbeitsweg ist neu, seine Freunde sind neu. Wobei er genau genommen keine Freunde hat, nur ein paar Arbeitskollegen. Und die Kollegen sind neu. Die Sprache ist fremd, sein Akzent klingt fremd, das Büro riecht fremd. Seine Narbe ist kein Unikat mehr, die Narbe, die ihn zu etwas Besonderem gemacht hat, die jeden interessiert. Der Job ist neu und schon wieder in Gefahr. Er mag gar nicht daran denken. Er denkt lieber an Niu.

16.30 Uhr: Keine Antwort.
17.15 Uhr: Keine Antwort.
18.03 Uhr: Keine Antwort.

Er schreibt Niu noch eine Nachricht hinterher.

Sorry, wenn ich dir auf die Nerven gehe. Wir müssen nicht über die Narben reden. Lass uns einfach so was trinken gehen!

Dann geht er nach Hause, er will es heute wagen, mal nicht der Letzte zu sein. Er nimmt sich vor, gute Laune zu haben. Er lässt seine Schritte federn und zieht die Mundwinkel hoch, weil er mal gelesen hat, dass das dem Gehirn positive Signale schickt. Nicht lächeln, weil man fröhlich ist, sondern fröhlich werden, weil man lächelt. Biofeedback. Gelenkte Gefühle. Als er aus dem Büro auf die Straße tritt, sind da Menschen mit offenen Jacken, und es ist noch nicht ganz dunkel. Er stopft seinen Schal in seine Umhängetasche, es ist warm genug. Er fährt nicht mit der Subway, sondern geht zu Fuß nach Hause. Heute ist Karfreitag, aber hier hat an Ostern niemand frei, Karfreitag ist ein Arbeitstag. Die Schulen sind geschlossen, aber ansonsten tun sich die Amerikaner schwer mit religiösen Feiertagen. Dafür darf man an Karfreitag auch tanzen. Das deutsche Tanzverbot hat er immer gehasst, selbst als er gar nicht unbedingt tanzen wollte. Was ist das für ein Land, das Tanzen verbietet? Aus religiösen Gründen oder warum auch immer. Tanzverbot, ein schlimmes Wort. Er kauft einen Strauß Tulpen beim Supermarkt an der Ecke, in deren Blüten sich so optimistisch Gelb und Orange vermischen.

Als er in seine Straße einbiegt, vibriert das Handy in seiner Hosentasche. Es ist eine Nachricht von Niu. *Ok*, schreibt sie. Sonst nichts. Thomas wartet, vielleicht schickt sie noch eine weitere SMS hinterher, aber es kommt nichts, und er geht federnd und lächelnd weiter. Vor der Haustür zieht er das Handy noch mal aus der Hosentasche, sieht die Narbe an seinem Handgelenk. Keine Nachricht. »Hey, ich bin zu Hause«, ruft er in die Wohnung. C. ist nicht da, wie fast immer. Sie haben einander schon ewig nicht mehr richtig gesehen und schon lange kein normales Gespräch mehr geführt. Er denkt schon seit Wochen darüber nach, was er gesagt oder getan haben könnte, das sie verärgert haben könnte, aber ihm fällt einfach nichts ein. Früher wusste sie immer alles über ihn.

Er legt die Tulpen auf die Kommode am Eingang. Als er sich die Schuhe auszieht, vibriert sein Handy. Er zuckt zusammen, zieht das Handy aus der Hosentasche. Der eine Fuß im Schuh, der andere nur in der Socke, aber er will sofort die SMS lesen. Sie kommt nicht von Niu, sondern von seinem Chef.

Kannst du morgen früher ins Büro kommen?

Thomas wird schwindlig, er setzt sich auf den Fußboden neben der Kommode. Er sitzt lange da, Rücken an der Wand, Handy in der eiskalten Hand, nur ein Schuh an den Füßen, und starrt auf das Display. Er kann kaum richtig sehen, ihm ist schwarz vor Augen. Es wird langsam dunkel in der Wohnung, aber er bleibt auf dem Fußboden. Es fühlt sich an wie eine Ewigkeit, bis er bereit ist, seinem Chef zurückzuschreiben. Er unterdrückt den Impuls zu fragen, worum es geht und warum er früher kommen soll.

Ok, schreibt er zurück. Jon antwortet sofort: *Vielleicht schon so gegen 7.00 Uhr*

Bevor die anderen kommen, denkt Thomas. *Ok*, schreibt er zurück. Dann stemmt er sich von der Wand hoch, er ist steif vor Kälte, zieht seinen zweiten Schuh aus und macht das Licht in der Wohnung an. Als er die Tulpen endlich in die Vase stellt, ist der Abdruck seiner Hand in ihre Stiele eingepresst. Wo seine Finger waren, sind die Stiele weich und matschig, dunkelgrüne Abdrücke auf hellem Grün. Er muss sie sehr fest gehalten haben.

C. ist noch immer nicht zu Hause, als sein Handy klingelt. Er zuckt wieder zusammen. Sein Chef? C.? Niu? Aber es ist seine Mutter.

»Mama? Alles okay bei dir?«

»Ja, hallo, Purzel, alles in Ordnung. Beziehungsweise … Na ja.«

»Bei dir ist es mitten in der Nacht …«

»Ja, kurz nach Mitternacht.«

Pause.

»Es ist halb zwei. Warum bist du nicht im Bett?«

»Du, Purzel, ich sitze im Auto und fahre zum Flughafen.«

»Mitten in der Nacht?«

»Ja. Mein Flug geht morgen Vormittag, ich fahre nach Frankfurt. Ich komme zu dir. Kannst du mich vom Flughafen abholen?«

»Was?«, fragt Thomas.

»Ich komme zu dir. Kannst du mich vom Flughafen abholen? Ich lande morgen Abend um kurz nach sechs«, sagt seine Mutter noch mal.

»Was? Wieso?«, stottert Thomas.

»Erzähle ich dir, wenn ich da bin.«

»Aber … Ist was passiert? Ist was mit Papa?«

»Nein. Ja. Also … Ich will dir das alles morgen in Ruhe erzählen«, sagt seine Mutter, ihre Stimme zittert.

»Du bist doch noch nie alleine geflogen. Ich meine, du kriegst das schon hin. Aber …«, stottert Thomas.

»Mach dir keine Sorgen«, sagt seine Mutter. »Kannst du mich nun abholen? Ich kann auch ein Taxi nehmen.«

»Ja, klar hole ich dich ab. Wie viel Uhr genau? Und welcher Flughafen? JFK?«

»Ich schick dir die Flugdaten per SMS«, sagt seine Mutter. »Sorry, ich muss jetzt auflegen, ich fahre Auto.«

»Okay. Bis morgen, Mama.«

Thomas holt sich eine Tafel Schokolade aus dem Küchenschrank und lässt sich in den Sessel am Fenster fallen. Er schiebt sich einen ganzen Riegel auf einmal in den Mund, kaut. »Fuck«, ruft er. Lauter: »Fuck.« Noch mal: »Fuck, Fuck, Fuck, Fuuuuckkkk!« Er kaut und ruft immer lauter »Fuck, Fuck, Fuck!« Hundertmal Fuck. Er flucht sonst nie, und eigentlich mag er Flüche gar nicht. Er fühlt sich sogar unwohl, wenn andere Leute fluchen. Aber jetzt tut es gut. Er schreit jetzt fast, seine Stimme überschlägt sich. Schokolade klebt auf seinen Zähnen. »Fuck, Fuck, Fuck!« Alles wird zusammenbrechen. Morgen wird zusammenbrechen, was nicht schon zusammengebrochen ist. Auf einmal muss er lachen. Es ist einfach alles zu absurd.

Sie hat ihn Purzel genannt. Gleich zweimal. Das hat sie schon seit Jahren nicht mehr gemacht, eigentlich schon nicht mehr, seit er ein kleiner Junge war, acht Jahre alt vielleicht, und es ihr verboten hat.

Thomas lacht so sehr, dass ihm die Tränen kommen. Er kann nicht aufhören. Er lacht und flucht und stopft die Schokolade in sich hinein, braune Spucke läuft aus seinem Mund. Und genau jetzt kommt C. zur Tür hinein.

»Alter, was ist denn hier los?«, fragt sie und zieht sich die Schuhe aus. »Ist was passiert?«

Thomas prustet.

»Du hast ja gute Laune. Was ist so witzig?«, fragt C.

»Nichts, gar nichts ist witzig«, antwortet Thomas und verschluckt sich halb dabei. »Alles bricht zusammen.«

C. grinst und kommt zu ihm.

»So, so, tut es das?«

Er steht auf und nimmt sie in den Arm, seine Wangen sind feucht von den Lachtränen. »Morgen kommt meine Mutter«, sagt er glucksend.

»Wie, hierher?«

»Ja, frag nicht, ich weiß auch sonst nichts darüber. Wir werden es dann sehen.« Er küsst sie. Sie küsst zurück. Er schiebt seine Hand unter ihren Pulli, sie knöpft sein Hemd auf. Er schiebt sie rückwärts Richtung Schlafzimmer und schubst sie aufs Bett. »Holla«, sagt sie und grinst. Sie dreht sich auf die Seite, legt den Kopf schief und winkt ihn mit dem Zeigefinger heran. Sie wissen beide, dass sie das ironisch meint. Er spielt mit, legt sich zu ihr und zieht sie aus. Es tut so gut, sie zu spüren, ihre Hände, ihren Geruch. Es ist so einfach, so vertraut, sie können es noch. Nach dem Sex schläft er sofort ein.

Um Punkt sieben Uhr tritt er ins Büro. Er ist zu Fuß gegangen, klare Frühlingsluft, das erste Morgenlicht voll roher Kraft. Als er die Tür öffnet, steht Jon mit verschränkten Armen mitten im Raum und schaut ihm entgegen.

»Du hast Kopien gemacht von den Patenten und unsere Betriebsgeheimnisse rumerzählt«, sagt er ohne Begrüßung. »Und weißt du, von wem ich das erfahren hab?«

Thomas antwortet nicht.

»Von Pete. Pete von Beyond Carcass. Von der verdammten Konkurrenz. Die wissen jetzt alles, du Arsch.«

Thomas schaut ihm direkt in die Augen.

»Es tut mir leid, wirklich«, sagt er. »Ich bin ein Idiot. Ich war betrunken. Ich verstehe mich selbst nicht. Ich bin ein Arsch.« Jon schüttelt theatralisch den Kopf.

»Dir ist schon klar, dass du hier nicht mehr arbeitest, oder?« Thomas' Kinn zittert, aber seine Stimme ist fest. Er hat sich darauf vorbereitet und beschlossen, sich nicht zu verteidigen. Es gibt ja nichts, was er zu seiner Verteidigung sagen könnte. Er hat beschlossen, nicht zu kämpfen, denn einen Kampf könnte er ohnehin nicht gewinnen.

»Ja, das verstehe ich«, sagt er. »Natürlich verstehe ich das. Es tut mir so leid. Ich habe alles kaputt gemacht.«

»Pack deine Sachen und verschwinde. Und gib mir die Visitenkarten und den Hausausweis zurück.«

Thomas geht langsam durch den leeren Raum. Vorbei an Matts Schreibtisch, an Sarahs Schreibtisch, an dem Konferenztisch mit der Telefonspinne, auf dem noch die Krümel von den Cupcakes verstreut sind, die Santiago gestern mitgebracht hat. Er setzt sich an seinen Schreibtisch, der ihm jetzt vertraut vorkommt. Gerade noch war das Büro fremd, jetzt ist es ihm so lieb geworden. Auf seinem Schreibtisch steht ein leerer Pappkarton, den Jon gebracht haben muss. Er zieht die Schreibtischschubladen auf, die sowieso noch fast leer sind. Ein Schal, eine Packung Taschentücher, eine Dose Tic Tac, seine Lieblingsstifte, ein altes Polaroidfoto von C. und ihm ohne Rahmen, schon leicht verknittert. Ein Ordner mit ein paar Unterlagen. Er räumt alles in den Karton. Auch eine der Visitenkarten als Andenken, den Rest lässt er in der Schublade. Es ist noch ein ganzer Stapel, er hatte bislang kaum Gelegenheit, Visitenkarten zu verteilen. Er klappt den Kartondeckel zu und blickt auf. Jon ist nirgends zu sehen, und auch sonst ist das Büro leer, die anderen werden erst in einer Stunde nach und nach eintrudeln. Also klemmt er den Karton unter den Arm und zieht die Tür leise hinter sich zu, ohne sich noch einmal umzusehen.

Als er auf die Straße tritt, ist es noch nicht einmal halb acht. Er hat noch den ganzen Tag bis seine Mutter ankommt. Er schreibt ihr eine SMS:

Schon Boarding?

Sie antwortet sofort.

Noch nicht, aber geht bestimmt gleich los. Bis nachher. LG, Mama

Guten Flug!

Er blickt den Bürgersteig hinab. Die Luft ist noch kalt, er kann seinen Atem sehen. Zurück nach Hause will er nicht, er hat jetzt keine Lust, C. die ganze Geschichte zu erzählen, und sie würde Fragen stellen, die er nicht beantworten kann. Aus einem Lieferwagen hebt ein Mann eine Palette Cola-Dosen, wuchtet sie auf eine Schubkarre und rollt sie zu dem Coffeeshop an der Ecke. Der Laden hat noch zu. Die Stadt wirkt so rein und unschuldig am Morgen. Thomas stellt die Kiste mit seinen Sachen auf den Bürgersteig, zieht das Handy aus der Tasche und schickt Niu eine SMS.

Ist Ok echt alles, was du schreiben willst?, tippt er, aber schickt die Nachricht nicht ab, sondern löscht sie gleich wieder. *Sehr einsilbig*, tippt er und löscht auch das.

Wie wäre es mit Frühstück heute Morgen?

Er drückt auf Senden.

Niu antwortet sofort.

Ich hab Zeit.

Mit so einer schnellen Antwort hatte Thomas nicht gerechnet. Eigentlich hatte er überhaupt nicht mit einer Antwort gerechnet.

Prima. Wann und wo?

Kannst du in die Upper West Side kommen?, fragt sie.

Klar, sag mir einfach, wohin.

Kirsh Bakery, 551 Amsterdam Ave

Okay, ich brauche 45 Minuten oder so, schreibt er zurück.

See you in a bit.

Er schaut auf Google Maps nach, welche Subway er nehmen soll. Er war noch nie in der Upper West Side. Er wusste noch nicht einmal, dass es eine Amsterdam Avenue überhaupt gibt. Es ist nicht weit vom Central Park, vielleicht wird er nach dem Frühstück im Park spazieren gehen. Das wollte er die ganze Zeit schon machen, und jetzt ist Frühling, und er hat nichts zu tun. Er wird nie wieder etwas zu tun haben. Er schiebt den Gedanken weg, denkt an Niu. Die Kiste mit seinen Sachen lässt er einfach auf dem Bürgersteig stehen und schlendert zur Subway-Haltestelle. Er fühlt sich so merkwürdig leicht. Er schwingt die Arme beim Gehen wie früher als kleiner Junge. Er hat nichts mehr zu verlieren, denkt er. Und dann fällt ihm C. ein, die er noch nicht ganz verloren hat. Gestern Abend war sie wieder da, die alte Leichtigkeit zwischen ihnen. Er dreht sich um, rennt zu dem Pappkarton zurück, zieht das alte knittrige Foto heraus und steckt es in seine Umhängetasche. Dann geht er zurück zur Subway und fährt zu Niu. Heute wird er sie nach der Narbe fragen, ob sie will oder nicht.

Das kleine Café ist direkt an der Subway-Station. Er sieht Niu schon von draußen, sie sitzt direkt an dem großen Fenster. Ihr Rücken ist sehr gerade, sie hat die Hände flach auf den Tisch gelegt und die Augen geschlossen. Er klopft an die Scheibe, aber sie reagiert nicht. Sie sitzt da wie eine Statue. Er geht hinein und setzt sich zu ihr. Sie öffnet die

Augen, sonst bewegt sie sich nicht, sieht ihn mit diesen großen, wachen Augen an. Dann zieht sich ein Lächeln über
ihr ganzes Gesicht. So strahlend, Thomas fühlt es warm
durch seinen Bauch fließen. Ihre Brüste zeichnen sich durch
ihr Sweatshirt ab, perfekte kleine Rundungen, als würden
sie auch lächeln, ihn anlächeln, sie sind so direkt vor ihm,
als gäbe es sie nur für ihn. Er zwingt sich, zurück in ihr
Gesicht zu blicken, lächelt zurück und legt die Hände vor
sich auf den Tisch, genau wie sie. Er ist ihr Spiegelbild. Sie
sagen lange nichts. Bis es Thomas nicht mehr aushält.

»Hi«, sagt er. »Schön, dich zu sehen.«

Niu nickt langsam.

»Ja, schön, dich zu sehen.«

Sie betont das »dich« so, dass der Satz nicht mehr wie
die übliche Begrüßungsfloskel klingt, sondern wie ein Ge-
heimnis, das nur die beiden kennen. Thomas' Blick wandert auf ihr Handgelenk, aber die Ärmel ihres grauen
Sweatshirts reichen bis zu ihren Handflächen. Er kann die
Narbe nicht sehen.

Niu verfolgt seinen Blick und zieht die Bündchen noch
weiter hinab bis fast zu den Fingerspitzen.

»Nimm den French Toast mit Bacon«, sagt sie.

»Ich esse kein Fleisch«, antwortet Thomas.

Niu schaut ihn an, grinst.

»Natürlich nicht«, sagt sie.

Thomas weiß nicht, was sie damit meint.

»Dann nimm halt French Toast ohne Bacon. Die machen
hier den besten French Toast der Stadt.«

Hinter ihr fällt das Sonnenlicht in dicken Strahlen durch
das Fenster. Die Worte, die auf die Scheibe geschrieben sind,
werfen Schatten an die hellgelbe Wand. »Pasta, Meats,
Craft Beers, Salads«, schreibt das Licht. Thomas und Niu

schauen einander an, sagen nichts. Die Kellnerin kommt. Niu bestellt für beide, ohne ihn noch mal zu fragen: einmal French Toast mit, einmal ohne Bacon. Und zweimal Kaffee. Thomas hat auf einmal riesigen Hunger. Er hat nicht gefrühstückt vor seinem Termin mit Jon, er konnte nicht.

»Ich habe gerade meinen Job verloren. Gerade eben, heute Morgen«, sagt er, seine Stimme zittert.

»O nein, das tut mir leid.«

Niu nimmt seine Hände, drückt sie fest.

»Ja, mir auch«, sagt Thomas. »Ich bin ein Idiot.«

Niu hält seine Hände noch immer, aber er kann ihr Handgelenk trotzdem nicht sehen.

»Willst du erzählen, was passiert ist?«, fragt sie, ihre Finger streicheln sanft über seinen Handrücken. Thomas ist froh, dass sie fragt. Er ist keiner, der Dinge, die ihn belasten, gut für sich behalten kann.

»Ach weißt du, es ist alles meine Schuld«, sagt er. »Neulich auf der Party, bevor wir uns auf der Treppe getroffen haben, weißt du, da habe ich mich verquatscht. Ich wollte angeben. Es ist mir so peinlich«, sagt er.

»Du warst ganz schön betrunken«, sagt Niu.

»Ja, betrunken und bekifft. Aber das ist ja keine Entschuldigung. Ich habe die Pläne für unser neues Projekt verraten, die sind noch geheim. Und dann habe ich die Patentunterlagen verloren. Da stand alles drin, was man wissen muss. Sie waren am nächsten Morgen nicht mehr in meiner Tasche, ich kann mich nicht erinnern, was mit ihnen passiert ist. Es ist so peinlich.«

»Menschen machen Fehler«, sagt Niu.

Sie schaut ihn aufmerksam an, es ist ein offener Blick, mit Interesse, aber ohne Vorwurf, es tut gut, dass sie ihn nicht verurteilt.

»Ich weiß nicht, was ich jetzt machen soll. Ich brauche das Geld. Und es geht natürlich nicht nur ums Geld, es war mein Traumjob. Ich meine, wir sind vor allem wegen meines Jobs hierhergezogen«, sagt er. »Ich verstehe nicht, wie ich das tun konnte. Es war mir so superwichtig, was die Leute auf der Party von mir denken. Dass sie mich toll und spannend finden. Da habe ich gar nicht daran gedacht, was das für Konsequenzen haben könnte. Ich bin ein Wichtigtuer. Es ist so schrecklich.«

»Menschen machen Fehler«, sagt Niu noch einmal, lehnt sich über den Tisch zu ihm hinüber, nimmt seine Hände hoch und küsst sie langsam, erst die linke, dann die rechte Hand. Thomas will sie erst wegziehen, auch das hier ist doch so falsch, aber dann rutscht Nius Ärmel hinab und legt ihre Narbe frei. Sie ist noch da, genauso, wie er sie in Erinnerung hatte.

Thomas fühlt sich so vertraut mit Niu, als würde er sie schon lange kennen. Dabei weiß er nichts von ihr und sie schon so viel von ihm.

»Ich verstehe das nicht, ich fühle mich so sicher mit dir«, sagt er. »Ich kann dir sogar die schlechten Sachen über mich erzählen, und ich schäme mich nicht.«

Bei anderen Menschen überlegt er immer, was er sagen sollte, damit sie ihn mögen. Es ist nicht so, dass er sich bewusst verstellt, er lügt nicht. Aber er hinterfragt immer, welche Seite von ihm zu den anderen Menschen passen würde. Sollte er lieber der lockere Tom oder der nachdenkliche Thomas, der selbstkritische Thomas oder der begeisterungsfähige Tom sein? Er ist das alles irgendwie. Mit Niu spricht er ohne Selbstkontrolle, und die Worte kommen genauso heraus, wie er sie meint. Er spricht nicht zu schnell, nicht zu laut, seine Stimme überschlägt sich nicht. Es ist so einfach mit ihr. »Vielleicht ist es, weil wir uns nicht kennen«, sagt Niu.

»Na ja, ich spreche ja oft mit Menschen, die ich nicht kenne. Genau genommen fast immer in diesen Tagen«, sagt er. »Aber da habe ich das Gefühl, dass ich sie erst von mir überzeugen muss. Bei dir ist das nicht so.«

Er schaut zu, wie sie seine Hände küsst. Er hat eine halbe Erektion und ist froh, dass der Tisch sie verdeckt. Sie schweigen und schauen aus dem Fenster, Niu nimmt seine Hand und legt sie an ihre Wange. Draußen ist das weiche Morgenlicht einer hohen Frühlingssonne gewichen. Ihr Ärmel rutscht noch weiter hinunter.

»Ich kann deine Narbe sehen«, sagt er.

»Und ich sehe deine«, antwortet Niu.

»Ich möchte gern wissen, wie du sie bekommen hast«, sagt er. Sie lässt seine Hand los, zieht die Pulloverärmel wieder hinunter und lehnt sich im Stuhl zurück. Die Kellnerin kommt mit dem Kaffee. Niu umklammert die Tasse mit beiden Händen. Sie trinkt ihren Kaffee schwarz.

»Warum beschäftigt dich das so?«, fragt sie.

»Ich weiß auch nicht. Ich finde es einfach unglaublich, dass unsere Narben so gleich aussehen. Das ist doch etwas, das uns verbindet. Und ich frage mich, ob wir das Gleiche erlebt haben.«

»Das kann ich ausschließen«, sagt Niu. »Lass uns einfach über etwas anderes reden, okay?«

Thomas fürchtet plötzlich, sie könnte aufstehen und gehen. »Ich will dich nicht bedrängen«, sagt er. »Es ist nur so, dass Narben Geschichten erzählen. Und unsere Narben sind so tief, da sind bestimmt auch die Geschichten tief.«

»Eben darum«, sagt Niu, aggressiver, als er sie je zuvor gehört hat. »Wir kennen uns doch gar nicht.«

Thomas sagt nichts, auch Niu schweigt und blickt aus dem Fenster. Es ist kein schönes, gemeinsames Schweigen. Thomas sieht an dem harten Zug um ihren Mund, dass er sie verletzt hat. Dann zieht sie ihr Handy, ein altes Samsung, aus der schwarzen Ledertasche, die auf dem Stuhl neben ihr liegt. »Hier, ich zeig dir mal etwas. Ich habe gerade zusammen mit einem Freund ein Video gemacht. Er hat gezeichnet, ich habe die Musik geschrieben. Willst du es sehen?«

»Ja, na klar.«

Sie tippt dreimal auf das Display und reicht Thomas das Handy. Das Video läuft schon. Zwei himmelblaue Kreise mit Strich-Armen und Strich-Beinen und einem lachenden Strichmännchen-Gesicht hüpfen Hand in Hand über einen Bürgersteig und lachen ein hyperfröhliches Computer-Lachen. Ein Jazz-Klavier klimpert federleicht dazu. Ein paar Schritte hinter ihnen läuft ein rotes Quadrat mit traurigem Strichmännchen-Gesicht. Die Musik wechselt, ein paar langsame Moll-Akkorde. Das Quadrat versucht aufzuholen, streckt die dünne Strich-Hand nach den Kreisen aus, tippt den einen an, aber die Kreise weichen zurück und laufen davon. Noch traurigere Moll-Akkorde, tiefe Töne. Dann steigt das Quadrat ein paar Stufen hinab und steht in einer Werkstatt. Die Werkstatt ist nicht gezeichnet, sondern es handelt sich um eine Kameraaufnahme einer richtigen Schreinerei, hinter einer Werkbank steht ein älterer Mann in einer Latzhose. Münder bewegen sich, das gezeichnete Quadrat und der Schreiner scheinen zu verhandeln, man hört keine Worte. Dumpfes Klavier-Stakkato. Der Schreiner schnappt sich das Quadrat, legt es auf die Werkbank und sägt die Ecken ab, es bleibt ein roter Kreis mit Strich-Armen, der breit lächelnd wieder hinaus auf die

Straße tritt. Die Musik wird wieder leicht, eine hoffnungs-
frohe Melodie. Der rote Kreis schwankt ein wenig beim
Gehen, stolpert den Gehweg entlang, aber er lächelt. In der
Ferne sieht er die beiden blauen Kreise, fängt an zu rennen,
rollt ein Stück und fängt sich wieder, die Musik immer
schneller, immer heiterer. Die beiden Blauen drehen sich
um, schauen Rot an, schauen einander an, schauen wieder
zu Rot. »But you are red«, sagen sie mit ihren piepsigen
Computer-Stimmchen, drehen sich um und gehen. Zwei
Paukenschläge. The end. Thomas blickt auf.

»Cool«, sagt er. »So was machst du also.«

Niu lacht.

»Genau, so was mache ich.« Ihr »so was« klingt sarkastisch.

»Und verdienst du auch Geld damit?«

»Was ist das denn für eine bescheuerte Frage?«, sagt Niu.
»Ist das wichtig?«

Thomas schämt sich sofort. Er klingt wie sein eigener
Vater. »Entschuldigung.«

»Ja, whatever, kein Problem.« Niu zieht eine Augenbraue hoch, schaut ihn lange an.

»Das Video ist für Teenager. Das Quadrat will ein Kreis
sein«, sagt sie und wendet ihren Blick nicht ab.

»Willst du mir damit etwas sagen?«, fragt Thomas.

»Denk drüber nach.«

Die Kellnerin kommt mit dem French Toast. Er duftet
nach Vanille, ist dick und saftig und mit Puderzucker be-
streut. Obendrauf liegt eine zu einem Fächer aufgeschnit-
tene Erdbeere. »Oh, wie schön«, sagt Thomas und ist froh
über die Ablenkung. »Hey, wir müssen nicht über die
Narben reden, wenn du nicht magst.« Er gießt Ahornsirup
über das dicke Brot, beobachtet, wie der Toast ihn wie ein

Schwamm aufsaugt, dann schiebt er sich ein Stück in den Mund, die zähe braune Flüssigkeit tropft von der Gabel und läuft ihm am Kinn herab.

»Ich habe schon lange nichts mehr gegessen, das so lecker war«, sagt er. »Ich hatte auch schon lange nicht mehr so einen Hunger.«

Niu grinst.

»Das ist der Geschmack der Freiheit.«

Thomas lacht laut.

»Oder der Henkersmahlzeit. Ich bin wahrscheinlich bald zu pleite für solchen Luxus.« Er kaut und schiebt sich ein Stück nach dem anderen in den Mund. »Lass mich mal ein Stück von deinem Bacon probieren«, sagt er.

»Aha, soso«, sagt sie und hebt mit ihrer Gabel einen Streifen auf seinen Teller.

Sie reden kaum, während sie essen.

»Ich bin so froh, dass wir uns sehen«, sagt er, als er aufgegessen hat. »Ich weiß auch nicht, warum, aber du gehst mir nicht aus dem Kopf.«

»Ich bin auch froh«, sagt Niu und nimmt wieder seine Hand. »Ich habe eine Freundin«, sagt Thomas. »Also, genau genommen eine Frau, ich bin verheiratet.«

Niu lässt seine Hand nicht los.

»Ich weiß«, sagt sie. Woher weiß sie das nur, fragt er sich, aber fragt sie lieber nicht. Er schiebt ihren Ärmel hoch und fährt mit dem Finger über ihre Narbe. Sie ist ganz weich. Niu zieht ihre Hand weg und legt sie auf ihren Schoß unter den Tisch. »Fängst du schon wieder damit an?«, sagt sie. »Du interessierst dich nur wegen der Narbe für mich.«

Thomas antwortet ein bisschen zu schnell:

»Nein, das stimmt nicht. Ich will alles von dir wissen. Erzähl mir etwas über dich. Wer bist du?«

Niu lacht und legt den Kopf schief, ihre dicken schwarzen Haare fallen in ihre Augen, sie streicht sie zur Seite. Sie ist fast zu schön, um sie anzusehen, denkt Thomas.

»Ich bin Niu«, sagt sie. »Ich komme aus Kalifornien. Ich bin siebenundzwanzig Jahre alt. Ich wohne in der Upper West Side. Ich esse gern French Toast. Ich muss gleich los.«

»O nein, geh noch nicht«, sagt Thomas. »Erzähl mir mehr von dir. Wieso heißt du Niu? Das ist doch Chinesisch, oder? Hast du chinesische Vorfahren?«

»Ich muss leider gehen«, sagt sie. »Niu heiße ich, weil meine Mutter Chinesin ist. Sie hat den Namen ausgesucht.« Sie rückt den Stuhl vom Tisch ab. Thomas will sie festhalten, will ihre schmalen Handgelenke packen, aber das wäre falsch, das weiß er. Er wundert sich über seinen Impuls, den Impuls zur Gewalt. Er will ihr tausend Fragen stellen. Die richtige Frage würde sie vielleicht zum Bleiben überreden.

»Lebt deine Mutter auch in den USA?«, fragt er.

Niu wirft ihm einen kurzen, fragenden Blick zu, als sei sie sich nicht sicher, ob ihn die Antwort wirklich interessiert.

»Meine Mutter lebt in einem kleinen Dorf in Iowa«, sagt Niu. »Sie ist dort die einzige Nicht-Weiße.«

»Das stelle ich mir schwer vor«, sagt Thomas.

»Für meine Mutter ist nichts schwer. Sie ist in allem gut. Sie ist schön, stark und schlau. Und niemand ist gut genug für sie. Ganz besonders ich nicht«, flüstert Niu.

Thomas spürt einen dumpfen, drückenden Schmerz tief unten im Bauch. Er kennt das Gefühl, nicht zu genügen, so fühlt er sich mit seinem Vater auch. Sonst wäre es vielleicht nie zu dem Unfall gekommen, zu der Narbe. Ob Nius Narbe auch mit ihrer Mutter zu tun hat?

»Ich muss jetzt wirklich los«, sagt sie.

»Können wir uns später noch mal treffen?«, fragt er.

»Mit später meinst du heute? Gleich heute noch mal?«, fragt sie.

»Ja, ich hab ja nichts zu tun. Ich bin ja arbeitslos, wie du weißt.«

»Ja, ich weiß«, sagt sie.

»Und heute Abend kommt meine Mutter zu Besuch, dann habe ich wahrscheinlich erst mal keine Zeit. Ich weiß nicht, wie lange sie bleibt.«

»Ja, okay, du kannst mich nachher abholen. Bei der Juillard. Weißt du, wo das ist?«

Thomas verneint. Er kennt die Juillard, die berühmte New Yorker Musikschule, vom Namen, aber er weiß nicht, wo sie ist.

»Kannst du am besten einfach googeln. Ist nicht weit von hier, in der Nähe vom Columbus Circle, du kannst laufen, du hast ja Zeit. Komm um dreizehn Uhr vorbei und warte vorm Eingang.«

Niu steht auf, streicht ihm über die Schultern und geht.

»Warte«, ruft Thomas.

Niu dreht sich um und lächelt ihn an. Thomas geht auf sie zu und nimmt sie in den Arm. Sie ist so klein und schmal in seinen Armen, ganz anders als C., die fast genauso groß ist wie er. Er beugt sich hinab und küsst Niu auf die Haare. Sie stellt sich auf die Zehenspitzen und küsst ihn auf den Mund. Sie streichelt ihm einmal schnell über die Wange, dreht sich wortlos um und geht.

Thomas setzt sich wieder und schaut ihr durch das Fenster nach, wie sie die Straße hinabgeht. Er könnte sie hochheben, tragen. Ins Bett tragen. Sie dreht sich nicht noch einmal um, biegt um die Ecke und ist verschwunden. Er wird noch eine Weile bleiben, er hat nichts zu tun bis dreizehn Uhr. Er bestellt sich ein Bier. Die Kellnerin zieht die Augenbrauen hoch, als sie die Flasche ein bisschen zu abrupt auf den Tisch stellt, es ist noch früh am Tag für Bier. Und wer sich morgens betrinken will, tut das eigentlich nicht hier, in diesem hippen Café. Thomas ignoriert den Blick der Kellnerin. Das Bier tut gut nach dem süßen, warmen, klebrigen Essen. Vielleicht hilft es, Klarheit in seinen Kopf zu bringen. Er braucht Klarheit.

8. KAPITEL

Sie ist einfach nicht nach Hause gefahren. Sie liegen auf Nius Matratze im Dunkeln in Nius leerer Wohnung, Nius Kopf auf ihrem Bauch, und sie will einfach nicht nach Hause fahren. Das Glück schickt warme Wogen durch ihren Körper, und sie will nur noch eins: Hier sein. Hier bleiben.

»Ich habe Thomas noch nie betrogen«, sagt sie zu Niu. »Ich hätte nie gedacht, dass ich das je machen würde. Und jetzt habe ich noch nicht einmal ein schlechtes Gewissen.«

»Was wir haben, hat mit ihm nichts zu tun«, antwortet Niu. »Es ist nur zwischen dir und mir.«

Niu summt vor sich hin. C. kennt die Melodie, kann sie aber nicht zuordnen. Sie könnte für immer hier liegen und ihr zuhören. Niu dreht sie auf die Seite, C. kann ihre Umrisse erkennen in der Finsternis. Niu streicht über ihren Bauch, dann lässt sie die flache Hand unter ihrem Bauchnabel liegen. »Da war also ein Baby drin?«, sagt sie leise. »Ein kleines Kind? Mit Herzschlag?« C. zuckt zusammen, ihr Körper wird steif, sie schweigt. Da ist sie wieder, die Leere. Niu lässt ihre Hand schwerer werden auf C.s Bauch. Sie summt wieder leise. Dann sagt sie: »Ist es nicht faszinierend, dass du jetzt ein Kind hättest, wenn du nichts unternommen hättest? Dass da ein neuer Mensch wäre.

Dass das einfach so von selbst geht, also du triffst eine Entscheidung, oder es passiert halt und dann Zellteilung, und dann entsteht da einfach so ein neues Leben.« C. ist selbst überrascht, dass ihr große, heiße Tränen die Wangen hinunterlaufen. In ihrem Mund ist ein metallener Geschmack.

»Warum machst du das, Niu? Warum sagst du solche Sachen?«, presst sie hervor.

»Ich quäle dich. Du brauchst das. Das muss raus«, sagt Niu. Sie liegen lange so da, C. weint, Niu summt, keiner sagt ein Wort.

»Du hast auch eine Narbe, Carmen. Bloß dass man die nicht sieht«, sagt Niu sehr viel später.

C. schluchzt so laut, sie klingt wie ein Tier, sie erschrickt selbst davor. Hinter der Stirn pocht ein Schmerz, ihre Augen sind tränenschwer. Dann schläft sie einfach ein.

C. wacht kurz nach Mitternacht noch einmal auf und schleicht in den Flur zu ihrer Handtasche, in der ihr iPhone steckt, das sie den ganzen Tag lang kaum angesehen hat. Ihr Kopf dröhnt wie nach zu viel Alkohol, Nius Summen klingt noch immer in ihr nach. Sie schreibt Thomas eine SMS.

Ich bin heute länger unterwegs, warte nicht auf mich. Musst dir keine Sorgen machen. Ich liebe dich.

Zumindest der erste Satz ist keine Lüge. Wie sicher muss man sich sein, dass man es wirklich fühlt, wenn man »Ich liebe dich« sagt? Sie weiß auch nicht sicher, dass sie ihn nicht liebt, nicht mehr liebt. Thomas schreibt zurück.

Ok, pass auf dich auf. Ich liebe dich auch.

Ob er sich noch sicher ist? Ob er sie lieben könnte, wenn er wüsste, was sie getan hat?

C. tappt zurück ins Schlafzimmer, ihre nackten Füße auf dem kühlen, knarzenden Parkett, und kriecht wieder unter die Bettdecke. Ihr Kopfkissen ist noch kühl und feucht von ihren Tränen. Nius Körper ist warm und wirkt auf der großen Matratze mit der dicken weißen Daunendecke noch kleiner als am Tag. C. ist einen größeren Körper auf den Matratzen gewöhnt, die sie teilt. Niu liegt auf dem Bauch, ihre Hand neben ihrem Kopf auf dem Kopfkissen. C. sieht den Schatten ihrer Narbe. So wie sie früher, in den ersten Wochen mit Thomas, über seine Narbe streichelte, streichelt sie nun über Nius, als schließe sich ein Kreis.

Sie hat Niu nicht gefragt, woher ihre Narbe stammt. Niu ist zusammengezuckt, als C. die feinen Furchen zum ersten Mal berührt hat, als würde sie die Verletzung noch spüren, aus der die Narbe entwachsen ist. Dann hat sie sie streicheln lassen.

»Ich ... früher ... meine Mutter ... Es ist schon sehr lange her«, stotterte Niu damals, vor gerade einmal ein paar Wochen. »Ich habe mich losgerissen. Damals war ...« »Schon gut, du musst mir nicht davon erzählen. Nicht jetzt«, sagte C.

Es lag etwas in Nius Blick, das ihr sagte, dass es eine dunkle Geschichte ist. »Ich will dir erzählen, was passiert ist«, sagte Niu. »Gib mir Zeit.«

C. lässt Nius Narbe los, streckt die Beine auf der Matratze aus, sie ist so viel länger als Niu, die sich neben ihr zusammengerollt hat. Ihre Gedanken rasen, drehen sich wie endlose Spiralen, sie kann nicht schlafen, obwohl sie so müde ist. Niu wollte sie quälen, jetzt quält sie sich selbst. Der Tag war wie ein Rausch. Und jetzt ist sie mit einem Schlag nüchtern.

Niu und sie waren am Nachmittag im Central Park spazieren, die ersten Krokusse und Osterglocken reckten sich in die Sonne, der Park war voller Teenager, die Skateboard fuhren und einander herumschubsten. Sie kann sich noch daran erinnern, wie es sich anfühlt, so jung zu sein. Ein Mann machte riesige Seifenblasen mit einem Ring, kleine Kinder jagten ihnen hinterher. Niu nahm C.s Hand, sie spazierten den baumgesäumten, geraden Weg entlang, der The Mall heißt. Die Sonne schien auf ihren Rücken, sie folgten ihren Schatten. Ein Saxophonist spielte Duke Ellingtons *In A Sentimental Mood*, ein paar Schritte weiter hörten sie die rhythmische Stimme einer Rapperin mit einer alten Boombox hinter sich auf der Bank, ein paar Hundert Meter weiter, fast bei der Bethesda Fountain, sang ein Chor aus fünf Männern, begleitet von einem Kontrabassisten.

»Das erste Mal war ich mit meiner Mutter in New York«, sagte Niu. »Da war ich noch klein, fünf Jahre vielleicht. Mein Vater war gerade gestorben.« Dann schwieg sie, sie liefen weiter, schweigend. »Mein Vater war Chinese, meine Mutter Amerikanerin. Ich glaube, er hat sich in Kalifornien, wo sie gelebt haben, nie so richtig zu Hause gefühlt. Er wollte immer zurück, aber konnte nicht. Meine Mutter sagt, er ist an Heimweh gestorben.«

»Das tut mir leid«, sagte C. »Mein Vater hat uns ganz früh verlassen, da war ich fünf. Ich kann mich nur dunkel an ihn erinnern.« Niu blickte hoch zu ihr, drückte ihre Hand und sagte nichts. »Das Einzige, was ich ihm zu verdanken habe, ist mein amerikanischer Pass. Er ist Amerikaner. Oder war. Keine Ahnung, ich weiß noch nicht einmal, ob er noch lebt«, sagte C.

»Und dein Leben«, sagte Niu.

»Was meinst du?«

»Dein Leben hast du ihm auch zu verdanken.«

C. antwortete nicht. Niu warf einen Dollarschein in den

Hut der Sänger. Sie blieben eine Weile stehen, hörten ihnen zu. Sie sangen »Lean on Me«, Niu lehnte sich an C., schaute zu ihr auf und grinste. Die Männer klatschten im Takt in die Hände, Niu klatschte mit, C. machte verlegen mit. Mitklatschen zur Musik erinnert sie immer an die Hitparade der Volksmusik. Oder noch schlimmer – deutsche dunkle Vergangenheit: im Takt klatschen, im Takt marschieren.

Nach dem Ende des Lieds rief Niu: »Bravo«, und warf noch einen Dollarschein in den Hut. C. blickte sie an und lächelte. Sie gingen weiter. Ihre Fingerspitzen strichen über Nius Narbe.

»Thomas hat auch eine Narbe am Handgelenk«, sagte sie nach einer Weile. »Es ist ziemlich verrückt, wie viele Menschen haben das schon?«

»Wie hat er sie bekommen?«

C. hat die Geschichte von Thomas' Narbe schon so oft gehört. Er hat sie ihr bei ihrem ersten Treffen erzählt, und nach ihr immer wieder, erst ihren Eltern, dann ihren Freunden, dann neuen gemeinsamen Freunden. Die Geschichte hat sich jedes Mal leicht verändert und ist mit den Jahren immer dramatischer geworden. Es ist gemein, dass sie das denkt, das weiß sie. Der Unfall war schließlich wirklich dramatisch. Aber sie hat nie komplett verstanden, warum Thomas nicht loslassen kann, warum die Geschichte so viel Raum einnimmt für ihn. Sie erzählte Niu die letzte Version der Geschichte, also die dramatischste, bei ihrem Spaziergang im Central Park.

»Thomas' Vater segelt, er hat ein Segelboot. Nichts Großes oder Schickes, es hat eigentlich nur Platz für zwei Personen, alles ist furchtbar eng. Er wollte das Boot zurück nach Deutschland überführen, ein Freund von ihm war damit nach Schottland gesegelt. Und er brauchte einen

Begleiter für die Rückfahrt. Er hat Thomas gesagt, dass das Ganze total easy sei. Und Thomas hat es geglaubt. Er war fast nie mit seinem Vater segeln, er wurde als Kind schnell seekrank, und später hat ihn sein Vater nicht mehr gefragt. Als er dann fragte, ob Thomas ihn auf der Rückfahrt begleiten würde, wollte Thomas nicht nein sagen. Er war da neunzehn, gerade mit dem Abitur fertig, gerade von zu Hause ausgezogen. Vier Tage sollte es dauern, von Edinburgh über die Nordsee, durch Skagerrak und Kattegat bis nach Kiel. Nordsee, wie schwer kann das schon sein, dachte Thomas. Am zweiten Tag, beziehungsweise in der zweiten Nacht, kam ein Sturm auf. Thomas' Vater hat das nicht ernst genommen. Sei kein Angsthase, sei ein Mann und solche Sachen hat er zu Thomas gesagt. Der Sturm zieht vorbei, behauptete er. Aber der Sturm ist nicht vorbeigezogen.

Die Wellen schlugen immer höher, haushoch bis über das Boot. Thomas trug eine Schwimmweste und hielt sich an der Reling fest. Sie haben versucht, das Boot unter Kontrolle zu behalten. Sein Vater am Steuerrad, Thomas vorn im Boot unter dem Segel. Es war mitten in der Nacht, Wind, peitschender Regen, ziemlich kalt, keine Sterne zu sehen und nur ein schmaler Mond. Er sah die Welle nicht kommen, sie schlug ihn über Bord. Er schrie, aber der Wind und die Wogen verschluckten seine Stimme. Er hing im Wasser, ein Tau umwickelte sein Handgelenk und schleifte ihn hinter dem Boot her. Er schrie, bis er nicht mehr konnte. Vom Wasser aus konnte er seinen Vater nicht sehen. Als ihn sein Vater am Tau zum Boot heran und dann aus dem Wasser zog, musste eine Stunde vergangen sein, glaubte er. Wahrscheinlich war es viel kürzer. Thomas war eiskalt gefroren, das Tau hatte sich tief in sein Handgelenk gefressen. Er hatte gedacht, er würde sterben. Ohne das Tau hätte er wahrscheinlich auch nicht überlebt. Sein Vater hat nur gesagt, dass er selbst schuld sei, er hätte sich besser sichern müssen. Thomas hat noch immer den Verdacht, dass sein Vater ihn mit Absicht nicht gleich rausgezogen hat. Irgendwie war diese verrückte Segeltour ein Männlichkeitstest, den er nicht bestanden hat. Oder so etwas in der Art. Obwohl Thomas schwer verletzt war, hat sein Vater sich nie entschuldigt, ganz im Gegenteil. Es war eher so, als ob Thomas ihn enttäuscht hätte. Thomas ist da nie drüber hinweggekommen. Er hat seitdem kein richtiges Gespräch mehr mit seinem Vater geführt.«

Niu hörte C. zu, ohne sie zu unterbrechen.

»Ich glaube, ich würde Thomas gern kennenlernen«, sagte sie dann. C. zuckte nur mit den Schultern. »Keine gute Idee.«

Sie könnte immer weiter mit Niu sprechen, sie will ihr alles von sich erzählen, alles von ihr wissen, aber jetzt seufzt Niu im Schlaf, und C. ist wach. Sie streicht das schwarze Haar zur Seite, damit sie ihr Gesicht sehen kann. Niu seufzt noch einmal, streckt die Beine aus und schiebt die Hand unter ihren Kopf. Sie blinzelt C. schläfrig an.

»Liebst du mich?«, fragt sie leise, den Schlaf noch in der Stimme.

C. dreht sich auf den Rücken und flüstert in den leeren Raum über sich:

»Ja. Ja, ich liebe dich.«

Niu sagt nichts, vielleicht ist sie wieder eingeschlafen, vielleicht hat sie C.s Antwort gar nicht gehört. C. starrt auf die zwei fahlen Lichtstreifen, die an den Gardinen vorbei auf die Wand fielen.

»Gut«, sagt Niu nach ein paar Minuten in die Stille, das

Echo ihrer Stimme schallt von einer leeren Wand zur anderen. »Das ist gut. Das freut mich.«

C. hatte auf ein »Ich dich auch« gehofft. Das freut mich – was für eine merkwürdige, distanzierte Antwort. Nius Atem geht langsam und gleichmäßig. Sie ist wieder eingeschlafen.

C. liegt noch lange wach. Sie sieht den Raum schemenhaft, den leeren Raum mit der nackten Glühbirne an der Decke. Wenn ein Auto vorbeifährt, werden die zwei fahlen Lichtstreifen heller und wandern über die Wand. Einmal rast ein Polizeiauto oder ein Krankenwagen vorbei, C. sieht die Reflexion der roten Signallichter. Es ist, als habe sie mit dem Umzug nach New York ihren moralischen Kompass verloren, denkt sie. In dieser Stadt, in der jeder tun und lassen kann, was er will, tut sie etwas, was sie vorher nie getan hätte. Und sie ist sich noch nicht einmal mehr sicher, ob es falsch ist, was sie tut. Es fühlt sich so unwirklich an. Sie sagt »I love you« zu Niu und »Ich liebe dich« zu Thomas, vielleicht liegt es an den zwei Sprachen, dass das eine mit dem anderen nichts zu tun zu haben scheint.

Und solange Thomas nichts herausfindet, stört es ihn nicht. Im Grunde ist es sogar gut für ihn, denkt sie. Seit sie Niu kennt, spürt sie eine Wärme, als hätte sie sich in die ganze Welt verliebt und sogar ein bisschen neu in Thomas. Neulich hat sie sich sogar gefreut, ihn zu sehen, als sie nach Hause gekommen ist. Sein breiter, warmer Rücken im Bett ist ihr zum ersten Mal seit langer Zeit nicht lästig. Ja, es ist gut für ihn, was sie tut, auch wenn es falsch ist. Kann es falsch sein, wenn es sich gut anfühlt für alle? C. dreht sich vorsichtig auf die Seite, sie will Niu nicht wecken. Ihr Haar duftet nach Kokosnuss-Shampoo, C. hört ihren Atem. Oder vielleicht hat sie schon vor dem Umzug vergessen, was richtig und was falsch ist, kurz vorher, als sie auf die Fingernägel ihrer Frauenärztin blickte und versuchte, den Herzschlag zu überhören, den das Ultraschallgerät schon aufspürte. Es schlug so schnell, das winzige Herz.

Niu schläft ruhig und bewegungslos. C. versucht im Takt mit ihr zu atmen, was schwierig ist, weil Nius Atem so viel schneller geht als ihrer. Ihr eigener Atem gerät aus dem Takt. Sie löst ihren Atem wieder von Nius, atmet langsamer. Das Durcheinanderatmen hat sie noch wacher gemacht. Sie denkt an Thomas, allein in ihrem gemeinsamen Bett so viele Straßenblocks weiter im Süden von Manhattan. All die Straßen dazwischen, die sie abgewandert ist. C. schläft erst ein, als es schon dämmert in Nius Zimmer.

Als sie aufwacht, ist der Raum hell, die Gardinen sind aufgezogen, und Niu ist verschwunden. Gestern war gestern. Heute ist heute.

C. blickt auf ihr Handy. Es ist schon nach zehn Uhr. Die Wohnung ist kalt, sie steht auf und schlüpft schnell in ihre Klamotten, die auf einem ordentlichen Stapel neben dem Bett liegen. Niu muss sie gefaltet haben. Ihr Kopf ist matschig, sie hat nicht genug geschlafen, über ihre Wange zieht sich eine Falte, ein Abdruck vom Kopfkissen, ihr Haar ist fettig, sie fühlt sich verschwitzt und schmutzig. Das Bad ist sauber und sieht aus wie im Hotel, außer einem noch in Papier eingewickelten Stück Seife, einer Tube Zahnpasta und einer Zahnbürste auf dem Waschbecken und einer Bürste liegt nichts herum. Kein Shampoo in der Dusche, keine Cremes, keine Haargummis, kein Make-up. C. geht auf Toilette, ihr Strahl in der Schüssel klingt seltsam laut in dem leeren weißen Raum. Sie fühlt sich wie ein Eindringling. Sie schaut schnell in die anderen Zimmer hinein, aber sie will nichts anfassen. Nichts verrät, dass Niu hier lebt. Ihr Flügel steht im Wohnzimmer, darauf stapeln sich ihre Notenblätter, handgeschriebene Musik und überall Anmerkungen in winziger Schrift, aber sonst gibt es nirgends persönliche Gegenstände. Keine Bilder an der Wand, keine Zettel, keine Klamotten, keine Bücher, keine Zeitschriften, keine Kissen, keine Teppiche, keine Möbel. C.s Schuhe stehen exakt im rechten Winkel zur Wand neben der Tür. Niu muss sie zurechtgerückt haben. C. zieht sie schnell an, tritt eilig auf den Flur und zieht die Tür hinter sich zu. Kein Namensschild an der Wohnungstür. Die Zeit mit Niu kommt ihr so unwirklich vor. Sie ist ihr plötzlich so fremd.

C. hat keine Lust mehr, heute ihren Marsch durch die Straßen der Stadt fortzusetzen. Sie steigt in die Subway und fährt nach Hause. Sie duscht lange und heiß, cremt sich ein, zieht ihren warmen, weichen Bademantel über und fühlt sich, als hätte sie es zurück in die Wirklichkeit geschafft, die Wirklichkeit mit Thomas. Die Unwirklichkeit mit Niu fühlt sich an wie weggewaschen. Sie schaut auf ihr Handy. schaut auf ihr Handy. Keine Nachricht von Thomas, aber eine von Niu. *Wollen wir uns nachher treffen? Du könntest mich um 13 Uhr an der Juilliard abholen. Komm einfach zum Hauptgebäude und warte draußen auf mich.* C. setzt sich in den Sessel ans Fenster und hält ihr Handy umklammert. Sie fühlt sich zu schwach, schon so bald wieder das Haus zu verlassen. *Ich kann heute leider nicht*, schreibt sie zurück.

Kein Problem. Was machst du morgen?

Morgen ist mein erster Arbeitstag. Keine Ahnung, wie lange ich arbeiten muss. Ich melde mich, okay?

Niu antwortet nicht mehr. Und C. bereut sofort, dass sie so abweisend war.

*Aber ich freue mich schon darauf, dich bald wieder-
zusehen. Ganz bald*, schreibt sie.

Ich mich auch, antwortet Niu.

C. bleibt lange in dem Sessel sitzen, das Handy in der
Hand. Sie googelt »Bisexualität« auf dem iPhone, aber
die ersten paar Treffer klingen so absurd, dass sie keine
Lust hat, sie anzuklicken. Allein die Wikipedia-Definition,
»sich zu mehr als einem Geschlecht emotional und/oder
sexuell hingezogen zu fühlen«, scheint nichts mit ihr zu tun
zu haben, sie fühlt sich nicht zu Frauen hingezogen, nur
zu Niu. C. starrt in ihr dunkles Wohnzimmer, schon jetzt
vollgestopft mit so vielen persönlichen Sachen, obwohl sie
kaum etwas aus Deutschland mitgebracht haben. Ein Pulli
von Thomas liegt auf der Armlehne der Couch, ein auf-
geschlagenes Buch auf dem Tisch, das alte Foto von ihnen
am Strand steht im Regal, Thomas hat den Rahmen geklebt. Vor der Eingangstür stapeln sich unordentlich ihre
Schuhe, sie haben noch kein Schuhregal gekauft. Wie kann
Niu nur so leben, in dieser blitzblanken Kargheit?

Sie sitzt lange im Bademantel im Sessel und bewegt sich
nicht, ihre Füße werden kalt. Als sie den Schlüssel im Türschloss hört, ist es später Nachmittag.

»C.?«, ruft Thomas' Mutter in die dunkle Wohnung hinein.

»Bist du hier, C.?«, ruft Thomas hinterher.

C. räuspert sich. »Ja. Sorry, macht ruhig das Licht an.«
Thomas und seine Mutter ziehen die Schuhe aus und
schauen sie mit dem gleichen Blick an.

»Was sitzt du denn da im Dunkeln?«, fragt Elisabeth.

»Ich war nur ein bisschen müde«, sagt C. Sie hat Elisabeth noch fast gar nicht gesehen, seit sie angekommen ist.
Und Thomas genauso wenig.

»Wir haben eingekauft und wollten Risotto kochen. Mit Pilzen und Spargel. Wir haben dich mit eingeplant«, sagt Elisabeth. »Klingt super«, sagt C. und lässt ihre Stimme so warm und freundlich klingen, wie sie nur kann. Sie hat Thomas' Mutter schon immer gemocht. Ganz am Anfang, als sie erst ein paar Monate zusammen waren, hat sie sie aus Versehen einmal »Mama« genannt, ihren Fehler sofort bemerkt und sich sehr geschämt. Aber Elisabeth hat sie nur angelächelt und ihr über den Kopf gestrichen wie einem kleinen Kind.

C. zieht sich ihre Lieblingsjeans, Wollsocken und einen weiten Pulli an, während Thomas und Elisabeth in der Küche mit dem Kochen anfangen. Sie hört ihre Stimmen, ihr Lachen, das Wasser in der Spüle, Töpfe klappern. Das ist doch die Art von Glück, die sie immer wollte, denkt sie. Sie hört den vertrauten Stimmen noch ein wenig aus der Distanz zu, obwohl sie nicht verstehen kann, worüber sie reden. Niu hat ihre Familie schon seit zehn Jahren nicht mehr gesehen, hat sie erzählt. Ihre kalte, leere Wohnung. Ihre Musik, verwirrend und schön. Wie sie zusammengezuckt ist, als C. ihre Narbe zum ersten Mal berührt hat. Sie fährt sich mit den Fingern durch die Haare und geht in die Küche.

»Riecht schon super«, sagt sie. C.s Mutter hat nie gekocht, es sei denn, man lässt das Zubereiten von Spaghetti mit Tomatensoße aus dem Glas oder das Auftauen, von was auch immer es gerade von Bofrost als Fertiggericht gab, als Kochen gelten.

»Kann ich was helfen?«, fragt C.

»Nein, nein, setz dich einfach zu uns«, sagt Thomas' Mutter. »Sag mal, ich habe dich ja kaum gesehen bislang. Was treibst du denn die ganze Zeit?«

C. erzählt ihr von ihrem Projekt, von all den Straßen, dem Ost nach West und West nach Ost und immer in Richtung Norden. Sie erzählt von den Gebäuden, an denen sie vorbeigekommen ist, von den Nachbarschaften, die von einem Straßenzug zum nächsten kaum wiederzuerkennen sind, einmal um die Ecke, und Little Italy wird zu Chinatown. Und von all den Menschen, die es entweder sehr eilig haben oder an der Straßenecke herumlungern und nichts zu tun haben und keinen Ort, an dem sie dringend sein müssen. Dazwischen scheint es nichts zu geben. Die Macher der Stadt und die Ausgestoßenen der Stadt. C. lässt es wie ein interessantes Projekt klingen, nicht wie ein verzweifeltes. Thomas hört ihr stumm zu. »Das wusste ich gar nicht, C.«, sagt er. »Warum hast du mir nichts davon erzählt?« Sie zuckt nur mit den Schultern.

Die Flasche Rotwein ist schon halb leer. C. schenkt sich ein Glas ein und setzt sich auf den wackeligen Küchenstuhl. Thomas schneidet grünen Spargel.

»Und was habt ihr heute gemacht?«, fragt C.

»Wir waren im MoMA. Morgen laufen wir über die Brooklyn Bridge«, sagt Thomas.

»Musst du nicht arbeiten?«, fragt C.

»Nein, nein, ich habe mir freigenommen. Will ja Mama nicht allein durch die Stadt schicken.«

Etwas in seiner Stimme wundert C. Er schlägt die Augen nieder, als würde er sich für etwas schämen oder nicht die Wahrheit sagen. Macht er sich Sorgen, dass er den Urlaub in Florida absagen muss?

»Ich dachte, du hättest nur zehn Urlaubstage. Wolltest du die nicht im Mai nehmen?«

»Ach, das ist schon in Ordnung so. Da lässt sich garantiert noch was machen im Sommer.«

»Okay, na dann. Ist jedenfalls echt nett von denen, dass du so spontan Urlaub nehmen konntest«, sagt C.

Thomas räuspert sich und schaut noch beschämter. Irgendetwas stimmt nicht, denkt C. Er war schon immer ein schlechter Lügner.

»Ja, auf jeden Fall. Echt nett von Jon«, sagt er.

»Die wissen schon, was sie an dir haben«, sagt Elisabeth und drückt Thomas' Hand. C. will ihn nachher noch mal fragen, wenn Elisabeth nicht dabei ist.

»Echt schön, dass du da bist«, sagt C. zu Elisabeth. »Ein bisschen überraschend allerdings, dein Spontan-Besuch. Ist irgendwas passiert?«

Elisabeth dreht sich um zu C. »Ja, Walter hat mich verlassen«, flüstert sie. »Lass uns nachher beim Essen darüber reden. Sonst brennt mir gleich das Risotto an.«

»O Mann, ich fasse es nicht. Ich dachte immer ...«, C. unterbricht sich selbst. »Ja, lass uns gleich darüber reden. Sorry. Ich bin nur so ...«

Thomas unterbricht sie und fängt an, vom MoMA zu erzählen. Sie hätten lange vor Monets Seerosen gestanden. Und vor van Goghs Sternennacht. Und vor Rousseaus Dschungelbild und konnten den Blick nicht abwenden von den direkten, traurigen Augen des Tigers. »Löwe«, unterbricht ihn Elisabeth. »Das ist doch ein Löwe, oder?« Thomas grinst. »Mit den Warhols konnten wir nichts anfangen, wie immer«, sagt Thomas. »In die Sonderausstellungen haben wir es jedenfalls gar nicht geschafft. Wir waren fünf Stunden im Museum und haben wahrscheinlich nur die Hälfte gesehen«, sagt Elisabeth. Ihre Stimme klingt wieder ganz normal, erschreckend normal, als hätte sie Thomas' Vater nie erwähnt.

»Na ja, ganze fünf Stunden waren es wahrscheinlich

nicht. Wir haben eine Schokokuchenpause im Café gemacht«, sagt Thomas und lacht.

»Ich habe Riesen-Hunger«, sagt C.

»In zehn Minuten ist alles fertig, kannst schon mal den
Tisch decken«, sagt Elisabeth.

C. muss erst Bücher, Elisabeths zerknüllten Einkaufs-
zettel, die Post von gestern und ihren Laptop vom Tisch
räumen, bevor sie die drei Teller auf den winzigen Esstisch
im Wohnzimmer stellt. Elisabeths Koffer liegt offen auf
dem Fußboden. Überall liegen Sachen rum. Bei Niu liegt
nichts rum. C. legt Stoffservietten und das Besteck ordentlich neben die Teller, zündet eine Kerze an, kippt eine neue
Flasche Wein in den Dekanter.

»Essen ist fertig«, ruft Elisabeth fröhlich aus der Küche.

»Tisch ist fertig«, ruft C. zurück und setzt sich auf ihren
Platz. Elisabeth kommt mit dem dampfenden Topf herein.

»So, seid ihr bereit für die ganze Geschichte?«, fragt sie.

»Na ja, ich weiß ja schon alles«, sagt Thomas.

»Ich bin bereit«, sagt C.

»Wir haben Linsensuppe gegessen, Walter und ich. Linsensuppe. Absurd. Mir kommt es so vor, als sei die Suppe das Absurdeste an der Geschichte. Ist es aber natürlich
nicht. Also, es gab Suppe, und wir haben über die Schule
gesprochen. Ich habe doch diese Schülerin aus Äthiopien,
die so gut in Mathe ist, aber schlecht in allen anderen Fä-
chern. Egal, ich komme schon jetzt vom Thema ab. Also
nach der Linsensuppe haben wir den Abwasch gemacht,
Walter hat abgetrocknet. Es war Samstagmittag. Alles ganz
normal. Ich habe nichts gemerkt.

›Ich muss mit dir reden‹, hat Walter danach gesagt. Da
hatte er gerade die Teller wieder in den Schrank gestellt,
und ich hatte noch nasse Hände.

›Ich mache uns einen Cappuccino‹, sagte er. Und ich habe immer noch nichts geahnt. Weißt du, er war wie immer, ganz normal. Alles genau wie immer. Aber wenn jemand sagt, dass er mit dir reden muss, kommt ja meistens nichts Gutes. Aber ich dachte, es ginge nur um seine Pensionierung oder so. Dass er sie doch noch aufschieben will. Ich weiß ja, wie sehr er Angst davor hat. Aber nein. Er macht den Cappuccino, wir setzen uns aufs Sofa.

Und Walter sagt: ›Ich liebe dich nicht mehr.‹ Mit ganz ruhiger Stimme, als hätte er gesagt, dass wir mal wieder den Rasen mulchen müssten.

›Also genau genommen liebe ich dich natürlich schon, so wie man gute Freunde liebt oder so‹, hat er gesagt. ›Aber ich bin nicht mehr verliebt in dich.‹

Ich war noch nicht einmal richtig schockiert, ich fand es nur so etwas von absurd, diese ganze Situation war völlig absurd. Ich hätte fast gelacht. Habe ich aber nicht.

›Aber wir sind neununddreißig Jahre verheiratet‹, habe ich zu ihm gesagt. ›Was soll das denn heißen: Du bist nicht mehr verliebt in mich? Ich bin seit circa sechsunddreißig Jahren nicht mehr in dich verliebt‹, habe ich zu ihm gesagt. ›Es geht doch nicht mehr um Verliebtheit‹, habe ich gesagt. ›Liebst du mich nicht, oder bist du nicht mehr verliebt? Das ist doch nicht das Gleiche. Was ist das, eine verspätete Midlife-Crisis? Eine Threequarterlife-Crisis? Hast du sie noch alle?‹ Das habe ich gesagt. Aber ich habe es ganz ruhig gesagt. Ich war nicht wütend oder traurig. Ich dachte nicht, dass er es wirklich ernst meint.

›Nein‹, hat er gesagt, ›es ist ernst. Ich liebe jemand anderen. Ich bin in jemand anderen verliebt.‹

Das habe ich ein bisschen wie durch Nebel gehört. Es kommt mir immer noch neblig vor.

›In wen denn?‹

›In Hildegard.‹

›Welche Hildegard? Hildegard Fiebinger?‹

›Ja. Ihre Kinder sind jetzt alle aus dem Haus. Sie hat ihren Mann verlassen. Wir wollen zusammenleben.‹

›Wie lange geht das schon?‹

›Willst du das wirklich wissen?‹

Was hätte ich ihm denn darauf antworten sollen? Jetzt, im Nachhinein, hätte ich es vielleicht lieber nicht gewusst. Aber in dem Moment wollte ich einfach die Wahrheit. Ich wollte es verstehen. Ich meine, ich hätte ja nicht ahnen können, dass mein halbes Leben zur Illusion wird. Ich dachte, er sagt, dass es seit einem halben Jahr geht. Oder seit zwei Jahren. Aber es geht schon ewig. Ich habe mein halbes Leben mit einem Betrug gelebt.

›Seit 1993‹, hat er gesagt. ›Weißt du, damals bin ich doch stellvertretender Schulleiter geworden. Und Hildegard war noch recht neu bei uns. Und du hast dann relativ schnell die Schule gewechselt.‹

›Hast du darum so darauf gedrängt, dass ich ans Friedrichsgymnasium wechsele, wolltest du mich aus dem Weg haben?‹, habe ich gefragt.

›Na ja, so direkt und bewusst war mir das nicht damals‹, hat er gesagt, ›am Anfang lief ja noch gar nichts, aber ich hatte Angst, dass du etwas merkst. Aber du hast nichts gemerkt.‹

Er nennt sie übrigens Hildi. Unfassbar. Hildegard Fiebinger. Die ist doch genauso alt wie wir. Ich verstehe das nicht. Ich dachte, Männer suchen sich dann eine Jüngere.

›Sie ist drei Jahre jünger als wir. Darum geht es nicht. Ich konnte nichts dafür. Es war Liebe. Liebe auf den ersten Blick. Sei nicht böse auf mich. Weißt du, die Liebe ist so eine große Macht. Ich konnte mich nicht wehren. Ich hätte nichts tun können. Es war unvermeidlich. Es ist nicht meine Schuld.‹

›Und das erzählst du mir jetzt?‹

›Na ja, jetzt will ich mit ihr zusammenleben. Es geht nicht mehr anders.‹

›Du hast mich seit 1993 betrogen‹, habe ich gesagt. Ich musste das erst mal kurz nachrechnen. ›Seit 26 Jahren?‹

›Betrogen ist nicht das richtige Wort‹, hat er gesagt. ›Es ist ja nicht so, dass wir die ganze Zeit richtig zusammen waren. Manchmal haben wir uns wochenlang nicht gesehen. Natürlich haben wir uns schon gesehen, täglich im Lehrerzimmer, aber nicht privat, nicht nach der Arbeit. Das ging erst später los. Und es gab immer wieder Pausen. Als Thomas so lange im Krankenhaus war, zum Beispiel. Und sie hat ein paarmal mit mir Schluss gemacht. Manchmal, weil sie Angst hatte um ihre Familie, und manchmal, weil sie wollte, dass ich dich verlasse. Aber ich wollte unsere Familie nicht zerstören. Ich wollte für Thomas da sein, ich hatte Angst, dass ich ihn nicht mehr sehen würde. Ich wollte nicht, dass er etwas Schlechtes von mir denkt. Und er war dann ja ein Teenager. Scheidungen sind nicht gut für Teenager, habe ich gedacht. Und ich habe mich nicht getraut, dir etwas zu sagen. Weißt du, du bist immer so schrecklich korrekt.‹

Das hat er zu mir gesagt. Ist das nicht unfassbar? Ich bin immer so schrecklich korrekt – nur weil ich ihn nicht über Jahrzehnte betrüge und belüge, oder was?

›Thomas ist seit fünfzehn Jahren kein Teenager mehr‹, habe ich gesagt. Und wisst ihr, was Walter gesagt hat? Er hat gesagt, dass sich das halt alles so eingespielt habe, nach ein paar Jahren kam ihm das ganz normal vor mit mir und

Hildegard gleichzeitig. ›Und wir hatten doch gute Jahre, es ging uns doch gut, du warst doch nicht unglücklich‹, hat er zu mir gesagt.

Das Komische ist, dass ich nicht wütend bin. Mein Kopf ist wie im Nebel. Ich kann mich total ablenken, ich kann ins MoMA gehen und denke noch nicht mal an Walter, nur ab und zu ganz kurz, wenn ich denke, dass ihm ein Bild gefallen würde. Es kommt mir ein bisschen so vor, als hätte mir jemand die Geschichte von einem anderen Paar erzählt. Das Einzige, was schwierig ist, ist über die Zukunft nachzudenken. Darum bin ich erst mal hierhergekommen, weil ich natürlich zu Hause an nichts anderes denken kann. Walter zieht gerade aus, wahrscheinlich ist er morgen raus aus dem Haus. Ich wollte nicht dabei zusehen, wie er seine Sachen packt und ein paar traurige Umzugskartons in den Kofferraum hebt.

Ich dachte, wir arbeiten noch ein paar Jahre, und dann gehen wir gleichzeitig in Pension. Und dann habt ihr vielleicht schon Kinder, und wir können uns um die Enkel kümmern und viel reisen, und ich könnte das Buch schreiben, das ich schon immer schreiben will. Und Walter könnte endlich richtig Spanisch lernen. Und wir würden den Garten schön machen. Das habe ich gedacht. Ich habe nie gedacht, dass ich alleine sein würde. Wir haben doch immer alles zusammen gemacht.

Wisst ihr, ich liebe ihn noch. Ich habe ihn immer geliebt. Selbst heute noch denke ich oft, wenn er von der Arbeit nach Hause kommt, was für ein gut aussehender Mann er doch ist. Ich rede gern mit ihm. Ich rede mit niemandem lieber als mit ihm. Was ist denn die Liebe, wenn nicht das? Wir streiten nie. Ich dachte, ich weiß alles von ihm. Und jetzt kommt raus, dass das gar nicht stimmt. Er hat ein Doppelleben gelebt, unsere halbe Ehe lang. Mehr als die halbe Ehe lang. Alles Lüge. Alles Schauspielerei. Wir haben zusammen das Haus gebaut, als er schon mit Hildegard ... Was auch immer die beiden miteinander gemacht haben. Ich kann es mir gar nicht vorstellen. Ich finde die Vorstellung so widerlich, dass er mit ihr auf Klassenfahrten war. Was haben die da gemacht in der Jugendherberge? Wahrscheinlich war er mit ihr in irgendeinem billigen Hotelzimmer, wenn er zu mir gesagt hat, dass er noch länger braucht bei der Arbeit. Oder in der Schule in seinem Büro mit abgeschlossener Tür? Er schläft mit ihr, und dann kommt er zu mir nach Hause, als wäre nichts? Wie kann er nur?

Hildegard ist keine besondere Frau. Wisst ihr, wenn er mich wenigstens für eine Jüngere verlassen hätte. Für irgendein Supermodel. Aber das interessiert ihn ja sowieso nicht. Schönheit interessiert ihn nicht, hat er mal gesagt, was ich ziemlich schmerzhaft fand, obwohl er mir damit gar nichts sagen wollte, glaube ich. Also wenn er mich für die interessanteste Frau der Welt verlassen hätte, eine Opernsängerin oder eine Ärztin, die für Ärzte ohne Grenzen arbeitet oder so, dann hätte ich es ja verstanden. Aber Hildegard? Die hat in den letzten Jahren ganz schön zugelegt. Und ich glaube, so wahnsinnig schlau ist die nicht. Sie war einmal mit ihrem Mann und ihren Kindern bei uns zu Besuch, als du noch klein warst, Thomas. Kannst du dich erinnern? Sie hat ein bisschen viel Sekt getrunken, und danach hat Walter sie eigentlich nie wieder erwähnt. Und ich habe mich auch nicht groß nach ihr erkundigt. Wieso auch? Also ich verstehe es einfach nicht. Das ist das Hauptproblem, dass ich es nicht verstehe. ›Liebe auf den ersten Blick‹, hat er gesagt.

Ich fühle nichts.

›Bist du böse auf mich?‹, hat er gefragt.

›Böse? Ich weiß nicht. Ich muss das erst mal sacken lassen‹, habe ich zu ihm gesagt. Aber ich fühle immer noch nichts. Wie lange wird das wohl dauern, bis es gesackt ist? Wisst ihr, das Einzige, was ich fühle, ist eine Art Scham. Ich habe überhaupt keine Lust, Sieberts und Griemüllers davon zu erzählen. Weißt du, nachdem sich Dietmar und Karin getrennt haben und Dietmar ausgezogen ist, sehen wir die beiden kaum noch. Dietmar wohnt ja jetzt in Berlin, aber Karin ist noch immer in dem Haus, und ich treffe sie manchmal im Edeka. Sie kommt manchmal mit zum Wandern, aber ins Kino oder zum Grillen oder zur Silvesterparty laden wir sie nicht mehr ein. Keine Ahnung, warum. Wir haben nie darüber gesprochen, wir haben einfach alle gleichzeitig aufgehört, sie einzuladen. Ist halt allen unangenehm, und irgendwie passt sie nicht mehr dazu. Also die kriegen das ja wahrscheinlich sowieso mit, wenn Walter seine Sachen packt und sein Auto dann nicht mehr in der Einfahrt steht. Vielleicht nicht sofort. Aber irgendwann werden sie es schon merken, dass er nicht mehr da wohnt. Ich werde es allen sagen müssen. Und es ist mir einfach so peinlich. Ich hätte nie gedacht, dass ich mal alleine sein würde. Dass Walter mich verlassen würde. Es war doch immer alles gut. Ich schäme mich so.«

»Elisabeth, du hast doch nichts falsch gemacht«, sagt C. Ihr laufen die Tränen hinunter, schon seit dem Anfang von Elisabeths Geschichte. Sie putzt sich immer wieder die Nase, wischt die Tränen weg. Es ist ihr unangenehm, dass sie weint und Elisabeth nicht. Elisabeth legt ihre Hand auf C.s, um sie zu trösten. Eigentlich müsste C. Elisabeth trösten.

»Ach, es gehören immer zwei dazu. Zur Ehe gehören zwei. Und wenn eine Ehe zu Ende geht, sind auch immer beide schuld«, sagt Elisabeth.

»Ich weiß nicht. Manchmal trifft doch auch einer ganz allein die Entscheidung fremdzugehen«, sagt C. »Vielleicht brauchte Walter das für sein Ego.«

»Genau. Papa ist fremdgegangen. Du hast von nichts gewusst«, sagt Thomas.

»Aber wieso nur ist er fremdgegangen? Irgendwas muss ihm ja gefehlt haben.«

»Weil er ein Arsch ist«, sagt Thomas.

»Und wenn ihm etwas gefehlt hat in eurer Ehe, hätte er es sagen müssen, statt dich einfach zu hintergehen und jahrelang zu lügen«, sagt C.

»Ich finde das so ungerecht, dass du dir Vorwürfe machst. Dass du dich schämst. Er ist an allem schuld«, sagt Thomas. »Er sollte sich schämen, und für ihn geht jetzt einfach das Leben weiter.«

»Ach, Purzel«, seufzt Elisabeth. Ihr Essen ist kalt geworden auf ihrem Teller, ihr Weinglas ist noch voll. C. hat das Risotto heruntergeschlungen und kauend und weinend zugehört. Sie hat ihr Weinglas und Thomas' Glas immer wieder nachgefüllt, inzwischen ist die zweite Flasche leer. »Wir bräuchten jetzt einen Schnaps, aber wir haben keinen«, sagt C.

»Doch, ich habe neulich Whiskey gekauft«, sagt Thomas und steht auf. Die süße, gelbe Flüssigkeit brennt in der Kehle, Elisabeth schenkt sich gleich noch mal nach. »Am liebsten möchte ich nie wieder zurück«, sagt sie. C. und Thomas schauen einander kurz an. »Ach, keine Sorge, Kinder, ich niste mich nicht ewig hier ein. Ich meine ja nur …«

»Du kannst so lange bleiben, wie du willst, Mama«, sagt Thomas.

»Ich freue mich, dass du da bist«, sagt C. »Auch wenn der Anlass natürlich nicht sehr erfreulich ist.« Elisabeth verdeckt die Augen mit den Händen und stützt ihren Kopf auf die Ellenbogen. C. fragt sich, ob sie jetzt weint. Aber sie weint nicht. Elisabeth faltet die Hände vor ihrem Teller mit dem kalten Risotto. »Ich bleibe noch ein paar Tage, und dann fliege ich wieder. Weglaufen ist ja auch keine Lösung«, sagt sie. Und dann schenkt sie noch eine Runde Whiskey für alle aus.

»Erzähl deiner Mutter erst mal nichts davon, C.«, sagt sie.

»Natürlich nicht, warum sollte ich?«

Agnes hätte wahrscheinlich sowieso nur einen gehässigen Spruch übrig, denkt C. Sie hat Elisabeth und Walter nie gemocht, sie mag auch Thomas nicht besonders. Spießer, hat sie nach dem ersten Treffen gesagt, Hauptsache, schön brav. Lehrer, sagt sie immer wieder und verdreht die Augen. Ein Lehrerkind. Agnes ist etwas Besseres. Agnes arbeitet kreativ, Agnes gibt kein fremdes Wissen an fremde Kinder weiter, sie schafft etwas Neues. Agnes lebt in einer Altbauwohnung und gärtnert nicht und kocht nicht. Agnes war nie verheiratet. Agnes stammt von einer Adligen ab, ihre Großmutter war eine von Campensberg aus dem Baltikum. Agnes ist kultiviert. Zu kultiviert, um etwas auf Adelstitel zu geben. Aber nicht zu kultiviert, um die Adelsabstammung in jedem Gespräch zu erwähnen. Agnes hasst es, dass ihre große Tochter Anwältin und die kleine Tochter Hausfrau und Mutter ist. Spießer, sagt sie zu beiden, Hauptsache, angepasst. C. spricht nur selten mit ihrer Mutter. Seit sie acht Jahre alt ist, darf sie nur noch Agnes zu ihr sagen, Mama ist verboten. Sie erschrickt, wenn sie Züge von Agnes an sich selbst bemerkt. »Ich habe schon seit ein paar Wochen nichts mehr von Agnes gehört«, sagt sie zu Elisabeth. »Und hiervon muss sie nun wirklich nichts wissen.«

Als sie ins Bett gehen, kann sich C. kaum noch aufrecht halten. Sie hat so wenig geschlafen vergangene Nacht und zu viel getrunken und zu viel geweint. Ihr Gesicht ist pink. Als Thomas kurz nach ihr ins Bett kommt, dreht sie sich zu ihm um und greift nach seinem Penis in der Schlafanzughose. Er wird gleich hart, aber C. ist zu müde, um ihre Hand zu bewegen. »Ich bin so froh, dass du so anders bist als dein Vater«, flüstert sie.

9. KAPITEL

Wenn er schläft, träumt er von Niu. Thomas rennt Niu hinterher durch ein riesiges Kaufhaus, über Rolltreppen, zwischen Regalen und durch Umkleidekabinen, sie suchen gemeinsam etwas, das sie sehr dringend brauchen, aber er weiß nicht, was. und sie finden es nicht. Nächster Traum: Sie sind an den Handgelenken zusammengebunden und stolpern über einen Waldweg voller Baumwurzeln, sie rufen um Hilfe, er auf Deutsch, sie auf Englisch, aber niemand hört sie. Dann der Traum: Er sitzt hinten im Taxi und Niu am Steuer, sie fährt durch eine Gegend, die er nicht kennt, die Tür ist verriegelt. Und dann der erschütterndste seiner Träume: Er muss Niu zum Flughafen bringen, weil sie mit seinem Vater in den Urlaub fliegen will, was ihn nicht weiter wundert. Aber sie haben sich in der Uhrzeit geirrt und sind viel zu spät dran. Es sind stressige Träume, sein Herz rast, er ist immer in Eile oder hat Angst. Er denkt tagsüber nur selten an Niu, seine Mutter lenkt ihn ab. Aber nachts holt Niu ihn ein.

In der vergangenen Nacht schon wieder. Nius ganzer Körper war von Narben übersät in seinem Traum, nicht nur ihr Handgelenk. Thomas hatte ein Messer in der Hand, kurz davor, eine neue Wunde in ihren nackten Rücken zu ritzen. Das Messer näherte sich ihrer Haut, Thomas wollte das nicht, aber er konnte seinen Arm nicht bremsen, Niu schrie.

Thomas erwacht mit einem Schreck und ist sofort hellwach. Hat er selbst geschrien? Sein T-Shirt ist jeden Morgen nass vor Schweiß, er hinterlässt einen feuchten, dunklen Fleck auf dem Bettlaken. Er blickt auf den Wecker, 7.39 Uhr. Er steht auf, zieht das nasse T-Shirt aus, wirft es in die Wäschetüte und zieht ein frisches, trockenes über. Seine Mutter hat schon geduscht und Kaffee gemacht. Ob sie überhaupt je schläft?

Wenn Thomas an ihre Abreise denkt, wird ihm flau im Magen. Seit sie in der Stadt ist, lebt er in einer Blase, der Parallelwelt der Touristen, seine Sorgen sind weit weg, sie scheinen gar nicht mehr seine eigenen zu sein. Sie schlendern gemeinsam durch die Stadt, manchmal hakt sie sich bei ihm ein. Sie trinken Kaffee, essen Cupcakes, Lachs-Bagels und Pizza bei Ray's Famous. Sie fahren mit der Staten Island Ferry an der Freiheitsstatue vorbei und winken ihr zu wie kleine Kinder, Manhattan glänzt rotgolden im Sonnenuntergang. Sie gehen im Central Park spazieren, zwischen all den Teenagern auf Skateboards, und hören der Männer-Combo mit dem Bassisten zu, die so schön singt. Sie fahren mit der uralten Holzrolltreppe bei Macy's ins Obergeschoss. Sie schauen im MoMA Monets Seerosen an. Sie fahren hoch auf das Empire State Building, lange Warteschlange, aber dann dieser weite Himmel und unten die Spielzeugautos auf den schnurgeraden Straßen. »Wir sind so nah am Meer, das vergisst man leicht«, sagt Thomas und blickt in die Ferne. Seine eigenen Augen sind wie neu, wenn er auf New York blickt, aber der Blick seiner Mutter ist noch neuer. »Ich möchte am liebsten nur im Café sitzen und die Leute anschauen«, sagt sie. »Die Gebäude sind toll, die Museen sind toll, aber das Beste sind die Leute. Deutschland kommt mir so grau vor im Vergleich. Und alle sehen gleich aus.«

Sie reden viel, aber fast gar nicht über Thomas. Sie reden über Walter, immer über Walter. Thomas wünscht sich, dass seine Mutter wütend wird auf seinen Vater. Aber sie spricht über ihn, als wäre er nicht ihr, sondern einer anderen Frau fremdgegangen. Sie analysiert ihn wie eine Psychiaterin ihren Patienten: Walters Schwächen, seine Traumata, seine Motive, sie beschreibt ihn wie eine Figur in einem Film oder einem Roman, nicht wie den Mann, der seit vierzig Jahren an ihrer Seite war. »Er brauchte das sicher für sein Selbstwertgefühl«, sagt sie. Sie hat seine Schwächen schon lange akzeptiert, sagt sie. Sie weiß, dass er schwach ist, trotz seiner Männlichkeitsrhetorik. Sie hätte gedacht, dass er zu schwach ist, um fremdzugehen. Aber er war zu schwach, um nicht fremdzugehen. »Ich hasse ihn«, sagt Thomas. Seine Mutter schüttelt nur den Kopf. Sie fragt ihn kein einziges Mal nach seiner Arbeit. Und Thomas erwähnt sie nicht. Sie reden auch nicht über C.

»Ich möchte nicht fahren«, sagt sie an ihrem vorletzten Tag. »Ich möchte auch nicht, dass du fährst«, antwortet Thomas. Seine Mutter hat keine Ahnung, wie sehr das stimmt.

Niu hat ihm dreimal eine SMS geschickt. Auf die ersten zwei hat er nicht geantwortet. Sie hat ihn gefragt, wie es ihm geht. Sie wollte ihn treffen. Er hat die Nachricht einfach ignoriert. Einen Tag später hat sie ihn gefragt, ob er sie am Abend auf einen Drink treffen will. Er hat nicht zurückgeschrieben. Beim dritten Mal hat sie gefragt, was mit ihm los sei. Er hat die SMS gesehen, als er auf dem Empire State Building stand und auf die riesige Stadt unter ihm blickte. Er ist zusammengezuckt und hat das Handy schnell weggesteckt. Erst Stunden später hat er geantwortet.

Alles okay. Hab halt viel zu tun. Meine Mom ist ja hier.
Sie hat zurückgeschrieben, dass sie ihn treffen möchte, wenn seine Mutter wieder abgereist ist. Er hat nicht darauf geantwortet. Er hat die SMS schnell weggedrückt, damit seine Mutter sie nicht sieht und danach fragt. Einmal hat sie angerufen, aber er hat den verpassten Anruf erst spät am Abend gesehen, als sie vom Dinner nach Hause kamen, und nicht zurückgerufen. Er versucht, nicht an Niu zu denken und daran, dass sich C. ähnlich fühlen würde wie seine Mutter, wenn sie von Niu erfahren würde. Er versucht, nicht daran zu denken, dass er so kurz davor war, das zu tun, wofür er seinen Vater so verabscheut. Er fühlt sich seinem Vater ekelhaft ähnlich.

»Kannst du nicht einfach hierbleiben?«, fragt er seine Mutter. »Nichts lieber als das, aber zu Hause wartet die Pflicht«, antwortet sie mit einem traurigen Lächeln.

Es wird von Tag zu Tag früher hell, am nächsten Morgen wird Thomas durch die Sonne geweckt, die durch eine Ritze im Rollo direkt auf sein Gesicht fällt. C. ist schon aufgestanden. Sein T-Shirt ist schon wieder durchgeschwitzt, an seinen Traum kann er sich diesmal aber nicht erinnern. Elisabeths Flugzeug geht erst am Abend. Sie haben sich den Spaziergang über die Brooklyn Bridge für ihren letzten Tag aufgehoben. Die Sonne spiegelt sich in den Pfützen auf der Straße, es hat in der Nacht geregnet, die Luft ist klar. In dem kleinen Park gegenüber der Brücke klettern große graue Eichhörnchen die Stämme der Bäume empor, deren Blätter noch frisch und hellgrün sind. »Die Eichhörnchen sehen anders aus als bei uns zu Hause«, sagt

Elisabeth. »Unsere sind roter und zierlicher, die hier sind eher wie Ratten mit buschigem Schwanz.« Am Fuß der Brücke stehen Dutzende Menschen im Kreis. Bässe wummern zwischen ihnen hervor. Thomas und Elisabeth sehen nur Rücken und nicht, was die Menschen anschauen und woher die Musik kommt. Sie zwängen sich an Schultern und Rucksäcken vorbei nach vorn. Ein Breakdancer macht Handstand auf einer Hand. Er hat sein T-Shirt ausgezogen und um den Kopf gewickelt, ein roter Turban. Er ist sehr muskulös, vielleicht zwanzig Jahre alt, schwarze Tätowierungen auf dunkelbrauner Haut. Der Mann springt aus der Hocke in die Höhe und macht Purzelbäume in der Luft. Einen nach dem anderen im Rhythmus der Bässe, immer höher, immer höher, Sehnen gedehnt, Schweiß perlt auf seiner Brust. »Ach, noch einmal jung sein«, sagt Elisabeth. Ein anderer Mann geht mit einer Baseballkappe herum und sammelt Geld, die Kappe quillt schon über, Elisabeth legt einen Zwanzigdollarschein dazu.

»Zwanzig Dollar, Mama?«, fragt Thomas.

»Ich brauche die Dollars doch sowieso nicht mehr. Komm, wir gehen weiter.«

Die gemauerten Pfosten der Brooklyn Bridge erheben sich mächtig vor ihnen, die riesigen Torbögen würdevoll wie Fenster einer Kirche. Sie überqueren die Straße und gehen auf die Drahtseile hinzu, an denen die Brücke hängt, ein symmetrisches Netz, dessen einzelne Seile erschreckend dünn sind, aber zusammen das ganze schwere Konstrukt halten. Sie werfen symmetrische Schatten auf den Weg unter ihnen und Schattenstreifen in das Gesicht seiner Mutter. Die Sonne ist warm, der Winter ist vorbei. Sie gehen schweigend über die Holzplanken, die knirschen und sich unter ihren Schritten zu bewegen scheinen. Unter ihnen rasen die Autos auf der sechsspurigen Straße, die über die Brücke führt. Auf dem Fußgängerweg darüber sind kaum Menschen, nur ein paar Radfahrer, die ihnen von der anderen Seite des Flusses entgegenkommen, es ist noch immer früh am Morgen. Thomas hat den New-York-Reiseführer gelesen, den sein Vater ihm vor seinem Abflug geschenkt hat. »Roebling, ein deutscher Ingenieur, hat die Brücke entworfen. Er ist aber gestorben, bevor sie fertig wurde«, sagt Thomas. »Seine Frau hat dafür gesorgt, dass sie fertig wurde. Zusammen mit seinem Sohn.« Elisabeth lächelt. »Vierundzwanzigtausend Kilometer Seil«, sagt Thomas. Seine Mutter lässt den kühlen Draht durch ihre Hände gleiten. »Ich fühle mich, als würde ich schweben«, sagt sie, als sie am höchsten Punkt stehen bleiben und sich zur Skyline von Manhattan umdrehen. »Es ist so überraschend. Ich kenne diesen Blick von Fotos. Aber ich konnte mir trotzdem nicht vorstellen, dass es wirklich so aussieht hier. Alles ist genauso wie auf den Bildern. Alle Hochhäuser sind da, wo sie hingehören. Da hinten ist der Hubschrauberlandeplatz. Die Freiheitsstatue ist da, wo ich dachte, dass sie sei. Der Fluss. Brooklyn. Aber ich fühle mich anders, als ich dachte. Bilder anschauen ist einfach … ich weiß nicht … nicht das Gleiche.« Sie macht eine Pause, legt den Kopf in den Nacken und blickt in den Himmel. »Ich fühle mich frei.«

Thomas nimmt sie in den Arm und hält sie lange fest. Sie fühlt sich so klein und schmal an. Sie haben einander schon lange nicht mehr in den Arm genommen, kurz zur Begrüßung und zum Abschied vielleicht, aber nicht so wie jetzt. Als er sie loslässt, haben beide Tränen in den Augen.

»Ich bin so frei wie noch nie«, sagt sie. »Aber ich will die Freiheit gar nicht.«

Thomas weiß nicht, was er dazu sagen soll.

»Es tut mir so leid«, sagt er leise. Sie gehen langsam weiter Richtung Brooklyn, durch den zweiten riesigen Brückenpfosten hindurch. Er schaut zu, wie seine Mutter Fotos mit dem Smartphone macht. Er hat noch fast nichts getan mit Niu, aber er hat sich gewünscht, es zu tun. Er ist ihr hinterhergelaufen. Er ist ein Ehebrecher. Er ist wie sein Vater. Elisabeth und Thomas haben den höchsten Punkt überschritten, die Brücke geht jetzt leicht abwärts, der Holzboden und die Drahtseile enden, unter ihnen ist Asphalt statt des brackigen Wassers des East River.

»Vielleicht sollten wir umdrehen«, sagt Thomas.

»Noch nicht«, sagt Elisabeth. »Ich will bis zum Ende laufen.« Sie gehen schweigend weiter, die Autos sind jetzt direkt neben ihnen, der Weg ist flach. Am Ende eine Kreuzung, Ampeln, Abgase. »Okay, ich bin bereit«, ruft Elisabeth über den Verkehrslärm hinweg. Sie drehen sich um und laufen wieder zurück. Aus Asphalt werden wieder Holzbohlen, es geht wieder aufwärts auf die Brücke, der Fluss glitzert in der Sonne.

Sie gehen immer langsamer. Mit jedem Schritt rückt Elisabeths Abreise näher. Noch drei Stunden, bis sie zum Flughafen aufbrechen muss. Mit jedem Schritt kommt ihm sein wirkliches Leben wieder näher und echter vor, und er kann die Gedanken an all die Entscheidungen, die er treffen muss und nicht treffen will, kaum noch wegschieben.

»Bist du eigentlich mal fremdgegangen?«, fragt Thomas seine Mutter.

»Nein, kein einziges Mal«, antwortet sie und schweigt die nächsten Schritte. »Ich hätte Gelegenheiten gehabt, aber ich wollte nie.«

»Und warst du nie in Versuchung?«

»Nicht so richtig, nein. Einmal vielleicht, da warst du noch klein.«

»Mit wem denn?«

»Ach, das ist so lange her, das ist doch nicht mehr wichtig.«

»Und warum hast du es nicht gemacht?«

»Ich wollte Walter nicht wehtun.«

»Aber du hättest es ihm ja nicht sagen müssen.«

»Ja, wahrscheinlich nicht. Aber ich hatte schon so ein schlechtes Gewissen, als ich nur darüber nachgedacht habe, wie es wäre, fremdzugehen. Ich weiß nicht, ich konnte es irgendwie nicht.«

»Hättest du es getan, wenn du gewusst hättest, dass er auch fremdgeht?«

»Nein, na ja, vielleicht, ach, das sind mir zu viele Konjunktive, hätte, wäre, wenn«, sagt sie. »Wenn ich gewusst hätte, dass Walter fremdgeht, hätte ich wahrscheinlich versucht, unsere Ehe zu retten, und wäre erst recht nicht fremdgegangen. Oder wir hätten uns getrennt. Dann hätte ich es mit dem anderen Mann vielleicht versucht.«

»Glaubst du, du wärst mit dem anderen glücklich geworden?«

»Wahrscheinlich nicht. Ich glaube, ich fand ihn nur so toll, weil er so anders war als Walter. Und weil mein Leben so monoton war damals und ich ein Abenteuer wollte. Ich glaube nicht, dass wir gut zueinandergepasst hätten. Ich wusste ja auch kaum etwas von ihm. Von Walter wusste ich alles. Dachte ich zumindest.«

Ab der Mitte der Brücke drängen sich jetzt die Fußgänger, plötzlich ist es voll geworden. Touristen treten auf die Hälfte des Weges, der für Fahrräder bestimmt ist, die Fahrradfahrer klingeln, rufen, fluchen und bremsen erst in letzter Sekunde. Die Polizei fährt mit einem winzigen Elektroauto mit drei Rädern im Schritttempo an den Touristen vorbei. »Ein Aktionskünstler hat vor ein paar Jahren mal das Sternenbanner von den Pylonen geklaut und durch eine weiße Fahne ersetzt«, sagt Thomas. »Keine Ahnung, wie der das geschafft hat.« Sie hören Dutzende verschiedene Sprachen, auch viel Deutsch, fast kein Englisch. Fast jeder schießt Selfies. »Komm, wir machen auch eins«, sagt Elisabeth und holt ihr Handy hervor. Sie stecken die Köpfe zusammen, lächeln, rufen »Cheese«. Auf dem Foto sind nur ihre verzerrten Gesichter zu sehen und nichts vom Hintergrund. »Wir brauchen offensichtlich einen Selfie-Stick«, sagt Elisabeth und grinst. Hinter einer der Säulen spielt ein Leierkastenmann eine verstimmte Version von »Oh when the Saints«. Neben ihm drängen sich die Touristen an einem Stand mit Brooklyn-Bridge-Kühlschrankmagneten und Plastik-Freiheitsstatuen. Thomas kauft seiner Mutter einen Schlüsselanhänger mit einer silberfarbenen Freiheitsstatue. Sie gehen langsam die Brücke hinab auf die Skyline zu. In zwei Stunden muss Elisabeth ins Taxi zum Flughafen steigen. Wo vorhin der Breakdancer Saltos machte, steht nun ein Hotdog-Wägelchen.

Thomas sieht sie nicht sofort, seine Mutter bemerkt sie zuerst. »Hör mal, wie schön die Frau spielt«, sagt sie und zeigt auf eine Figur, die neben dem Hotdog-Verkäufer hinter ihrem Cello auf einem Pappkarton sitzt. »Sie spielt mein Lieblingsstück.«

Thomas zuckt zusammen. Niu hat die Augen geschlossen und sieht winzig aus hinter dem Cello. Sie spielt Musik, die Thomas bekannt vorkommt, aber nicht einordnen kann. Seine Mutter geht auf Niu zu, bleibt zwei Meter vor ihr stehen, legt den Kopf leicht schief und hört ihr zu. Sie winkt Thomas zu sich. Er bewegt sich nicht, starrt Niu an. Elisabeth winkt noch mal, er reagiert nicht, Niu spielt und hat die Augen weiter geschlossen. Ihr Bogen streicht sanft über die Saiten, die Narbe an ihrem Handgelenk schwebt darüber. Das Cello singt, Thomas hört die hupenden Taxis, die polternde Müllabfuhr, die Stimme des Hotdog-Verkäufers, den Wind in den Bäumen nicht mehr. Er hört nur noch Niu und sieht nur noch Niu und seine Mutter direkt vor ihr. Die Töne sind so weich, er fühlt sie mehr, als dass er sie hört. Erst als das Stück zu Ende ist, öffnet Niu ihre Augen und blickt seine Mutter direkt an. Elisabeth laufen die Tränen über die Wangen. Sie klatscht nicht, sie steht da wie versteinert. Dann tritt sie auf Niu zu. »Thank you. Thank you very much«, sagt sie. Sie kann nicht gut Englisch, es ist fast das erste Mal, dass Thomas sie Englisch sprechen hört in diesen Tagen. »I like it very much«, sagt seine Mutter zu Niu.

Thomas tritt neben Elisabeth. Niu blickt ihn nicht an, sie wendet die Augen nicht von seiner Mutter ab. Elisabeth weint noch immer, große Tränen rinnen ihre Wangen hinab, sie kramt in ihrer Handtasche, zieht ein Taschentuch und einen Geldschein hervor. Aber Niu hat keinen Hut vor sich liegen. »Ich sammele kein Geld«, sagt sie. »Ich spiele nur, damit mich jemand hört.«

»Ich habe dich gehört«, antwortet Elisabeth. Sie dreht sich um zu Thomas. »Camille Saint-Saëns, *Der Schwan*, du kennst das Stück auch, oder?«, sagt sie auf Deutsch zu ihm.

Thomas räuspert sich und blickt zu Niu hinunter.

»Ja, du hast wunderbar gespielt«, sagt er auf Englisch.

»Danke schön«, sagt Niu und lächelt. »Ich habe heute Abend ein Konzert. Möchten Sie vielleicht kommen? Ich habe noch ein paar Freikarten zu vergeben.« Elisabeth tupft sich mit dem Taschentuch unter den Augen, ihre Tränen laufen noch immer.

»Thomas, sag ihr, dass ich mir nichts Schöneres vorstellen kann, aber ich muss heute Abend nach Hause fliegen.« Thomas übersetzt, Niu blickt ihn zum ersten Mal an.

»Und du? Kommst du?«

Thomas will nein sagen, aber Elisabeth antwortet schon für ihn.

»Er kommt. Er muss kommen. Mit seiner Frau.«

Niu zieht zwei zerknitterte Eintrittskarten aus ihrer Hosentasche und streckt sie Thomas entgegen.

»Ich freue mich auf euch, auf dich und deine Frau«, sagt sie. Nichts an ihr lässt erkennen, dass sie ihn kennt, und Thomas spielt ihr Spiel mit.

»Thanks«, sagt er und streckt seine Hand zu den Karten aus, ihre Fingerspitzen berühren sich, ein Blitz zuckt durch ihn hindurch. Seine Mutter merkt nichts. Sie lächelt Niu an, Niu lächelt zurück.

»Very nice of you«, sagt Elisabeth.

Niu greift den Bogen, den sie neben sich abgelegt hat.

»Habt ihr einen Liederwunsch?«, fragt sie und blickt zu Elisabeth empor.

»Ja, bitte das Gleiche noch mal. Nur noch einmal. Bitte«, antwortet Elisabeth. »Dann muss ich gehen.«

Niu lächelt und schließt die Augen, sie schiebt den Bogen in ihrer Narbenhand über die Saiten, die Töne singen, seiner Mutter laufen sofort wieder die Tränen hinab. Und Thomas plötzlich auch. Als Niu fertig ist, lässt sie die Augen geschlossen.

»Komm, Purzel, lass uns gehen«, sagt Elisabeth. Sie gehen zu Fuß zurück zu seiner Wohnung, seine Mutter will sich so viel wie möglich bewegen vor dem langen Sitzen im

Flugzeug, beide haben feuchte Augen und feuchte Taschentücher in der Faust.

»Hast du ihre Narbe gesehen?«, fragt Thomas.

»Wessen Narbe?«

»Na, die der Cello-Spielerin, an ihrem Handgelenk«, sagt Thomas. »Sie ist exakt wie meine. Ich verstehe das nicht.« »Hab ich nicht gesehen. Bist du dir sicher, dass du dir das nicht eingebildet hast? Ihr Pulli hatte doch lange Ärmel, man konnte ihr Handgelenk doch gar nicht sehen.«

Thomas schweigt. Wie konnte seine Mutter nur die Narbe übersehen? »Werdet ihr zu dem Konzert gehen?«

»Ich weiß nicht. Ich frage C. nachher.«

»Du solltest gehen. Diese Musik ist etwas Besonderes. Ich wünschte, ich könnte sie noch mal hören.«

Thomas zuckt mit den Schultern.

»Ich weiß nicht. Ich weiß überhaupt nichts mehr.«

Den Rest des Heimwegs wechseln sie kaum ein Wort.

C. und Thomas nehmen Elisabeth fest in den Arm zum Abschied.

»Du wirst mir fehlen«, sagt Thomas.

»Komm jederzeit wieder«, sagt C.

Sie schauen noch die Straße hinab dem Taxi hinterher, als es schon längst um die Ecke gebogen und verschwunden ist.

»Sie tut mir so leid«, sagt C. »Ich kann mir gar nicht vorstellen, wie sich das für sie anfühlt, dieser Verrat. Ihr halbes Leben ist eine Lüge.«

Er schweigt und nimmt ihre Hand.

»Gut, dass sie dich hat«, sagt sie.

»Uns«, sagt Thomas. »Gut, dass sie uns hat.«

Sie gehen zurück ins Haus.

Thomas hat die verknitterten Eintrittskarten noch in der Hosentasche. Wäre es ein Fehler, zu dem Konzert zu gehen, nachdem er sich gerade entschlossen hat, mit Niu Schluss zu machen? Er muss selbst ein wenig grinsen bei dem Gedanken, Niu und er waren schließlich nie zusammen, aber es fühlt sich trotzdem so an, als müsse er mit ihr Schluss machen. C. und er würden ja nur weitab im Publikum sitzen, sie würde sicher nichts ahnen von Nius und seiner Geschichte, genau wie seine Mutter auch nichts gemerkt hat. Und er ist neugierig, was C. über Niu denken wird.

»Du, meine Mutter und ich haben heute eine Straßenmusikerin kennengelernt, sie hat uns zu ihrem Cello-Konzert heute Abend eingeladen. Ich habe Freikarten. Wollen wir hingehen?«

»Cello? Was spielt sie denn so?«, fragt C.

»Ganz klassische Sachen, glaube ich, heute hat sie Camille Saint-Saëns gespielt, *Der Schwan*. Und das Konzert ist in einem Nebensaal der Carnegie Hall. Kann so schlecht nicht sein.«

»Wie heißt sie denn?«, sagt C.

»Keine Ahnung«, lügt Thomas.

»Auf dem Ticket steht nur ›The Green Light Trio‹. Und ich dachte, es wäre schön, wenn wir mal etwas zusammen machen würden.«

C. zuckt mit den Schultern.

»Okay, lass uns hingehen.«

Am Abend zieht C. ein Kleid an. Thomas hat sie schon so lange nicht mehr so gesehen, sie trägt seit Monaten nur noch Jeans oder vor New York natürlich ihre Arbeitsuniform, den Hosenanzug. Mit ihren hohen Schuhen ist sie ein paar Zentimeter größer als er. Er mag das, er mochte es schon immer, es war ein ganz neues Gefühl damals, als er zum ersten Mal mit ihr Hand in Hand durch Hamburg ging. Er schaut zu ihr auf.

»Du siehst schön aus«, sagt er.

C. verdreht die Augen, sie konnte noch nie gut mit Komplimenten umgehen. Auch das gefällt Thomas. Sie fahren mit der Subway, zum ersten Mal seit Wochen wieder gemeinsam. Er schafft es gleich beim ersten Mal, die Fahrkarte im richtigen Tempo durch den Schlitz zu ziehen, jetzt hat er es im Gefühl. Die Sonne ist untergegangen, als sie an der Carnegie Hall aus der Subway steigen, der Himmel ist dunkelblau, die Scheinwerfer an der Konzerthalle leuchten gelbgoldene Kegel auf den breiten Bürgersteig. Er will ihre Hand nehmen, aber sie hat sie in ihrer Manteltasche versteckt.

Thomas sieht es erst, als sie direkt vor dem alten Gebäude stehen, und das Erkennen fühlt sich an, als würde sein Herz kurz aussetzen. Neben dem Eingang der Carnegie Hall hängt ein Plakat mit einem überlebensgroßen Schwarz-Weiß-Foto von Niu, der Hals ihres Cellos teilt ihr Gesicht in zwei Hälften. Er wusste, dass er sie sehen würde, aber er hat damit gerechnet, dass sie weit weg und klein vorne auf der Bühne spielt. Die Niu auf dem Foto blickt direkt in seine Augen und erinnert ihn daran, wie sie vor ihm stand in dem Café in der Upper West Side und ihn genauso tief angeschaut hat, so ohne jede Zurückhaltung, ohne Selbstschutz. Er löst seinen Blick von ihr und schaut C. an. Sie ist zwei Schritte hinter ihm stehen geblieben und starrt auf das Plakat, dann blickt sie schnell zu Thomas und wieder zurück zu dem Plakat. Ihre Lippen sind zusammengepresst, ihre Stirn in Falten. Sie sagt kein Wort, ihr Kinn zittert. Ihre Reaktion verwirrt Thomas. »Was ist mit dir?«

»Tut mir leid, mir geht's nicht so gut, ich glaube, ich fahre wieder nach Hause«, stottert sie.

»Was ist denn passiert? Soll ich mitkommen?«

»Nein, nein, geh du in das Konzert. Ist bestimmt gleich wieder besser.«

Thomas will protestieren und bei ihr bleiben, aber C. wendet sich ab und geht davon, sie rennt beinahe.

Thomas läuft ein paar Schritte hinter ihr her, aber sie ist schon in der Subway verschwunden. Also geht er allein zurück zur Carnegie Hall, tritt hinein ins goldene Licht. Es ist voll in der Eingangshalle, Niu ist nirgends zu sehen, natürlich nicht, sie ist sicher backstage und bereitet sich vor. Er ist früh dran, aber er geht schon zu seinem Sitzplatz und ist der Erste in dem Saal, der sich setzt, er faltet seinen Mantel auf den Knien und blickt sich um. Es ist nur ein kleiner Raum, die Wände sind weiß getüncht und mit goldenen Stuckschnörkeln verziert, eine abgerundete Decke hängt über ihm wie in einem Gewölbe. Schwere dunkelblaue Vorhänge, dunkelblaue Stoffsitze, runde Kronleuchter. Der Saal stammt aus einer anderen Zeit, er passt nicht zu Niu. Auf der Bühne stehen die Instrumente bereit, das Cello in der Mitte, Niu wird nicht weit weg von ihm sitzen, und er wird ihr Handgelenk deutlich sehen können. Langsam füllt es sich, der Platz neben ihm bleibt frei, C.s Platz. Seine Hände sind feucht.

Plötzlich wird es still im Saal. Niu und zwei Männer treten auf die Bühne. Applaus. Sie verbeugen sich leicht und setzen sich an ihre Instrumente. Niu in der Mitte mit dem Cello, am Rand ein älterer Herr am Flügel, neben ihr greift ein junger Mann mit langen schwarzen Locken und kahler Stelle am Hinterkopf nach der Violine. Nius Körper umschlingt das Cello, Thomas beneidet das Instrument.

Niu hebt das Kinn, blickt die anderen beiden Musiker an, hebt den Bogen, nickt und beginnt gemeinsam mit dem Pianisten zu spielen. Der Geiger schaut Niu an und setzt ein paar Takte später ein. Ihre nackten Arme über dem rotbraunen Holz. Er sieht ihre Narbe wie einen Schatten, der nur wahrnehmbar ist, wenn man weiß, worauf man achten muss. Dvořák steht im Programm, Thomas kennt das Stück nicht. Nius Finger vibrieren auf den Saiten, Thomas beneidet die Saiten. Nius Blick ist konzentriert, jede ihrer Bewegungen auf Millimeter und Sekundenbruchteil genau kontrolliert. Er fand sie noch nie so schön wie jetzt. Der Pianist im Hintergrund wiederholt immer wieder die gleichen Noten, wie ein Vogelzwitschern. Der Geiger und Niu spielen die gleiche Melodie, ihre Bögen bewegen sich parallel, ihre Körper wiegen sich parallel von links nach rechts. Thomas beneidet den Geiger. Plötzlich verliert das Stück sein Klagen und wird schneller, es tanzt, die drei spielen voller Energie zusammen. Niu lächelt den Geiger an, der Geiger lächelt zurück. Sie werden immer schneller, so leicht, dass es wirkt, als würden sie tanzen. Und dann ist Schluss. Niu blättert ihre Noten um, es geht sofort weiter. Sanft, leise, süß, die Töne scheinen aus allen Richtungen im Raum zu kommen. Etwas Sanftes, Leises, Süßes schwillt an in Thomas, etwas löst sich, er hat nie etwas Schöneres gehört. Und plötzlich schläft er ein. Er spürt den Schlaf, ein paar Sekunden bevor er ihn übermannt, aber er ist wehrlos gegen ihn. Er wacht auf, als die Menge um ihn herum mit dem Applaus beginnt. Sie stehen auf und klatschen, Thomas erhebt sich mit ihnen und stimmt ein, so laut er kann. Er hofft, dass niemand bemerkt hat, dass er eingeschlafen ist, vor allem nicht Niu. Er lächelt ihr zu und versucht unauffällig zu winken, aber sie sieht ihn nicht an. Er ist merkwürdig stolz auf sie, als gelte der Applaus auch ein bisschen ihm. »Bravo«, ruft eine Männerstimme hinter ihm. Niu verbeugt sich leicht, ihre zwei Partner tief, dann gehen sie durch eine Hintertür von der Bühne.

Das Licht geht an und blendet Thomas, er blinzelt, seine Wimpern sind verklebt. Die Menge drängt nach draußen, binnen weniger Minuten ist der Saal leer, Thomas verlässt ihn als Letzter. Im Vorraum stehen nur wenige Menschen in kleinen Gruppen zusammen, die meisten von ihnen tragen Anzug mit Krawatte. Er sieht den Geiger, der mit einer älteren Dame spricht und sich tief zu ihr hinabbückt. Dann entdeckt er Niu inmitten einer Gruppe Menschen, sie steht in der Nähe der Bar und hat ein Champagnerglas in der Hand. Er geht schnell auf sie zu und winkt. Niu blickt ihm zwischen den Schultern der Fremden hindurch entgegen. Sie sagt etwas zu den Leuten, das er nicht verstehen kann, und tritt aus der Gruppe heraus auf ihn zu.

»Thomas«, sagt sie. »Ich war mir nicht sicher, ob du kommen würdest.«

»Ich mir auch nicht«, antwortet er.

»Bist du allein? Bist du ohne deine Frau da?«

»Ja, sie hatte keine Zeit«, sagt er nach kurzem Zögern. Es irritiert ihn, dass sie sich für seine Frau interessiert.

Niu streckt sich, Thomas sieht ihr Handgelenk und die Narbe. Er deutet auf sie.

»Ich möchte wissen, wie das passiert ist«, sagt er.

Niu verdreht die Augen, dreht sich um zur Bar, als würde sie gehen wollen. Aber keiner der Menschen, mit denen sie gerade gesprochen hat, ist noch da. Sie lässt ihren Blick durch den Saal schweifen, als würde sie etwas suchen. Dann sieht sie Thomas in die Augen.

»Du gibst keine Ruhe, oder?«, sagt sie.

Thomas zuckt mit den Schultern.

»Interessiert es dich denn gar nicht, wieso wir die gleiche Narbe haben?«, fragt er.

»Vergangenheit, alles Vergangenheit, ich will nach vorne blicken«, sagt Niu. »Ich will heute leben. Jetzt.«

»Aber die Narbe verbindet uns.« Niu lässt den Blick wieder durch den Saal schweifen.

»Na, wenn du unbedingt willst …«

»Ja, ich will unbedingt«, sagt Thomas. Er will wissen, was passiert ist. Wenn er es nicht erfährt, wird das Rätsel ihn für immer beschäftigen und Niu ihn nie loslassen.

Sie lehnt sich gegen die weiß getünchte Wand, klammert ihr Champagnerglas fest.

»Also gut«, sagt sie.

Thomas lehnt sich neben sie an die Wand, er hätte jetzt auch gern einen Drink. Niu räuspert sich.

»Ich war mit meinem Vater segeln. Ich war sechzehn Jahre alt und bislang nicht so oft auf seinem Boot, weil ich als Kind immer seekrank geworden bin. Aber er hat mich gefragt, ob ich ihm helfe, sein Segelboot die Küste hinab zu überführen, von Newport in Oregon nach Newport Beach in Kalifornien.« Sie spricht schnell, fast im Stakkato. »Ich wollte nicht nein sagen. Aber dann kam ein Sturm auf.« Thomas' Herz rast, das Blut rauscht in seinen Ohren, er reibt sich über seine Narbe, sucht ihren Blick. Aber Niu hat ihre Augen an die Wand gegenüber geheftet. »Die Wellen schlugen immer höher, haushoch bis über das Boot. Es war mitten in der Nacht, Wind, peitschender Regen, eisig kalt. Ich dachte, ich würde sterben.« Niu unterbricht sich, stemmt sich weg von der Wand. »Oh, warte kurz, Tom.« Sie läuft ein paar Schritte, ruft einen Namen, den Thomas nicht versteht, dreht sich wieder zu Thomas um. »Warte kurz.« Sie rennt die Treppe hinauf und ist verschwunden.

Thomas spürt die Wand an seinem Rücken wie ein letztes Stück Stabilität in seinem Leben, ohne das er umfallen würde, weil seine Knie so weich sind wie damals auf dem schwankenden Boot. Sturm, Wogen, Wind, die schwarze Nacht, seine Schreie, er spürt die Kälte von damals in seinen Knochen. Nius Geschichte ist genauso wie seine. Zwei Leben, zwei Kontinente, eine Geschichte. Er presst den Hinterkopf gegen die Wand und versucht seine Gedanken zu sammeln, aber er kann sich nicht sortieren. Er will die Hand heben und seine Narbe anschauen, aber seine Arme sind zu schwach.

Er weiß nicht, wie viel Zeit vergangen ist, bis sie wiederkommt. Nach zwei Minuten, fünf oder einer halben Stunde lächelt sie ihm breit aus der Ferne entgegen, so als hätte sie vergessen, dass sie gerade von Todesangst gesprochen hat und ihm diese Geschichte heruntergerattert hat, die doch seine eigene ist. Sie läuft auf ihn zu, Hand in Hand mit einem Mann, den Thomas noch nie gesehen hat. Er geht mit ausgreifenden Schritten und ist viel eleganter gekleidet als Thomas, er trägt Krawatte und Einstecktuch, spitze Krokodillederschuhe und hat dicke, kinnlange, wellige schwarze Haare, durch die sich vorne eine dicke graue Strähne zieht. Je näher sie kommen, desto irritierender ist sein Gesicht. Auch durch das schwarze Haar seiner linken Augenbraue und durch seine Wimpern zieht sich ein grauer Streifen. Augenbraue fort und dann in den Wimpern seines linken Auges. Aus der Ferne wirkt es, als habe er eine Lücke in den Wimpern und der Braue, eine Narbe vielleicht. Er ist sehr blass, und seine Augen haben das hellste Blau, das Thomas je gesehen hat. Er streckt Thomas die Hand entgegen.

»Thomas, das ist mein Mann Ilja«, sagt Niu.

»Ilja, das ist Thomas, ein Freund von mir.«

Thomas sagt nichts, er kann nichts mehr denken und nichts mehr sagen.

»Ein Freund, so, so«, sagt Ilja und grinst mit schmalen Lippen. Seine Hand schwebt noch immer ausgestreckt vor Thomas in der Luft. Thomas nimmt all seine Kraft zusammen, hebt seine Hand und hievt sie in Richtung von Iljas, aber er ist nicht mehr stark genug, um zuzudrücken und legt sie schlaff in die des Mannes, der Nius Mann ist. Ilja dagegen drückt so fest zu, dass es Thomas wehtut.

»Nice to meet you«, sagt Ilja, seine Mundwinkel zucken spöttisch. »Du bist also der Neue.«

10. KAPITEL

Ich verstehe nicht, wie du das gemacht hast. Wie hast du es geschafft, Thomas einzuladen? Woher kennst du ihn? Spionierst du mir nach? Was soll das Ganze?«, ruft C., genau so laut, dass Niu versteht, wie wütend sie ist, genau so leise, dass die Leute nicht gucken. Ihre Stimme bricht. Niu sagt kein Wort, sie sitzt im Schneidersitz auf der Parkbank vor C. wie ein Buddha und verzieht keine Miene. Die Sonne scheint von der Seite in ihre Augen, sie leuchten, und es wirkt, als würde das Licht von innen kommen. Sie ist so ruhig, C. ist so aufgewühlt. C. möchte sie schütteln, irgendeine Reaktion herausschütteln, eine Erklärung, am liebsten auch eine Entschuldigung. Sie will ihr etwas antun, Gewalt antun. »Ich wusste noch nicht einmal, dass du Cello spielst«, sagt sie leiser, die Wut erstickt ihre Stimme.

Seit gestern wallt, wogt und wabert diese Wut in ihr, die nicht schwächer wird. Seit sie das Poster am Eingang gesehen und Thomas vor der Carnegie Hall stehen gelassen hat, wird sie immer verwirrter und wütender. Sie ist nach Hause gelaufen, fast gerannt, aber das Gehen half ihr nicht so wie in den ersten Wochen in New York, die Wut blieb heiß und flüssig in ihr wie orange glühender Stahl in einem Stahlkocher. Zu Hause hat sie mit zitternden Fingern eine SMS an Niu geschickt, komplett in Großbuchstaben.

ICH WILL MIT DIR REDEN! WANN TREFFEN WIR UNS?

Sie hat immer wieder aufs Handy geschaut, aber es kam keine Antwort, sie ließ das Handy nicht aus den Augen, zuckte zusammen bei jedem Vibrieren, aber es waren immer nur News-Alerts und keine SMS. Einmal schleuderte sie das Gerät so fest sie konnte aufs Sofa, wo es nicht zerbrach. Selbst dann hatte sie noch genug Selbstkontrolle, um nichts zu zerstören, was heile bleiben soll. Niu antwortete erst am nächsten Morgen.

11 Uhr, unter dem Triumphbogen am Washington Square.

Der Washington Square ist nicht der richtige Ort für C.s Zorn. Kinder spielen um den Brunnen herum, patschen mit den Händen ins Wasser. Zwei kleine Mädchen schauen den anderen Kindern zu, sie sind Zwillinge, vielleicht zwei Jahre alt, an der Hand ihrer Mutter, alle drei tragen die gleichen pinkfarbenen Jacken. Die Bäume blühen. Ein alter Mann füttert die Tauben, eine Traube Tauben gurrt überall um ihn herum, manche landen auf seinen Schultern, es scheint ihn nicht zu stören. Er redet leise auf sie ein, gurrt mit ihnen. Mitten auf dem Platz steht ein schwarzer Flügel, auf dem ein Mann im Frack Liszt spielt, die Schwalbenschwänze seines Fracks hängen hinten über den Rand des Samthockers. Die Melodie schwappt immer wieder zu der Parkbank herüber, die Niu ausgesucht hat. Das Licht fällt weich durch die Blätter der hohen Bäume. Zu viel Frieden für das Gefecht, das C. kämpfen wollte. Niu hat noch kein Wort gesagt. Sie ist so ruhig, dass C. sich kurz fragt, ob sie sie überhaupt gehört hat. C.s kochende Wut kühlt immer mehr ab, obwohl sie das nicht wollte. Niu legt eine Hand auf ihr Knie. C. schiebt sie nicht weg.

»Wieso tust du so etwas?«, flüstert C. »Willst du alles kaputt machen?« Sie schauen beide dem Dogwalker nach, der mit sieben Hunden an sieben Leinen durch den Park läuft. Siebenmal Schwanzwedeln. Er bleibt stehen, ruft: »Sit!«, alle sieben Hunde setzen sich brav und blicken zu ihm auf, hängende Zungen, sieben Leckerli darauf. Niu lächelt.

»Kaputt machen?«, sagt sie langsam. »Nicht kaputt, nur anders. Ich wollte halt schauen, was passiert. Ich will nicht, dass alles immer so bleibt, wie es ist.«

»Hätten wir darüber nicht reden können? Das kannst du doch nicht allein entscheiden. Woher kennst du Thomas überhaupt?«, sagt C., ihre Wut ist jetzt fast verschwunden. »Ich weiß nicht, ob ich dir jetzt noch vertrauen kann.« Niu streckt ihre Beine aus, dreht sich zu C. um und blickt ihr zum ersten Mal direkt ins Gesicht.

»Ich weiß nicht, wieso du überhaupt auf die Idee gekommen bist, dass du mir vertrauen kannst. Du kannst fucking niemandem trauen.«

C. hat Niu noch nie fluchen hören. Sie zuckt leicht zusammen. Niu hat ruhig und bestimmt gesprochen. Das Wort fucking passt nicht zu ihrem Ton, und es passt nicht zu ihr. »Ich habe dir nichts versprochen. Ich habe kein Versprechen gebrochen«, sagt Niu in demselben ruhigen Ton, ihr Gesicht ist reglos.

»Du hast meinen Mann zu deinem Konzert eingeladen und mir nichts davon gesagt«, sagt C., sie fühlt sich immer hilfloser, ihre eigenen Worte klingen plötzlich so banal. »Hast du dich nicht gefragt, wie ich das finden würde?«

Niu zuckt mit den Schultern.

»Was ist daran so schlimm? Bist du eifersüchtig?«

C. spürt, wie die Wut zurückkommt. Sie steht auf, will etwas sagen, aber ihr fällt nichts ein, sie kickt mit der Fußspitze gegen den Betonpfosten der Parkbank und setzt sich wieder neben Niu.

»Ich fühle mich hintergangen.«

»Wäre es nicht schön, wenn wir alle Freunde wären?«, sagt Niu.

»Freunde? Sind wir Freundinnen?«, sagt C.

»Wieso nicht?«

»Normalerweise gehe ich mit meinen Freundinnen nicht ins Bett.«

»Normalerweise«, sagt Niu. »Vielleicht ist unsere Freundschaft nicht normal. Aber das heißt doch nicht, dass wir keine Freundinnen sind. Und willst du das überhaupt? Normal? Wie wahnsinnig langweilig. Ich will leben, Carmen, ich will keine Spielregeln.«

»Du willst Spielregeln, aber nur wenn du sie selbst festlegst«, sagt C.

»Was willst du denn von mir?«, fragt Niu mit sanfter Stimme. »Dass ich dir ergeben und treu bin bis in alle Ewigkeit? Soweit ich weiß, bist du verheiratet. Ihn hast du an dich gebunden, mich nicht. Ich würde niemals heiraten.«

C. schluckt, sie spürt, wie die Tränen in ihr aufsteigen.

»Wirst du ihm davon erzählen?«, fragt Niu.

»Von uns?«

»Ja, von uns. Und von eurem Baby.«

»Wieso nennst du es immer Baby? Es war noch kein Baby. Es war ein Embryo. Das ist nicht das Gleiche.«

C. merkt, wie sie wieder wütend wird.

»Gut. Endlich. Endlich fängst du an, dich zu verteidigen«, sagt Niu.

»Bist du so eine Pro-Life-Fanatikerin, oder was?«, sagt C.

»Nein, überhaupt nicht. Und du? Du kämpfst so mit deinem Gewissen, dass man das nämlich denken könnte.«

»Quatsch. Das ist doch nichts Politisches.«

»Und wirst du Tom davon erzählen?«

»Nenn ihn nicht Tom«, sagt C. Sie überlegt kurz. »Ich möchte ihm gerne davon erzählen, aber ich weiß nicht, wie. Und wann. Es passt irgendwie nie.«

»Wieso willst du es denn erzählen?«

»Weiß nicht. Weil ich die Wahrheit sagen will.«

»Und was hast du davon?«

»Das steht doch zwischen uns. Ich will nicht, dass das zwischen uns steht.«

»Ich finde das egoistisch.«

»Aber ist es nicht wichtig für ihn, dass wir einander immer die Wahrheit sagen? Ist die Wahrheit nicht ein Wert an sich?«

Niu lacht laut. C. hasst die Häme in ihrem Lachen.

»Was geht dich das überhaupt an?«, ruft sie.

»Ihm bringt es doch überhaupt nichts, wenn du ihm das erzählst«, sagt Niu.

»Aber mir. Ich halte es nicht aus.«

»Eben. Egoistisch. Sage ich doch.«

»Ich mag es nicht, wenn wir so miteinander reden«, flüstert C. Sie spürt, dass ihr schon wieder Tränen aufsteigen, aber sie blinzelt sie weg. Sie will nicht immerzu weinen.

»Ich mag das auch nicht. Es tut mir leid«, sagt Niu mit weicher Stimme. Sie legt den Arm um C.s Schultern und küsst sie leicht auf die Wange. »Nicht weinen. Es ist doch alles gut.« Niu steht auf und zieht C. an den Händen hoch. »Komm, wir fahren zu mir.«

Später, nackt auf Nius Matratze, flüstert C. in die leere Wohnung hinein:

»Eben gerade, als du mich ...«, sie macht eine Pause und sucht nach dem richtigen Wort, »... als du mich berührt hast, war ich so weit weg von mir. Ich bin immer weiter weggedriftet, ich hatte Angst, dass ich nie wieder zurückfinde, und habe mir gleichzeitig gewünscht, dass ich nie wieder zurückkomme.«

»Beim Sex meinst du?«, fragt Niu und streicht über C.s Rücken, als würde er ihr gehören.Und? Bist du zurück?

»Ich bin mir nicht sicher. Wahrscheinlich nicht ganz«, sagt C. »Was machst du mit mir? Was machen wir?«

Niu dreht sich auf den Rücken.

»Wir machen, was wir fühlen«, sagt sie. »Keine Grenzen, keine Zwänge, keine Pläne, keine Versprechungen.«

»Ich weiß nicht, ob ich das kann«, sagt C.

Niu dreht sich wieder zu ihr um und legt die Hand auf ihren Bauch.

»Als ich noch ein Kind war, habe ich immer gespielt, dass mein Bett ein Floß ist«, sagt sie. »Ich habe ein Segel gebaut und meine Kuscheltiere in Fahrtrichtung aufgereiht und durfte auf keinen Fall mit dem Fuß oder der Hand aus dem Floß ins Wasser kommen, sonst hätte mich der Mississippi mitgerissen.«

C. lächelt, sie hat früher das gleiche Spiel gespielt, nur war es bei ihr der Rhein, nicht der Mississippi.

»Ich fühle mich auch ein bisschen so, als sei dein Bett ein Floß. Und wir lassen uns den Fluss hinuntertreiben«, sagt sie. »Manchmal fließt es mir viel zu schnell, und manchmal habe ich das Gefühl, wir kommen nicht vom Fleck.«

Niu lacht.

»Zieh den Fuß ein, der hängt doch im Wasser«, ruft sie. C. rollt sich in die Mitte der Matratze.

»Haben wir genug Proviant?«, sagt sie lachend.

»Wir sind gut versorgt. Solange wir wollen, können wir an Bord bleiben«, sagt Niu. »Und wenn wir nicht mehr wollen, legen wir an. Du bist frei. Ich bin frei. Wir sind frei.«

C. steht auf, springt mit einem Satz vom Bett und rotiert die Arme, als würde sie durchs Wasser kraulen.

»Jetzt schwimme ich nach Hause«, sagt sie. »Morgen ist mein erster Arbeitstag, ich muss mich noch ein bisschen vorbereiten.«

Sie krault durch den Raum, sucht ihre Klamotten zusammen und zieht sich an. Ihre Wut von gestern, von heute Morgen, ist nur noch eine dunkle Erinnerung. Sie versteht nicht mehr, warum sie sich überhaupt so geärgert hat. Jetzt fühlt sie sich so leicht. »*Good-bye, Oh Captain, My Captain!*«, ruft sie und zieht die Tür hinter sich zu.

Als sie auf die Straße tritt, ist es schon dunkel. Als die feuchte, kalte Luft ihr Gesicht trifft, verschwindet ihre Euphorie mit einem Schlag. Das Licht der Straßenlaternen scheint schwach durch die Nebelwatte. C.s Schatten wandert um sie herum, als sie an ihnen vorbeigeht, und macht ihr Angst. Wann wird ihr Körper keinen Schatten mehr werfen? Niemand außer ihr ist auf dem Gehweg, die Geräusche der Straße sind gedämpft. Es ist nicht weit bis zur Subway, aber C. fühlt, wie eine ungewohnte klamme Furcht ihre Wirbelsäule hinaufklettert. Eigentlich ist das hier eine sichere Gegend. Sie hört Schritte und dreht sich um, sieht aber niemanden. Sie geht schneller, klammert ihre Handtasche fester unter den Arm. Ein älterer Mann mit Hut und Hund kommt ihr entgegen. C. senkt den Blick. Er verschwindet in einem der Hauseingänge. C. hört wieder Schritte hinter sich und wirft einen schnellen Blick über die Schulter. Aus den Augenwinkeln sieht sie einen Mann hinter sich, vielleicht dreißig Meter entfernt. Sie geht schneller. Das Geräusch seiner Schritte kommt näher. Sie glaubt seinen Atem zu hören, aber es ist nur ihr eigener, der immer schneller geht. Sie biegt um die Ecke und ist auf einer größeren Straße mit vielen Autos, aber einem menschenleeren Bürgersteig. C. blickt hinter sich. Der Mann ist ebenfalls abgebogen, er ist nun direkt hinter ihr. Er streckt einen Arm nach ihr aus. »Bleib stehen«, ruft er. C. fängt an zu rennen. Der Mann rennt auch. An der Straßenecke ist einer dieser kleinen Supermärkte, die Niu Bodega nennt. »Deli & Grocery« steht an der schmutzigen roten Markise, die Fensterscheiben sind mit Werbepostern für Schinkensandwiches und Bud-Light-Bier beklebt. Die Tür ist auf, C. rennt hinein. Der Mann ist direkt hinter ihr, zögert kurz und bleibt vor der Tür stehen. Zwei Männer, jung, groß und in dicken Daunenjacken, stehen hinter einem Tresen, auf dem eine Pyramide aus Bananen aufgetürmt ist. Neben den Bananen schläft eine dicke, gescheckte Katze.

»Ich werde verfolgt«, ruft sie. »Hilfe! Bitte helft mir.«

»Was ist los, Miss?«, sagt einer. »Wer verfolgt dich?«

In dem Moment tritt der Mann in die Bodega, C. kann ihn zum ersten Mal richtig sehen. Er ist nicht viel größer als sie und eher schmächtig, eigentlich sieht er nicht sehr bedrohlich aus, aber er starrt sie wütend an. Seine Augen wirken fast farblos in dem Neonlicht des Supermarkts. Durch seine Augenbraue zieht sich etwas, das wie eine Narbe aussieht. Er hat dichtes, welliges, schwarzes Haar, das vom Laufen in der feuchten Dunkelheit zerzaust ist. Er macht zwei Schritte auf C. zu. »Da, der Typ da«, C. deutet auf den Mann an der Türschwelle neben dem Regal mit den plastikverschweißten Donuts. Die beiden Bodega-Männer klappen den Tresen hoch und kommen schnell hervor und an C. vorbei, drei Bananen fallen auf den schmutzigen Boden. »Get out of here, man«, ruft einer. Der andere schubst den Mann mit drei Stößen zur Tür hinaus. Er wehrt sich nicht. »Ich will nur mit dir reden«, ruft er noch von draußen. »Verpiss dich!«, knurrt der Bodega-Mann. Er bleibt in der Tür stehen. Der Blassblaue-Augen-Mann wagt wieder einen Schritt auf den Eingang zu.

»Ich tu dir nichts, ich will nur mit dir reden«, ruft er noch mal. »Ich mein's ernst, verpiss dich«, schreit der Bodega-Mann und geht mit breiter Brust auf ihn zu. C.s Verfolger seufzt, dreht ab und geht langsam davon. C.s Knie zittern.

»Danke, I'm so sorry, danke«, sagt sie schwach.

»Kein Problem, Miss«, sagt einer der Männer und streckt C. ein Dosenbier entgegen.

»Hier, trink das und setz dich.«

Er zieht einen Klappstuhl hinter dem Tresen hervor. »Vielleicht sollte ich die Polizei rufen«, sagt sie.

»Kannst du machen, bringt aber nichts«, sagt der andere der Männer. »Der Typ ist weg, und die finden den sowieso nicht. Sie werden es noch nicht einmal versuchen. Die NYPD macht erst was, wenn was passiert ist.«

»Aber was ist, wenn der das wieder macht mit einer anderen Frau.«

»Du kannst die Cops rufen, aber sie werden nichts unternehmen, erst recht nicht, wenn der Typ weiß ist. Am Ende ist noch einer von uns in Handschellen.« C. trinkt das Bier mit großen Schlucken, es ist sehr kalt, sie muss rülpsen.

»Cheers«, sagt einer der Männer. C. grinst, das Zittern lässt langsam nach.

»Soll ich dich zur Subway bringen?«

»Ich glaube, ich nehme lieber ein Taxi«, sagt sie. Der Mann tritt mit ihr zusammen auf den Bürgersteig, schaut aufmerksam die Straße hinauf und hinab, eine Hand leicht an ihrem Ellenbogen. Er winkt ein Taxi heran, C. rutscht auf den Rücksitz.

»Danke noch mal. Vielen Dank.« Der Mann drückt die Tür zu und klopft mit dem Knöchel gegen die Fensterscheibe.

»Pass auf dich auf, Miss.«

Am nächsten Morgen wacht sie auf, weil ihr Handy vibriert. Eine SMS. Wie viel Uhr ist es? Thomas schläft noch, aber es ist hell im Zimmer. Sie greift das Handy vom Nachttisch. Die SMS ist von Niu.

Viel Glück an deinem ersten Arbeitstag, Frau Anwältin!

C. kneift die Augen zusammen und entziffert die Uhr auf dem Handydisplay. Es ist schon kurz nach acht Uhr, um neun muss sie im Büro sein. Sie muss vergessen haben, den Wecker zu stellen. Kurz überlegt sie, ob sie sich einfach krankmelden soll. Oder besser noch: ob sie einfach nicht ins Büro gehen und sich nie wieder dort melden sollte. Aber aufstehen muss sie, sie muss auf die Toilette, also rollt sie sich aus dem Bett und wankt ins Bad. Sie blickt in den Spiegel über dem Waschbecken, ihr Gesicht schaut blass und leer zurück. Jetzt, wo sie schon aufgestanden ist, kann sie auch ins Büro fahren. Sie lehnt die Stirn kurz an den kühlen Spiegel. Keine Zeit zu duschen.

Sie geht zurück ins Schlafzimmer und macht das Licht an. Thomas zieht sich das Kopfkissen über den Kopf. Sie zieht den Schlafanzug aus und stellt sich nackt vor den Wandspiegel. »Bereit«, flüstert sie sich zu, ihre Stimme klingt fremd. »Du bis bereit, Frau Anwältin.« Sie zieht ihre Klamotten aus dem Schrank und stapelt sie auf das Bett neben Thomas, den dunkelgrauen Hosenanzug, die hellblaue Bluse, das Unterhemd, den beigefarbenen BH, die Nylonkniestrümpfe, die beigefarbene Tanga-Unterhose, die einzige, die keine Abdrücke unter der Stoffhose hinterlässt. Sie hält sich am Schrank fest, während sie in die Unterwäsche schlüpft, sie schwankt, sie ist noch immer nicht ganz wach. Sie hat die Klamotten vor dem Abflug in die Reinigung gebracht, alles ist sauber, aber trotzdem riechen sie noch nach ihrem alten Büro und ihrem alten Leben.

Sie sieht grotesk aus im Spiegel, nackt bis auf die Unterhose und die hautfarbenen Strümpfe, die am Bündchen unter dem Knie leicht ins Fleisch einschneiden. Nach jedem Kleidungsstück, das sie anzieht, schaut sie sich an, mustert sich im Spiegel. Sie müsste sich beeilen, aber sie kann nicht. Mit jedem Kleidungsstück kriecht die Leere wieder hoch in ihr, und sie erkennt sich ein Stück weniger im Spiegel. Eigentlich hat sie sich in diesen Klamotten schon lange nicht mehr wiedererkannt, aber sie waren ihr Kostüm. Sie hat die Rolle gerne gespielt und das Kostüm gern getragen, es war die Rolle, die sie sich ausgesucht hatte. Zumindest am Anfang war sie stolz darauf, wie professionell sie aussah in den Hosenanzügen.

C. zieht den Blazer über, weich, dünn, maßgeschneidert. Er schmiegt sich an ihre Schultern, er sitzt akkurat, noch genau wie vorher. Es ist nur ein paar Monate her, dass sie ihn zuletzt getragen hat, trotzdem ist sie überrascht, dass er noch passt. Sie schließt den Knopf, der etwas über ihrem Bauchnabel sitzt. Sie blickt in den Spiegel und öffnet den Knopf vorne am Sakko wieder. Ihre Firma hat einen strengen Dresscode. Die Männer dürfen nur Dunkelblau und Dunkelgrau tragen, Schwarz nur die Partner. Immer Krawatte. Schwarze Schuhe, schwarzer Gürtel, die Hemden immer weiß. Für die Frauen gilt fast das Gleiche. C. dürfte ein Kostüm tragen, aber nur wenn der Rock bis zum Knie reicht. Ein leichter Wollpullover über der Bluse ist in Ordnung. Ihre Blusen dürfen Pastellfarben haben. High Heels sind Pflicht, aber die Absätze dürfen nicht zu hoch sein. C. macht den Knopf des Blazers wieder zu. Sie versucht ein Lächeln, es sieht unglaubwürdig aus.

Sie hatte ihre Gründe, als sie sich entschied, Anwältin zu werden. Jetzt kommen sie ihr alle nichtig vor. Aber sie muss zur Arbeit, jetzt ist nicht der Moment für solche Gedanken, sie wird erwartet. Im Bad notdürftiges Make-up, zu viel ist sowieso nicht erlaubt, zu wenig aber auch nicht gern gesehen. Als sie neu war in dem Job, hat sie viel über Kleidung und Make-up nachgedacht, mit den Jahren aber gar nicht mehr, sie sind zur Morgenroutine geworden. »Bereit«, murmelt sie noch einmal und tritt in den Flur, zieht ihre Joggingschuhe an und steckt die High Heels in einen Jutebeutel. So machen das alle New Yorkerinnen. Man sieht fast nie eine Frau mit hohen Absätzen in der Subway oder auf der Straße. Die hohen Schuhe stecken in Taschen oder Schreibtischschubladen. Auf dem Weg durch die nasse und schmutzige Stadt, vorbei an den Schlaglöchern, Kaugummis und Hundehaufen, tragen die New Yorkerinnen Turnschuhe. Die Stadt verzeiht keine hohen Absätze.

C. zieht ihren Mantel über, es ist kälter als in den vergangenen Tagen. Der Frühling kommt später als zu Hause und zögerlich, in Wellen, mal macht ein Tag Hoffnung, dann nimmt der nächste Tag sie brutal wieder. Sie tritt vor die Tür, schaut an sich hinab, weiße Turnschuhe zu Stoffhose und Mantel. Sie grinst über den Anblick. Die Frau vor ihr auf dem Gehweg trägt beinahe das Gleiche, allerdings mit dunklen Turnschuhen, die bessere Wahl. Als Nächstes wird C. anfangen, zu jeder Gelegenheit Yogahosen zu tragen, wie die New Yorkerinnen das gern tun nach Feierabend und am Wochenende, im Park, beim Einkaufen, sogar im Restaurant. Sie schaut auf die Uhr, es ist zwanzig vor neun. Wenn sie sich auf dem Weg zur Station beeilt und die Subway gleich kommt, kann sie es noch gerade so pünktlich schaffen. Sie joggt zur Haltestelle und ist nach drei Schritten schon außer Atem.

Unten in der Station sagt die Anzeigetafel, dass die Bahn in fünf Minuten kommt. C. schwitzt unter dem Mantel. Sie wird ein paar Minuten zu spät sein an ihrem ersten Arbeitstag, was eigentlich nicht zu ihr passt. Aber jetzt kann sie nichts dagegen tun, sie kann nur warten und atmen. Sie atmet tief durch, zum ersten Mal heute. Ihr ist flau im Magen, sie hat nichts gefrühstückt. Sie hätte gern einen Kaffee. Kein guter Start für einen neuen Job. Wobei es sich ja eigentlich nicht um einen neuen Job handelt, es ist der alte Job in einer neuen Stadt. Immobilientransaktionen bei der gleichen Kanzlei, nur jetzt eben im New-York-Office, als Associate für einen anderen Partner. Es war nicht schwer, den Standort zu wechseln, ganz im Gegenteil. Sie hatte den New Yorker Partner vor ein paar Jahren bei einem internationalen Meeting kennengelernt. Er hat ihr die Hand aufs Knie gelegt, sie hat sie nicht weggeschoben. Als sie ihn anrief und um die Versetzung bat, hat er sofort alles in die Wege geleitet. Er könne ihre Expertise gut gebrauchen, besonders für die wachsende Zahl an Transaktionen mit europäischer Beteiligung, hat er gesagt. C. hat das lieber nicht hinterfragt, sie wollte den Job, trotz der Hand auf dem Knie. Sie hat darüber noch nicht einmal viel nachgedacht. Solche Dinge sind ihr schon so oft passiert, dass sie sie kaum noch bemerkt.

Dachte sie zumindest damals.

Der Zug kommt immer noch nicht, sie wartet jetzt schon

seit sieben Minuten, laut Anzeigetafel kommt die Bahn in zwei Minuten. Die Zeit in der New Yorker Subway hat eine eigene Realität. Komischerweise wird sie nicht nervös oder wütend. Sie steht nur da und wartet und sagt zu sich wie ein Mantra: Reg dich nicht auf über die Dinge, die du nicht ändern kannst. Als die Bahn endlich einfährt, drängelt sie nicht, sondern steigt ruhig in den überfüllten Waggon, sie ist die Letzte, bevor sich die Türen schließen. Im Abteil ist es heiß, die Fenster sind beschlagen, Schweiß sammelt sich entlang ihrer Wirbelsäule. Sie wischt sich mit dem Handrücken über die Stirn und verschmiert dabei ihre Mascara, sie sieht eine schwarze Wimperntusche-Spur auf ihrer Hand. Sie wischt noch einmal vorsichtig nach und hofft, dass es nicht so schlimm aussieht. Als sie aussteigt, ist es schon nach neun. Jetzt lohnt es sich auch nicht mehr, sich abzuhetzen, denkt sie. Sie geht zügig, aber sie rennt nicht. Der Bürgersteig ist voller Menschen in Anzügen und Frauen mit perfektem Make-up. Midtown, 52nd Street. Sie mochte diese Gegend schon nicht, als sie die Straßen abmarschierte. Windige Häuserschluchten, eilige Anzugträger, Obdachlose über den warmen Abluftschächten der Subway. Direkt vor einem der gläsernen Hochhäuser tritt eine Frau mit verzotteltem grauem Haar und einem langen, schmutzigen Mantel immer wieder von einem Bein auf das andere. Sie haucht gegen das Glas, malt ein Smiley in den Nebelfleck und lächelt selbstvergessen ihr Spiegelbild an. Sie muss verrückt sein, denkt C., und ist fast ein wenig neidisch auf das entrückte Glück in ihrem Gesicht.

Sie biegt in ihr Gebäude ein, der Name der Kanzlei steht in goldenen Lettern über der Glastür. Sie hat vergessen, in welches Stockwerk sie kommen soll. Sie fragt den Mann am Empfangstresen und zeigt ihm ihren Führerschein als Identitätsnachweis. »17. Stock, Miss«, sagt er. »Dritter Fahrstuhl auf der linken Seite.« Erst als sie den Knopf mit der 17 im Fahrstuhl drückt und die Tür vor ihr schließt, merkt sie, dass sie den Beutel mit den guten Schuhen nicht mehr bei sich hat. Sie erinnert sich nicht, ob sie ihn überhaupt dabeihatte, als sie aus dem Haus gegangen ist. Entweder sie macht kehrt, fährt zurück nach Hause und ist mindestens eine Stunde zu spät bei der Arbeit, oder sie verbringt ihren ersten Tag im neuen Job in weißen Turnschuhen. Sie merkt den rasanten Aufstieg des Aufzugs im Magen. Als sich die Fahrstuhltür öffnet, blickt die Empfangsdame ihr bereits entgegen. Es ist zu spät, um umzudrehen. In der Lobby liegt ein weicher weißer Teppich, auf dem marmornen Empfangstresen steht ein Strauß Lilien in einer hohen Vase, sie duften betäubend. »How can I help you?«, fragt die Frau hinter dem Tresen.

C. merkt, dass Schweiß auf ihrer Stirn steht. Sie wischt ihn weg und lockert sich die Haare mit den Fingerspitzen. Ihre Frisur ist aus der Form geraten, sie hängt herab wie überkochte Nudeln, es war feucht in der Subway und windig draußen. Sie denkt an Nius seidiges, glattes Haar, das immer so perfekt fällt, selbst im Schlaf. Niu gehört in eine andere Welt. Sie wäre jetzt gern mit ihr auf dem Floß und frei. C. blickt auf ihre Schuhe und dann zu der blonden Empfangsdame.

»I'm Carmen Dumeier, here to see Mr. Ohanian«, sagt sie.

»Oh, ich rufe Bob gleich an«, sagt die Frau.

Aber Bob kommt schon um die Ecke, er läuft mit ausgestreckter Hand auf C. zu, er muss sie aus dem Flur gehört haben.

»Carmen, great to see you«, ruft Bob Ohanian ihr entgegen. »Mr. Ohanian, thank you, nice to see you, too«, ruft C. zurück, zieht die Mundwinkel hoch und ist sich nicht sicher, ob das ein Lächeln ergibt. Er läuft mit großen Schritten auf sie zu, perfekter Anzug, perfekte Haare, perfekte Zähne. Die Schuhe ebenfalls perfekt, natürlich. Schwarzes Leder, schmaler Schnitt, dünne Sohlen. C. müsste sich schämen für ihre weißen Sneakers. Aber sie sind ihr überraschend egal.

Seine Schritte verlangsamen sich, je näher er kommt. Und je näher er kommt, desto schmaler wird sein Lächeln. Sein Blick fällt auf ihre Schuhe, ihre Frisur, ihr verschwitztes Gesicht. Er mustert sie einen Moment zu lang, und sie sieht. »Ist alles okay bei dir, Carmen?«, fragt er.

»Ja, alles okay, sorry, dass ich ein bisschen zu spät bin.«

»Sehr undeutsch von dir«, sagt er und zwinkert ihr zu.

Er räuspert sich und dreht sich zu der blonden Frau am Empfang um. »Nancy, könnten Sie bitte Frau Dumeier über unseren Dresscode informieren.« Und wieder an C. gewandt: »Soweit ich weiß, sind die Dinge in unseren Offices in Deutschland nicht so formell wie hier bei uns. Aber so kompliziert sind die Regeln nicht, Sie werden sie schon noch lernen, Carmen.«

Plötzlich fühlt C. wieder etwas. Die Wut steigt in ihr auf und füllt ihre Blutbahnen und all ihre Leere.

»Wissen Sie was«, sagt sie. »Die Leute erfinden Regeln, um andere in Schubladen zu sperren.«

Ohanian runzelt die Stirn und kneift die Augen zusammen. C. hält seinem Blick stand.

»Ich kündige«, sagt sie mit fester Stimme. Sie dreht sich um und geht. Miss hat auf sich aufgepasst, so wie der nett Typ in der Bodega ihr geraten hat denkt sie.

Sie fährt wieder mit dem Fahrstuhl nach unten. Vor der

Tür ruft sie Niu an, ihre Stimme ist schwer zu hören, weil der Wind am Handy vorbeirauscht.

»Was hast du gesagt? Leute in Schubladen sperren? *In drawers?*« Niu lacht und lacht und lacht. »So einen Ausdruck gibt es auf Englisch nicht. Wir sagen *in boxes* stecken oder *to pigeonhole.*«

»Mir ist das auf die Schnelle nicht eingefallen. Wahrscheinlich war er etwas verwirrt«, sagt C. und lacht mit ihr ohne jede Scham. »Jedenfalls bin ich jetzt frei. Zwar arbeitslos, aber frei. Treffen wir uns?«

Niu ist kurz still, einen Moment zu lang.

»Ich … ich kann gerade nicht. Ich dachte, du bist heute den ganzen Tag bei der Arbeit«, sagt Niu dann. »Kannst du auch morgen?«

»Ja, ich kann auch morgen. Ich kann ja jetzt immer. Wenn ich eins habe, dann ist es Zeit.«

»Okay, dann bis morgen.« Niu legt auf.

C. steigt wieder in die Subway, sie hat das Abteil jetzt für sich und setzt sich auf ihren Lieblingsplatz am mittleren Fenster. Das Rattern beruhigt sie, sie denkt kaum noch an ihren Job. Die Kündigung, die letzten zwei Stunden sind verschwommen wie in einem Nebel. Sie hat keine Lust, darüber nachzudenken. Ihre Gedanken drehen sich um Niu, um ihren Tonfall und dieses merkwürdige Zögern am Telefon, als sie gesagt hat, dass sie heute keine Zeit hat.

Thomas ist nicht zu Hause, als sie zurück in die Wohnung tritt. Er muss auch zu spät zur Arbeit gekommen sein, er lag noch im Bett, als sie gegangen ist. C. ist erleichtert, dass sie die Wohnung für sich hat. Sie hat keine Lust, ihm von ihrer Kündigung zu erzählen, weil sie Angst hat vor seinen Fragen, auf die sie keine Antwort wüsste. An der Klinke der Wohnungstür hängt der Beutel mit ihren guten

Schuhen. C. stellt sich vor den Spiegel im Schlafzimmer und zieht den Hosenanzug wieder aus. Der Prozess von vor ein paar Stunden nun wieder rückwärts. Am Ende trägt sie nur noch BH, Unterhose und die Nylonkniestrümpfe. C. rollt sie hinunter, einer hat schon eine Laufmasche, und wirft sie in den Mülleimer neben dem Spiegel. Nie wieder, schwört sie sich. Was auch immer als Nächstes kommt, Nylonkniestrümpfe wird sie nie wieder tragen. Sie legt sich aufs Bett, nackt bis auf die Unterwäsche, wackelt mit den Zehen und streckt die Beine aus. Das Bett ist ein Floß, denkt sie, aber das Gefühl von Nius Matratze kommt nicht zurück.

11. KAPITEL

Es war eine tiefe, traumlose Nacht. Als Thomas am Morgen aufwacht, fühlt er sich benommen und angenehm leer im Kopf, so wie sonst nur, wenn er eine Schlaftablette genommen hat. In der Wohnung hängt eine drückende Stille. Er schaut auf den Wecker, den er nicht gestellt hat, wieso auch, 9.15 Uhr, er hat neun Stunden geschlafen. Er steht auf und streckt sich, seine Wirbelsäule knackt. In Boxershorts tritt er ins Wohnzimmer, C. ist nicht da, es ist ihr erster Arbeitstag. Nur der Verkehrslärm von der Avenue dringt gedämpft durch das Fenster hinein. Er streckt sich noch einmal und spürt eine merkwürdige Zufriedenheit, die er nicht mehr kennt. Er greift nach seinem Handy und sieht eine Nachricht von einer unbekannten Nummer. Er klickt darauf und beginnt zu lesen. Es ist eine lange SMS mit Anrede, ganzen Sätzen, Absätzen und korrekter Zeichensetzung. Er ahnt, von wem sie ist.

Lieber Thomas,
ich habe deine Nummer aus »Nius« Handy gefischt. Bitte verzeihe mir diese Übergriffigkeit. Ich hatte nach unserer Begegnung gestern in der Carnegie Hall so ein schlechtes Gewissen, dass ich mir das angemaßt habe. Zuerst einmal möchte ich mich dafür entschuldigen, dass ich dich »der

Neue« genannt habe, das war gemein. Ich habe etwas an
dir ausgelassen, und das war ungerecht, denn es ist nicht
deine Schuld.

»Niu« und ich haben eine lange, komplizierte Beziehung,
in der wir einander viel Freiheit lassen. Freiheit, die vor
allem »Niu« für sich nutzt. Ich könnte es ihr nachmachen,
habe aber wenig Interesse daran. Ich kann ihr nichts vor-
werfen, wir haben uns gemeinsam auf die Regeln geeinigt,
und sie hat sich immer an sie gehalten. Trotzdem fällt es
mir manchmal schwer, daran zu denken, was sie macht
und nicht macht, wenn sie nicht bei mir ist. Im Moment
also: Was sie macht, wenn sie bei dir ist.

Ich bin mir nicht sicher, wie viel dir »Niu« von mir beziehungsweise von unserer Beziehung erzählt hat. Sie hat
mir nur angekündigt, dass »der Neue« zu ihrem Konzert
kommt und dass ich dich kennenlernen soll. Als ich den
Schock in deinem Gesicht sah, als sie mich vorgestellt
hat, überkam mich eine Abscheu gegen dich. Es war eine
Mischung aus Überheblichkeit, weil ich weiß, dass »Niu«
immer zu mir zurückkommen wird und das mit dir eine
Phase ist, und Mitleid, weil ich in deiner Verletzung meine
eigene erkennen konnte. Als du davongerannt bist, tat mir
meine Arroganz sofort leid. Ich bin nichts Besseres als du,
ganz im Gegenteil. Du kannst davonrennen, ich nicht.

Du denkst vielleicht, dass ich spinne, weil ich dir so eine
SMS schreibe. Aber ich glaube, dass du verdienst, besser
behandelt zu werden und zu verstehen, auf was genau du
dich einlässt, wenn du dich auf »Niu« einlässt. Wenn du
es einrichten kannst, können wir uns heute gern treffen.
Ich möchte Grand Central vorschlagen, um 11 Uhr, direkt
an der Uhr.

Herzlichst, Ilja

Thomas geht mit dem Handy aufs Klo. Er pinkelt im Sitzen und tippt schnell seine Antwort, die Boxershorts liegt um seine Füße herumgekrumpelt auf dem kalten Fliesenboden: *Werde da sein.* Mit einem Punkt am Ende. Er hat mal gelesen, dass ein Punkt in SMS aggressiv klingen kann.

Er sieht Ilja schon von weitem, als er durch die gewaltige Halle unter dem türkisblauen Sternenhimmel an der Decke auf die Uhr zugeht. Das Sonnenlicht fällt durch die riesigen Fenster auf den glänzenden Steinboden, die ganze Halle strahlt. In der Ferne schreien die Räder der bremsenden Züge auf den Sackbahnhofgleisen. Die Eile der Pendler, die Abschiede und Begrüßungen, das Heimweh und das Fernweh der vielen Jahrzehnte hallen durch den alten Wartesaal. Die goldene Uhr mitten in der Halle zeigt 10.55 Uhr. Sie sind beide zu früh. Inmitten der goldglänzenden Halle, allein und still zwischen den Passanten, wirkt Ilja schmal und verloren. Thomas verliert plötzlich jede Lust, seine Geschichte zu hören. Er bleibt am Rand der Halle unter der Tafel mit den Abfahrtszeiten der Pendlerzüge stehen, New Haven Line Departures, Hudson Line Departures, Harlem Line Departures, und beobachtet ihn aus der Ferne. Ilja starrt ins Leere und sieht ihn nicht. Am liebsten würde er umkehren, ohne mit ihm zu sprechen. Aber als Ilja erst auf die Uhr hinter sich blickt und sich dann nervös in der Halle umsieht, geht er doch langsam auf ihn zu.

»Ah, da bist du ja, ich dachte schon, du kommst nicht«, sagt Ilja.

»Na ja, ich bin ein bisschen neugierig«, antwortet Thomas.

Ilja zeigt auf die mächtige Treppe hinter sich. »Lass uns einen Kaffee trinken gehen, kennst du das Café da oben?«

»Nein, geh vor.«

Thomas folgt Ilja die steinernen Stufen hinauf. Er trägt dieselben Schuhe wie gestern Abend, aber dazu Jeans, ein zerknittertes Sakko aus Cord und einen dünnen Seidenschal. Obwohl es laut ist im Saal, hört Thomas, wie Iljas Ledersohlen auf den Treppenstufen schlurfen. Sein Jackett ist ein bisschen zu eng an der Taille. Ich könnte den locker umnieten, denkt Thomas, und er denkt es auf Englisch: I could take him. Er hat sich schon ewig nicht mehr geprügelt. Wie lange nicht? Seit der Grundschule, mindestens. Aber wenn es dazu käme, würde er gegen den da gewinnen.

Auf der Empore über der Bahnhofshalle biegt Ilja links ab in ein offenes Café und fragt einen Kellner nach einem Tisch für zwei mit Blick über die Halle. Sie setzen sich auf dunkelrote Lederstühle, der Kellner schiebt linkisch Thomas' Stuhl heran, als wäre er eine Frau.

»Ich wusste gar nicht, dass es das hier gibt«, sagt Thomas.

Ilja lächelt.

»Einer meiner Lieblingsorte.«

Sie schauen lange in die Karte, bestellen dann beide einen Cappuccino und schweigen. Er muss anfangen, denkt Thomas, lehnt sich auf die massige Marmorbalustrade und schaut hinab auf die Köpfe der Passanten, es wird immer voller unter ihnen, die Menschen gehen immer schneller.

Thomas blickt wieder auf. Ilja mustert ihn und wendet den Blick selbst nicht ab, als Thomas ihn anschaut und zurückstarrt. Seine poolwasserblauen Augen lassen Thomas schaudern. Er ist ein gut aussehender Mann, aber verstörend, denkt Thomas, und er sieht müde aus, die Augenränder sind pink, die Haut schlaff.

»Die Sternenbilder oben an der Decke sind spiegelverkehrt«, sagt Ilja nach einer Weile.

Thomas schaut hinauf zu den goldenen Sternen auf dem türkisfarbenen Gewölbe.

»Keiner weiß, warum genau das so gemalt ist.«, sagt Ilja. »Wenn wir Menschen hinauf in den Himmel schauen, sehen wir die Sternenbilder andersherum.«

Ilja spricht langsam, mit langen Pausen. Er schaut hinauf zur Decke.

»Wenn Gott zu uns hinabsieht, sieht er die Sterne so. Es ist der Sternenhimmel aus Gottes Perspektive.«

Thomas fällt nichts Kluges ein, was er darauf antworten könnte.

»Was Gott wohl denkt, wenn er uns hier so sieht«, sagt Ilja. »Uns zwei arme Sünder.«

Thomas fängt an, sich zu ärgern.

»Ich bin nicht arm, und ich habe nicht gesündigt«, sagt er. Seine Stimme klingt trotzig, und das ärgert ihn noch mehr. Es lässt ihn schwach wirken.

»Right«, sagt Ilja, und da ist wieder das spöttische Zucken in seinen Mundwinkeln.

»Bis gestern wusste ich noch nicht einmal, dass Niu verheiratet ist«, sagt Thomas.

»Niu«, sagt Ilja sarkastisch und macht dazu mit Zeige- und Mittelfinger beider Hände Gänsefüßchen in die Luft.

»Heißt sie nicht so, oder was soll das?«, fragt Thomas und äfft die Geste nach.

»Was weißt du überhaupt?«, fragt Ilja. »Niu«, sagt er noch einmal und lacht. »Keine Ahnung, wie sie auf den Namen gekommen ist. Ist der chinesisch oder so?«

Thomas wird immer wütender. Das Gespräch hat sich sehr anders entwickelt, als er es erwartet hatte.

»Pass auf, du wolltest doch, dass ich herkomme«, sagt er. »Ich dachte, du wolltest mir unbedingt etwas erzählen.«

Der Kellner bringt die Tassen mit kakaopulverbestäubtem Cappuccino, dazu einen Teller mit papierdünnen Keksen, die sie nicht bestellt haben. Ilja schlürft den Milchschaum mit geschürzten Lippen. Das Geräusch ekelt Thomas.

»Du hast recht, entschuldige bitte«, sagt Ilja, einen feinen Milchflaum auf der Oberlippe. »Es war ein Fehler, ich hätte dir nicht schreiben sollen. Es geht dich alles nichts an und ist sowieso mein Problem, nicht deins.«

Thomas wartet, aber Ilja sagt nichts mehr. Er schaut an Thomas vorbei und fängt an, an der Haut um seinen Daumennagel herumzukauen.

»Eigentlich interessiert es mich auch überhaupt nicht«, sagt Thomas, er kriegt den Trotz einfach nicht aus seiner Stimme. »Ist mir wurscht, ob sie Niu heißt oder sonstwie. Das Einzige, was ich noch wissen will, ist, woher sie die Narbe hat. Beziehungsweise, wie es sein kann, dass sie genau den gleichen Segelunfall hatte wie ich.«

Über Iljas Gesicht zieht echtes Erstaunen.

»Segelunfall?«

Thomas schluckt und spürt seinen Adamsapfel hinabwandern. »Ja, sie hat mir erzählt, dass sie einen Unfall beim Segeln mit ihrem Vater hatte.«

»Ich weiß nicht, wieso sie dir das erzählt hat«, sagt Ilja. »Soweit ich weiß, war sie noch nie segeln und definitiv zu einhundertfünfzig Prozent nicht mit ihrem Vater. Also die Narbe kommt jedenfalls nicht von einem Segelunfall. Die Sache mit ihrer Narbe war doch total banal.«

»Banal?«, stammelt Thomas.

»Vielleicht hat sie dir einfach das erzählt, was du hören wolltest. Würde mich nicht überraschen, darin ist sie gut. Jedenfalls wollte ich dir erzählen, dass wir eine offene Beziehung …«

Thomas fällt ihm ins Wort.

»Ich will das nicht hören, echt nicht.«

Er steht auf, wirft fünf Dollar auf den Tisch und geht.

»Lass dich nicht verarschen, Tom«, ruft Ilja ihm hinterher. »Und rede mit deiner Frau.«

Thomas dreht sich nicht mehr um, eilt davon.

Er hört jetzt seine eigenen Schritte, das Quietschen der Gummisohlen seiner Sneakers auf dem glänzenden Marmorboden, als er die Bahnhofshalle durchquert auf dem Weg zu der Subway, die ihn nach Hause bringt. Doch dann überlegt er es sich anders und tritt durch die schweren Glastüren hinaus auf die 42nd Street. Es ist Dienstagmittag, genau wie damals, als er Niu an der Juilliard abgeholt hat nach ihrem French-Toast-Frühstück in der Upper West Side. Sie müsste jetzt wieder in der Musikschule sein, sie unterrichte dort Kompositions-Studenten, hat sie ihm erzählt. Er wird zu Fuß gehen, vielleicht bekommt er beim Laufen den Kopf ein bisschen frei.

Als er an der Musikschule ankommt, fürchtet er, sich verspätet zu haben. Der Weg war doch länger, als er gedacht hat. Er schwitzt und hat die Jacke um die Hüften gebunden wie früher bei den Wanderungen mit seinen Eltern. Genau in dem Moment tritt Niu durch die Glastür auf die 65th Street hinaus, sie ist der Mittelpunkt einer kleinen Gruppe junger Menschen. Thomas beobachtet sie von der anderen Straßenseite und geht parallel zu ihnen auf dem Bürgersteig in Richtung Broadway. Niu spricht, und die vier Jungen und vier Mädchen, die verschieden große Instrumentenkästen auf den Rücken tragen und ihre Schüler sein müssen, hängen an ihren Lippen und lachen und bewegen sich um sie herum wie ein perfekter kleiner Schwarm. Ihre Unbeschwertheit macht ihn eifersüchtig und wütend. Welche Lügen sie ihnen wohl erzählt? Wer sie für sie ist? Welchen Namen sie verwendet?

Die Fußgängerampel springt um, und Thomas spurtet zu ihnen hinüber. »Niu«, ruft er aus zehn Metern Entfernung. Die Studenten reagieren nicht, aber Niu dreht sich um. Sie scheint ihn nicht sofort zu erkennen, doch dann zuckt sie kaum merklich zusammen und bleibt stehen. Der Schwarm um sie herum hält ebenfalls an, acht fragende Gesichter auf Niu gerichtet, die Thomas anstarrt. »Was macht du denn hier? Was willst du?«, fragt sie ihn, inzwischen steht er direkt vor ihr. Die acht Gesichter starren jetzt ihn an, und ihm wird plötzlich und schmerzlich klar, wie lächerlich er aussehen muss. Verschwitzt, das Gesicht bestimmt pinkrot, die Jacke wie ein Depp um die Hüften gebunden. Es macht ihn nur noch wütender.

»What the fuck ist los mit dir!«, schreit er. »Warum tust du das?«

»Was genau meinst du?«, sagt sie ruhig. »Was tue ich?«

»Warum hast du mir nicht von Ilja erzählt?«

»Wieso sollte ich? Geht er dich etwas an?«

Thomas wird immer zorniger, auch weil er nicht weiß, was er antworten soll. Er kann seine Vorwürfe selbst nicht genau fassen.

»Habe ich dir irgendetwas versprochen?«, sagt Niu. »Etwas, das ich nicht gehalten habe?«

Thomas ballt die Fäuste und hebt sie in die Luft, lässt sie wieder sinken. Niu dreht sich zu ihren Schülern um.

»Macht euch keinen Kopf, der ist harmlos«, sagt sie grinsend. Thomas spürt, wie Wutränen in ihm aufsteigen.

»Du hast mich angelogen«, sagt er schwach. »Warum hast du mir das mit dem Segelunfall erzählt? Wie bist du darauf gekommen?«

»Du wolltest doch genau das hören, oder? Ich habe dir nur das gegeben, was du wolltest«, sagt Niu.

»Zeig mir deine Narbe, ich muss sie noch mal sehen«, sagt Thomas. Niu streckt den Arm zu ihm aus, er schiebt ihren Ärmel hoch. Ihre Studenten sind einen Schritt zurückgetreten, schauen schweigend zu. Thomas hebt ihr Handgelenk hoch und bückt sich hinab, bis es nur wenige Zentimeter vor seinen Augen ist. Die Erkenntnis trifft ihn wie ein Schlag vor die Stirn. Ja, da ist eine Narbe, ein Narbenband zieht sich um das Gelenk wie ein Schmuckstück. Aber es ist sehr anders, als er es die ganze Zeit gesehen hat. Nius Narbe wirkt älter und ist viel blasser und gröber als seine. Ihre Verästelungen sind weniger fein als seine, die Mitte hat sich tiefer ins Fleisch gegraben. Seine Narbe ist ein Flussdelta samt sich windender Zuflüsse, Nius ist ein Strom in einem breiten Kanal. Er schaut sie lange an, dann streicht er darüber. Er hat sich getäuscht. Wie konnte er sich so täuschen? Nur auf den ersten Blick sehen sich die Narben ähnlich, die Unterschiede sind leicht zu erkennen.

»Unsere Narben sind gar nicht gleich. Sie sahen vorher immer genau gleich aus für mich«, sagt er mit brüchiger Stimme. »Weißt du, man sieht nicht mit den Augen, sondern mit dem Gehirn«, sagt Niu.

»Warum hast du mir eine Lügengeschichte über den Segelunfall erzählt? Woher kennst du meine Geschichte?«

Niu nimmt seine Hand in ihre und drückt sie sanft.

»Du bist ein guter Mann«, sagt sie und lächelt ihn an. »Vielleicht solltest du mal mit deiner Frau sprechen.«

12. KAPITEL

C. hat zu nichts Lust. Sie könnte ihren Marsch durch Manhattan fortsetzen, im Norden fehlen noch viele Straßen. Aber nun, da das Projekt nicht mehr dazu dient, die Zeit bis zu ihrem ersten Arbeitstag zu überbrücken, fehlt ihr der Antrieb. Sie könnte ein Buch lesen, aber sie hat keine Energie für Geschichten über andere Menschen. Sie hat Hunger, sie hat noch immer nichts gefrühstückt. Aber sie ist zu faul, um in die Küche zu gehen und Frühstück zu machen. Sie könnte duschen. Aber wozu oder für wen? Sie könnte endlich das Schuhregal aufbauen, das noch im Karton ist. Aber sie bleibt liegen und starrt an die Decke. Nach ein paar Minuten richtet sie sich auf, setzt sich in den Schneidersitz und starrt an die Wand vor ihr. Als sie noch dachte, dass sie bald ins Büro gehen müsse und die freie Zeit endlich sei, war es verlockend, einen ganzen Tag für sich allein zu haben. Jetzt ist es fast bedrohlich. Sie spürt, wie Angst in ihr aufsteigt, einen schrecklichen Fehler gemacht zu haben.

Zeit ist flüssig, wenn man so viel davon hat. Sie hat sich das nie erlaubt: trödeln, Müßiggang. Ihre Zeit musste effizient genutzt werden. Sie hatte Termine, und wenn sie keine hatte, war da immer etwas, das sie lesen wollte, lernen wollte. Wenn sie freihatte, ging sie ins Museum oder las Zeitung. Besser noch: Fachaufsätze. Die Zeit kam ihr statisch vor. Sie war ein Raum, den sie füllen und gestalten musste. Jetzt wogt die Zeit, und C. schwimmt in ihr.

Die Sonne fällt schräg durchs Fenster und auf das Bett, C. beobachtet, wie sie sich langsam über die Bettdecke weiterarbeitet. Die alte C. hätte für solch eine Zeitverschwendung nichts übrig, besonders nicht, wenn draußen die Sonne scheint. Das hätte die alte C. genutzt. Die neue C. seufzt und schiebt sich aus dem Bett. Sie zieht Klamotten an, die sie schon einmal anhatte und die noch unordentlich über der Lehne des Stuhls am Fenster hängen, und geht in die Küche. Blick in den Kühlschrank. Kühlschrank leer. Sie schiebt ihr Handy in die Handtasche, zieht die weißen Adidas wieder an und tritt in die Sonne vor die Tür. Das Licht blendet.

Sie geht zurück zum Washington Square, wo sie neulich erst mit Niu in der Sonne saß. Sie kauft sich einen Bagel mit Cream Cheese in dem Laden gegenüber und setzt sich wieder auf Nius und ihre Parkbank. Der Platz ist wieder voller kleiner Kinder. Fast alle von ihnen sind weiß, auf den Bänken neben C. sitzen die schwarzen Frauen, die auf sie aufpassen. Die Nannys. Sie unterhalten sich laut mit den runden Akzenten der Karibik und lachen ein lautes, kehliges Lachen. »Samuel, Darling, fall nicht ins Wasser«, ruft eine von ihnen einem blonden Jungen zu, der auf dem Brunnenrand balanciert. Die Frau neben ihr hält ein kleines Mädchen fest umschlungen in den Armen und wiegt es im Takt zu einem Lied, das sie summt. Das Mädchen hat noch feuchte Wimpern von den Tränen, die es gerade geweint hat. Kleines weißes Gesicht in weicher schwarzer Armbeuge. C. hätte es nicht gekonnt. Sie hätte kein Kind im Arm wiegen können, bis es sich beruhigt. Sie hätte keine Kraft für ein Baby gehabt. Sie wäre keine gute Mutter gewesen, keine Mama. So wie Agnes nie eine Mama war. Wahrscheinlich wäre C. noch schlimmer gewesen als ihre eigene Mutter. Kleine Kinder und ihre überbordenden, unkontrollierten, unberechenbaren Emotionen machen ihr Angst. Agnes hat vor nichts Angst, immerhin das.

»Du hast vor nichts Angst«, hat Thomas vor ein paar Monaten mal zu C. gesagt. Und dass er das an ihr liebe. Wie schlecht du mich kennst, dachte C. Sie hat keine Angst vor Spinnen und dunklen Gassen. Vor Gewitter und vor Gesprächen mit Fremden. Sie hatte keine Angst, nach New York zu ziehen. Ihre Angst ist größer.

C. kneift sich den Handrücken und hinterlässt einen roten Fingernagelabdruck. Ihre Arbeit hat ihre Schlinge immer fester um ihren Hals gezogen in den Jahren vor New York, ihr den Atem genommen. Jetzt hat sie sich von der Schlinge befreit, aber das Atmen ist nicht leichter geworden. Sie überlegt, ob sie ihre Mutter anrufen und ihr von der Kündigung erzählen sollte, aber erträgt die Vorstellung nicht, wie sie triumphieren würde, weil sie immer schon behauptet hat, dass der Beruf nichts für sie sei. Ach, so schnell muss sie das nicht erfahren. Aber irgendwann wird sie sie anrufen müssen, irgendwann wird ihr das Geld ausgehen. Ein Problem, das Agnes dank der Erbschaft nicht kennt und das C. für sich selbst gewählt hat. Sie war immer zu stolz, Geld aus dem Familienfonds zu ziehen, und sie brauchte es nie, sie hat so gut verdient, und eigenes Geld ist freieres Geld. Sie wird sich den Hochmut hier nicht lange leisten können. Das Gespräch mit Agnes wird qualvoll.

Gerade noch saß Niu neben ihr auf der Bank. C. streicht über das raue Holz, auf dem sie gesessen hat in ihrem Buddha-Schneidersitz. Sie greift zum Handy, sie könnte ja Niu schnell eine SMS schreiben. Nichts Konkretes, nur ein kleines »Hi«, damit Niu weiß, dass sie an sie denkt. Aber vielleicht ist das auch eine schlechte Idee. Vielleicht ist es besser, wenn Niu nicht weiß, dass sie an sie denkt. Andererseits wollen sie ja ehrlich zueinander sein. Sie legt das Handy erst mal wieder weg. Sie weiß so wenig über Niu, beim nächsten Mal muss sie ihr mehr Fragen stellen und weniger von sich sprechen. »Morgen«, hat Niu gesagt. Sie könnte in Nius Gegend fahren, vielleicht trifft sie sie zufällig auf der Straße. Aber Niu würde ihr nie glauben, dass das ein Zufall ist. Andererseits ist Niu auch damals im Waschsalon aufgetaucht, ohne weiter zu erklären, ob es Zufall war. Es ist gerade erst kurz nach Mittag. Die Zeit wabert. C. kratzt ein Stück Lack mit dem Fingernagel von der Bank. Keine Versprechen, keine Pläne, aber ihre Gedanken kreisen nur noch um Niu.

Ihr Handy vibriert, aber es ist nur eine SMS von Thomas. *Bist du heute Abend zu Hause?*

C. überlegt. Er wird wissen wollen, wie es bei der Arbeit gelaufen ist und wie ihr Tag war, die üblichen Alltagsabendfragen. Eigentlich würde sie die Zeit gern mit ihm verbringen, wenn er doch nur nichts fragen würde. Sie vermisst das Vertraute an der Art, wie er seine Ärmel hochkrempelt. Sie weiß immer schon, wie er reagiert, bevor er reagiert. Es war schön, ihn mit Elisabeth zu sehen. Er wäre ein liebevoller Vater gewesen.

Tut mir leid, langer Tag im Büro. Plan lieber ohne mich.

C. steht auf und dehnt sich. Es ist noch zu kalt, um lange draußen zu sitzen. Der Rest des Tages liegt vor ihr wie ein Berg, den sie erklimmen muss, ohne den Weg zu kennen. Und jetzt kann sie noch nicht einmal am Abend zu Hause sein. Sie geht ein paar Schritte, setzt sich auf die nächste

Bank. Ich muss versuchen, anders über die Zeit zu denken, denkt sie. Sie hat keine Pläne für den Nachmittag, keine Pläne für den Abend. Sie hat keine Pläne für morgen und keine für übermorgen. Sie darf die Zeit nicht wie etwas sehen, das sie planen und hinter sich bringen muss. Nutze den Tag, bla, bla, denkt sie und grinst. Fitnessstudio, Museum, Bücherei, Spaziergang, Shopping. Sie könnte alles tun, was sie wollte, aber sie will nichts. Nichts, außer bei Niu zu sein. Sie schaut schon wieder auf ihr Handy, keine neue Nachricht.

Langsam macht es sie wütend, wie idyllisch alles ist hier im Park. Händchen haltende Pärchen, bestimmt Studenten an der NYU; der Uni gehören fast alle Gebäude um den Washington Square herum. Die Eichhörnchen, die über die Lehne der Parkbank klettern und keine Angst vor Menschen haben. Sonne, Blumen, von irgendwoher hört sie Musik aus einem vorbeifahrenden Auto, nur ein paar Takte, irgendetwas Lateinamerikanisches, zu dem man tanzen könnte. Und so viele Kinder, überall Kinder. Es ist alles falsch. Sie knüllt das Wachspapier von ihrem Bagel und die Serviette zusammen und wirft sie in Richtung Mülleimer. Sie trifft nicht und lässt den Müll auf dem Boden liegen.

Durch den riesigen weißen Triumphbogen tritt sie auf die Straße und geht mit schnellen Schritten Richtung Norden, die Sonne im Rücken. Nördlich vom Union Square ist der Anfang der Fifth Avenue. Das Empire State Building reckt sich in der Ferne in den blauen Himmel. Der Himmel ist blauer als zu Hause, surreal blau. Ich habe kein Ziel, sagt sie sich und geht schnellen Schrittes weiter. Auf der Fifth Avenue ist kaum Verkehr, nur wenige Fußgänger kommen ihr in die Quere, es gibt fast keine Läden, nur große Apartmenthäuser mit gläsernen Eingangsportalen und Mieten,

die sie sich nicht leisten könnte. Nicht leisten will, genauer
gesagt. Das Erbschaftsgeld wäre ja da, wenn sie nur wollte. Vielleicht ruft sie morgen bei Agnes an. Oder sie muss
sich irgendeinen anderen Job suchen. Sie rollt die Füße ab
beim Gehen, die Bewegung tut gut. Sie zählt die Straßen-
blöcke im Kopf, sagt ihre Namen auf: 10th Street, 11th
Street, 12th Street. Es beruhigt sie. Ihr Ziel ist, kein Ziel zu
haben. Ihre Füße tragen sie wie automatisch.

Manhattan ist so klein. Schon nach einer halben Stunde
ist sie am Empire State Building angekommen und überlegt, ob sie hochfahren soll, das hat sie schon seit Wochen
vor. Aber die Schlange ist lang, und all die Touristen mit
ihren Rucksäcken und Wasserflaschen im Seitenfach schre-
cken sie ab, zu viele von ihnen sprechen Deutsch. Sie geht
weiter, vorbei an den steinernen Löwen und gewaltigen
Treppen der Stadtbibliothek. Sie könnte sich in den alten
Lesesaal setzen, aber sie geht weiter. Links das Rockefeller
Center, die Eislaufbahn hat noch immer auf, obwohl schon
längst Frühling ist. Der Central Park kommt näher, sie geht
am Trump Tower vorbei, vor dem wie immer Polizisten
mit Maschinenpistolen und schusssicheren Westen stehen.
Sie sehen so jung aus, die Uniformen wirken zu groß an
ihren Jungenkörpern. Am besten wird sie links abbiegen
und quer durch den Park auf die Westseite gehen. Doch
dann bleibt sie abrupt stehen, mitten auf dem Gehweg, ein
Mann in einem dunkelblauen Anzug und Krawatte hinter
ihr kann ihr gerade noch ausweichen. »Fuck you, cunt«,
schreit er sie an. C. zuckt zusammen.

Was mache ich mir eigentlich vor? Ich gehe zur Upper
West Side. Ich gehe zu Niu. Aber es wäre ein Fehler, zu Niu
zu gehen. Niu hat heute keine Zeit. Sie wird denken, dass
ich sie stalke. Ich stalke sie wirklich.

Sie dreht sich um und geht langsam zurück. Sie hat Durst und Hunger und muss auf Toilette, was sie schon seit einigen Kilometern weiß, aber verdrängt hat. Sie weiß nicht mehr genau, wo, aber hier irgendwo in der Nähe war eine Kneipe, ein Irish Pub, das ihr aufgefallen ist, als sie hier die Straßen abgelaufen ist. Rote Farbe an der Hauswand um die Tür herum, Kleeblätter über dem Schriftzug. Irish Pubs haben etwas Vertrautes. Sie findet es auf der 54th Street, es heißt Connolly's, so wie der irische Freund, den sie während ihres Erasmus-Semesters hatte, Sean Connolly. Das Licht drinnen ist schummrig, es riecht nach fettigen Pommes, vor dem Tresen drängen sich Dutzende Menschen, es ist Happy Hour. C. quetscht sich an ihnen vorbei zur Toilette. Dann lässt sie sich auf einen Barhocker fallen, der gerade frei geworden ist, und bestellt ein Guinness. Hinten im Raum spielt ein schmaler junger Mann ein irisches Volkslied auf der Fiedel, karierte Kappe auf dem Kopf, schwarze Locken quellen darunter hervor, blasse Haut, Sommersprossen, sein ganzer Körper wippt im Takt. Der Barkeeper folgt ihrem Blick und grinst sie an.

»Der sieht ja aus wie ein Ire aus dem Bilderbuch«, ruft sie ihm zu.

»Die Mütze hat ihm der Wirt gegeben, damit er noch irischer aussieht als sowieso«, antwortet er mit irischem Akzent. »Dabei ist der gar kein richtiger Ire. Also er ist zumindest nicht in Irland geboren. Nur seine Großeltern oder Urgroßeltern oder so.«

Fast alle Leute in der Bar wippen im Takt, fast alle lächeln und reden zu laut, Gläser klicken aneinander, fast alle trinken Guinness. An der Wand lehnt ein Paar und knutscht. C. lässt sich in den Krach und die feuchtwarme

Kneipenluft fallen und bestellt noch ein Guinness. Und dann noch eins. Niu würde es bestimmt nicht gefallen hier. Ob sie ihr eine SMS schicken sollte, dass sie herkommen soll? Sie lässt es sein, bestellt noch ein Guinness. Der Mann neben ihr legt seinen Arm um ihre Schulter und zahlt ihr Bier. Sie zeigt auf ihren Ehering. Er zuckt mit den Schultern. »Ich zahl dir trotzdem dein Guinness.« Um kurz nach neun fährt sie mit dem Taxi nach Hause. Sie lallt und muss kurz überlegen, als sie dem Fahrer ihre Adresse nennt. Zu Hause nestelt sie mit dem Schlüssel am Schloss herum, aber schafft es nicht aufzuschließen und klingelt. »Sorry, wir waren noch mit ein paar Kollegen etwas trinken«, presst sie mit schwerer Zunge hervor, als Thomas ihr im Schlafanzug die Tür aufmacht. »Ich muss sofort ins Bett.« Sie schaut noch einmal auf ihr Handy. Niu hat ihr nicht geschrieben. Und als sie in ihren SMS-Ordner schauen will, um noch einmal nachzusehen, was sie ihr zuletzt geschrieben hat, sieht es so aus, als seien alle Nachrichten von Niu verschwunden und auch all die SMS, die C. ihr in den letzten Tagen geschickt hat. In ihrem Handy sieht es so aus, als habe es Niu in ihrem Leben nie gegeben. Ich muss sie irgendwie gelöscht haben, denkt sie. Ich war schon lange nicht mehr so betrunken.

Am nächsten Morgen steht sie vor Thomas auf. Anscheinend muss er jetzt immer erst spät ins Büro. Sie nimmt das Handy vom Nachttisch und geht ins Bad. Die Nachrichten von Niu sind nicht wieder aufgetaucht. C. schaut in ihr Adressbuch, da ist Nius Nummer weiterhin abgespeichert. Aber in ihrem Handy gibt es sonst keine Spur von ihr, als hätte es nie einen Kontakt gegeben. C. startet ihr Handy neu, die SMS sind noch immer weg. Sie muss sie gelöscht haben. Aber wie? Und wann? Sie kann sich an nichts erinnern. Sie reibt sich über die Stirn. Gut, dann ist das jetzt ein Neuanfang.

Es geht ihr überraschend gut, kein Kater. Vom Klo aus schickt sie Niu eine neue SMS.

Guten Morgen, meine Liebe. Wie sieht dein Tag heute aus? Wann treffen wir uns?

Sie legt das Handy auf den Badewannenrand und lehnt den Kopf an die Wand hinterm Klo. Hoffentlich antwortet Niu schnell, es ist noch früh, 7.32 Uhr. C. bleibt eine Weile sitzen, atmet bewusst ein und aus. Es tut gut. Aber sie bekommt keine SMS ... Keine SMS von Niu. Vielleicht schläft sie noch. Vielleicht hatte sie gestern Abend ein Konzert. Vielleicht ist es spät geworden.

Sie macht alles langsam heute. Sie misst die Kaffeebohnen präzise ab, sechs gestrichene Löffel, und kippt sie langsam Messlöffel für Messlöffel in die schicke elektrische Kaffeemühle, die Thomas unbedingt kaufen wollte. Sie drückt den Knopf, die Mühle jault und macht sich mit ihren Klingen über die Bohnen her. Säuerlicher Duft. Das braune Pulver häuft sich in dem Becher unter der Mühle. Sie piept, alles gemahlen. C. kippt das Kaffeepulver in den Filter, lässt Leitungswasser in die Kaffeekanne laufen und schüttet es aus der Kaffeekanne hinten in die Kaffeemaschine. Sie drückt den Knopf, das rote Licht leuchtet. Sie bleibt vor der Maschine stehen, hört, wie das Wasser zu blubbern beginnt, die Maschine seufzt, die ersten Tropfen fallen. Dann eine braune Pfütze, der Pegel steigt. Wenn sie alles im Leben bewusster macht, fließt die Zeit vielleicht schneller. Der Kaffee ist fertig, sie schenkt sich einen Becher ein. Es ist 7.44 Uhr. Die Zeit ist ein breiter, aufgestauter Fluss. Noch immer keine SMS von Niu.

Sie bleibt in der Küche stehen und lehnt sich gegen die

Arbeitsplatte. Sonnenlicht fällt durch das kleine schmutzige Fenster, das noch die Putzschlieren irgendeines Vormieters trägt. Sie trinkt ihren Kaffee, die Sonne wärmt ihren Rücken, der Kaffeebecher ihre Hände. Sie hört, wie Thomas ins Bad geht. Klospülung, er räuspert sich, Wasser im Waschbecken, elektrische Zahnbürste, Zahnpasta ausspucken, Dusche. Noch immer keine SMS von Niu.

Thomas kommt in die Küche, er ist angezogen und riecht nach Shampoo. Er gibt ihr einen Kuss auf die Wange.

»Ah, du hast Kaffee gemacht. Genug für mich?«

»Ja, nimm dir.«

»Ich muss los, ich nehme den Thermosbecher mit. Musst du nicht längst zur Arbeit?«

»Doch, doch, ich gehe gleich«, sagt C.

Thomas sieht sie an, als würde er gleich eine Frage stellen. Aber er fragt nicht.

»Ganz schön spät für deine Verhältnisse«, sagt er.

Sie zuckt mit den Schultern.

»Hab einen schönen Tag«, sagt er und geht.

»Du auch«, sagt sie.

Die Sonne scheint zwischen ihre Schulterblätter. Thomas zieht die Haustür hinter sich zu. C. steigt in die Dusche, zweimal Shampoo, Spülung, einseifen, rasieren. Sie reibt sich ab, cremt sich ein, kämmt, föhnt. 9.04 Uhr. Noch immer keine SMS von Niu.

Sie setzt sich in den Ikea-Sessel in die Sonne am Fenster und liest die *New York Times* auf dem iPad. 9.55 Uhr, keine SMS.

Sie räumt die Spülmaschine aus, Wasser tropft von dem Geschirr hinab, das nie ganz trocken wird in der Maschine, sie wischt den Küchenfußboden mit Küchenrolle ab. 10.34 Uhr. Keine SMS.

Sie liest ihr Buch im Sessel am Fenster. 11.27 Uhr. Keine SMS.

Sie zieht die Jacke über, geht zum Diner an der Ecke, isst eine Tomatensuppe und ein salziges, fettiges Grilled-Cheese-Sandwich, ohne die Jacke auszuziehen. 13.12 Uhr. Keine SMS.

Sie geht nach Hause, setzt sich in den Sessel, auf den die Sonne jetzt nicht mehr scheint, ruft ihre Schwester an. Jutta stellt ihr keine Fragen, sondern erzählt lang und breit von der neuen Klassenlehrerin ihrer Tochter, die ihr keine Gymnasialempfehlung geben will, obwohl sie sie noch gar nicht kennt. Außerdem trägt sie zu viel Lippenstift und zu viel Parfüm. Sie überlegen schon, die Kleine in eine andere Klasse zu geben. Sie soll auf jeden Fall aufs Gymnasium, wahrscheinlich ist sie hochbegabt und langweilt sich im Unterricht. C. hält es nicht lange aus am Telefon. 14.07 Uhr. Keine SMS von Niu.

Alles okay bei dir? Hast du heute Abend Zeit? Wir waren doch für heute verabredet, schreibt ihr C. 15.48 Uhr. Keine Antwort.

C. hält es nicht mehr aus. Sie geht zur Subway und fährt wieder in die Upper West Side. Langsam läuft sie zu Nius Wohnung, Schritt für Schritt über die bröckeligen Asphaltquadrate des Bürgersteigs, ohne auf die Fugen zu treten. 16.53 Uhr. Keine SMS. Sie blickt von der anderen Straßenseite zu Nius Fenster hoch, kann aber nichts dahinter erkennen, es ist dunkel in der Wohnung. Sie überquert die Straße, fast wäre ein Pizzabote auf seinem Elektrofahrrad in sie hineingekracht. Er bremst scharf und flucht auf Spanisch. C. antwortet nicht, steigt die Stufen hoch zu Nius Tür und klingelt. Keine Antwort. Sie geht wieder hinab auf den Bürgersteig, schaut zu Nius Fenster hoch, nichts tut sich. Sie klingelt noch einmal. Keine Antwort. Sie klingelt einen Rhythmus. Lang-lang-kurz-kurz-lang-kurz-kurz-lang-kurz. Niemand antwortet. 17.19 Uhr.

C. geht zurück auf die andere Straßenseite und wartet. *Was ist denn los mit dir? Ist etwas passiert? Bist du sauer auf mich?*, schreibt sie. 17.38 Uhr. Keine Antwort. Langsam wird ihr kalt, die Sonne ist seit einer Weile aus der Straße verschwunden. Um Punkt achtzehn Uhr ruft sie Niu an. Gleichmäßiges Tuten. Jedes Tuten ein Stich. Nach siebenmal Klingeln geht die Mailbox an. Sie hinterlässt keine Nachricht. Sie fährt mit der Subway nach Hause und versucht es noch einmal, im Stehen im Wohnungsflur. Jetzt ist Nius Handy aus, und die Mailbox geht an.

Sie hört Thomas' Schlüssel im Türschloss und erschrickt. Sie hatte ihn ganz vergessen.

»Hey«, ruft er ihr zu. »Ich muss gleich wieder los, bin noch verabredet, wollte nur kurz meine Tasche ablegen.«

»Kein Problem, schönen Abend«, ruft sie zurück und versucht, ihre Stimme so unbeschwert klingen zu lassen, wie sie nur kann. Er zieht die Tür wieder hinter sich zu.

Am nächsten Morgen ist Nius Handy immer noch aus. Auch mittags noch. Sie spricht auf die Mailbox: »Melde dich doch bitte, ich mache mir Sorgen.« C. geht ins Fitness-studio und lässt das Handy nicht aus den Augen. Keine SMS, kein Anruf. Nach dem Duschen versucht sie es noch mal. Schon wieder die Mailbox. Sie kauft sich ein Stück Pizza und ruft Niu an. Mailbox. Das Handy bleibt aus. Inzwischen hat sie es schon zweiundzwanzigmal bei ihr versucht. Als sie am späten Nachmittag noch mal auf die Nummer klickt, tutet es einmal, dann sagt eine Tonband-stimme, dass die Mailbox voll ist. »Versuchen Sie es später noch mal.«

Inzwischen ist sie sich sicher, dass ihr etwas zugestoßen ist. Niu hat keinen Grund, sich einfach nicht mehr zu melden, oder zumindest keinen Grund, den sich C. erklären kann. Sie haben sich nicht gestritten, es war alles gut zwischen ihnen, und sie waren für gestern verabredet. Vielleicht braucht Niu ihre Hilfe. C. fährt wieder zu ihrer Wohnung und nimmt sich vor, irgendwie ins Haus zu kommen. Der Weg von der Subway-Haltestelle ist ihr inzwischen so bekannt, dass sie nichts mehr um sich herum wahrnimmt und ihre Beine schon wie automatisch an der richtigen Ecke abbiegen. Es ist noch kälter heute und windig, ein dunkelgrauer Himmel hängt bedrohlich tief. Sie geht die Treppenstufen hinauf, klingelt, aber erwartet schon gar nicht mehr, dass jemand öffnet. Die schwere Tür bewegt sich keinen Millimeter, als C. an ihr rüttelt. Es wird dunkel, und in Nius Wohnung ist kein Licht an. C. setzt sich auf die Treppenstufen am Haus gegenüber. Nius Handy ist immer noch aus, die gleiche Tonbandstimme. Andere Menschen gehen in das Haus. Sie schließen auf, kurz darauf geht das Licht hinter einem der Fenster an. Irgendwann leuchten fast alle, Nius bleibt dunkel. C. bleibt auf ihrem Posten auf der anderen Straßenseite, die Hände in der Jackentasche, das Handy umklammert.

Um kurz nach 22 Uhr spürt sie ihre Füße nicht mehr, ihre Knie sind steif und ihre Finger so kalt, dass sie ihr Handy kaum bedienen kann. Sie schaut noch einmal hoch zu Nius Fenster. Und plötzlich, nur für einen Sekundenbruchteil, sieht sie, wie das Licht in ihrem leeren Zimmer mit dem Steinway aufflackert und durch die Ritzen an den schweren Vorhängen vorbei auf die Straße fällt. Dann ist das Fenster wieder dunkel. C. überquert noch einmal die Straße und geht die Stufen zur Haustür hinauf. Als sie klingeln will, geht die Tür auf, und ein Mann kommt ihr entgegen. C. zuckt zusammen, will sich umdrehen und davonrennen, doch der Mann packt sie am Handgelenk und hält sie eisern umklammert fest. Es ist der Mann mit der grauen Strähne, der sie neulich auf der Straße bis in die Bodega hinein verfolgt hat. »Warte«, knurrt er. »Ich tue dir nichts.«

C.s Herz rast.

»Lass mich«, ruft sie.

Der Mann lässt ihr Handgelenk los.

»Bleib hier, ich will mit dir reden«, sagt er.

C. schaut ihn an, er versucht eine Art Lächeln, das zur Seite verrutscht und falsch wirkt.

»Ich bin Ilja«, sagt er mit einem Ton, als müsste ihr dieser Name etwas sagen.

»Was willst du von mir?«, fragt sie zögerlich.

»Ich bin Ilja«, sagt er noch mal.

»Das sagt mir nichts«, sagt sie trotzig. »Muss mir das etwas sagen?«

»Ich bin ihr Mann. Nius Mann.«

C. wird schwarz vor Augen. Sie setzt sich auf die Treppe, Ilja setzt sich neben sie und wartet, bis sie sich beruhigt hat.

»Ich wusste nicht, dass Niu einen Mann hat«, sagt sie nach einer Weile, mit schwacher Stimme.

»Ich glaube, du weißt eine ganze Menge nicht.«

»Wo ist sie? Wir waren heute verabredet.«

Ilja antwortet nicht.

»Ich habe gesehen, wie du hier draußen auf sie gewartet hast«, sagt er.

»Aber wo ist sie?«

»Sie ist unterwegs. Sie ist immer unterwegs.«

»Habe ich etwas falsch gemacht? Ist sie sauer auf mich?«

»Hast du heute an sie gedacht?«

»Was für eine Frage. Wie meinst du das?«

»Du wolltest doch wissen, ob du etwas falsch gemacht hast. Und das hast du nicht, wenn du an sie gedacht hast.«

»Verstehe ich nicht. Aber natürlich habe ich an sie gedacht. Ich denke ständig an sie. Ich kann an nichts anderes mehr denken.«

C.s Kinn beginnt zu zittern.

»Dann hast du nichts falsch gemacht. Sie will, dass du an sie denkst. Das ist das Einzige, was zählt.«

C. weiß nicht, was sie darauf antworten soll.

»Ich ...«, fängt sie an. »Warum ...«, stottert sie.

»Als ihr euch getroffen habt, sah das für dich aus wie Zufall. Aber es war kein Zufall.«

»Was meinst du? Dass das Schicksal war, oder was?«

»Nein, sie hat es arrangiert.«

C. verzieht ungläubig das Gesicht.

»Du bist nicht die Erste, Carmen«, sagt Ilja. »Sie liebt das. Sie braucht das irgendwie. Sie ...«

Ilja hält inne.

»Aber wir haben uns einfach so bei Starbucks getroffen«, protestiert C.

»Sie sucht sich jemanden, der sie interessiert. Irgendetwas muss da sein, das verbindet. Ein Blick. Ein Lächeln. Ein Satz. Ein Buch in der Hand. Ein Name.«

Ilja macht eine Pause, die wie eine Kunstpause wirkt.

»Oder zum Beispiel ...«, Kunstpause, »... eine Narbe.«

C. erstarrt, sagt kein Wort mehr.

»Sie will der Mittelpunkt deines Lebens sein, alles muss sich um sie drehen. Sie will Liebe.«

Er macht wieder eine Pause, kaut an seinem Fingernagel und fügt leise hinzu: »Und meine reicht ihr nicht.«

»Ich dachte, sie liebt mich«, flüstert C., mehr zu sich selbst als zu Ilja.

»Ach, was heißt das schon, wenn sie jemanden liebt?«, sagt Ilja. »Sie liebt dich, sie liebt mich, sie hat ein großes Vermögen zu lieben. Sie liebt, dann liebt sie nicht. Sie gibt dir etwas. Sie gibt dir, was du brauchst. So lange, bis du ohne es nicht mehr kannst. Und dann nimmt sie es wieder weg.«

C. löst den Blick von ihren Füßen und schaut hinüber zu ihm. Er hat feine Gesichtszüge, hohe Wangenknochen, eine schmale Nase, aber seine Haut sieht trocken aus, und seine Haare sind fettig, auf den Schultern seines Sakkos krümeln sich feine Schuppen. Wie er so zusammengesunken neben ihr sitzt und seine Knie umklammert, kann sie sich kaum noch vorstellen, vor ihm Angst gehabt zu haben.

»Ich habe mich sonst nie in ihre Angelegenheiten eingemischt«, sagt er. »Ich weiß auch nicht, warum ich überhaupt mit dir rede. Eigentlich geht mich das nichts an. Aber du tust mir leid.«

Er sieht kläglich aus. So wie er will sie nicht werden.

»Du tust mir leid«, sagt sie. »Ich fahre jetzt nach Hause.«

Sie macht einen Schritt vom Bürgersteig hinab auf die Straße und winkt ein Taxi heran, sie streckt eine Hand in die Luft mit dem Zeigefinger nach oben wie eine richtige New Yorkerin. Der gelbe Wagen hält mit quietschenden Reifen, C. dreht sich nicht noch einmal zu Ilja um, sie verabschiedet sich nicht und ... lässt sich in den durchgesessenen schwarzen Ledersitz fallen. Das Auto riecht nach Rauch und Schweiß. Der Mann fährt zu schnell, aber C. sagt nichts dazu und schaut nicht nach draußen, sie blickt hinab auf ihre Hände, die sie im Schoß gefaltet hat. Unter der pinkfarbenen trockenen Haut treten bläuliche Adern hervor wie bei einer alten Frau. In ihrem Kopf ist nur ein Gedanke: Ohne die Schwangerschaft, die Abtreibung, wäre all das nicht passiert. Sie brauchte so dringend jemanden. Jemanden, der nicht Thomas war. Und Ilja hat recht: Niu hat ihr gegeben, was sie brauchte, sie hat die Leere gefüllt. Die Lichter der Stadt ziehen an ihrem Fenster vorbei und flackern in ihren Augenwinkeln. In zwanzig Minuten ist sie zu Hause. Sie schließt die Tür so leise wie möglich auf, um Thomas nicht zu wecken, aber als sie in die Wohnung tritt, ist das Licht an. Er sitzt mit unnatürlich geradem Rücken auf seinem Platz am Esstisch und blickt ihr entgegen.

»Wir müssen reden«, sagt er.

13. KAPITEL

Thomas kritzelt und radiert schon seit Stunden in seinem schwarzen Notizbuch. Erst hatte er Musik an dazu, dann hat er sie ausgestellt. Er muss seine Gedanken sammeln. Dann schreibt er einfach drauflos, auch wenn das, was dabei herauskommt, kein Gedicht ist.

> *Reiß mein Herz heraus!*
> *Trete darauf herum!*
> *Wirf es weg, mein Herz!*
> *Berühr mich!*
> *Mach mit mir, was du willst!*
> *Du musst nur etwas wollen!*
> *Ich kann nicht!*
> *Kann nicht ohne dich!*
> *Reiß mein Herz heraus,*
> *wenn du das willst!*
> *Gib die Hälfte mir zurück,*
> *wenn du das kannst!*
> *Bleib bei mir!*
> *Bleib!*

Er klappt das Buch zu, zieht das Gummi darum und bringt es zurück in sein Versteck in seinem Nachttisch. Dann wartet er. »Wir müssen reden«, sagt er, als sie endlich zur Tür hereinkommt. Es ist spät, er hat schon seit Stunden immer wieder überlegt, wie er es sagen wird. Er will ihr alles erzählen, alles loswerden. Gestehen. Sich reinigen mit Worten. Er will ihr von den kleinen Berührungen und von seinen Träumen erzählen, aber vor allem von der Narbe, mit der alles anfing. Und von Ilja und seinen ironischen Andeutungen. Er will, dass C. von seiner Kündigung erfährt, von der Party und seinem Verrat. C. soll wieder alles von ihm wissen. Ilja hat recht, er ist ein armer Sünder. Er sitzt am Tisch und wartet, dabei knabbert er an der Haut um seine Fingernägel herum, genau wie Ilja es in dem Café in Grand Central gemacht hat.

Als C. dann endlich vor ihm steht, sieht sie anders aus als je zuvor. Thomas erschrickt, weil ihr Gesicht so verzerrt, schmal und blass ist. Ihr Kinn zittert. Thomas geht auf sie zu. »Was ist los? Ist etwas passiert?«

C. schüttelt den Kopf.

»Mir ist nur ziemlich kalt«, sagt sie viel zu leise, so leise hat sie früher nie gesprochen.

Er nimmt sie in den Arm, sie wehrt sich nicht. Sie ist kalt und ganz steif, er spürt ihren Körper durch die dicke Jacke, die sie noch nicht ausgezogen hat. Sie stehen lange so mitten im Raum, schweigend. Thomas hält C. fest, nach und nach wird sie weicher, ihr Körper entspannt sich, umschlungen von Thomas' Körper. Ihre Körper passen so gut zueinander. »Wir sind füreinander gemacht«, haben sie gesagt, damals, als alles neu war.

»Worüber willst du reden?«, wispert sie dann. Thomas drückt sie wieder fester an sich. Er kann ihr jetzt nicht von seinen Sünden erzählen.

»Ich möchte gern wissen, was mit dir los ist«, flüstert er

stattdessen in ihre Haare. »Wo warst du gerade? Was hast du die ganzen letzten Wochen gemacht? Was ist mit dir los, seit wir nach New York gezogen sind? Warum redest du nicht mehr mit mir?«

»Ich kann nicht«, flüstert sie gegen seine Brust. »Noch nicht.« Draußen fährt ein Feuerwehrauto vorbei, die Sirene ist laut in ihrer Wohnung mit den dünnen Fensterscheiben. Thomas und C. sind ganz still. Thomas streicht ihr über den Rücken und wiegt sie langsam hin und her und streichelt ihr übers Haar.

»Wir müssen nicht reden. Nicht jetzt«, sagt er. »Ich liebe dich.«

Er hat das schon lange nicht mehr gesagt: dass er sie liebt. Und trotz Niu und all der Lügen und Auslassungen und der Distanz und Kälte der vergangenen Monate hat sich schon lange nichts mehr so wahr angefühlt wie dieser Satz.

»Ich liebe dich«, sagt er noch mal.

Sie antwortet nicht.

»Willst du ein Glas Wein? Oder ein Bier? Schokolade?«, fragt er.

»Ja. Wein. Und Schokolade«, sagt sie.

Es ist ein gutes Zeichen, dass sie Wein und Schokolade will, dass sie mit ihm Zeit verbringen will. Fast so gut als Antwort wie ein »Ich liebe dich auch«. Thomas ist genügsam geworden. Er geht in die Küche und holt ihr ein Glas und die Lindt-Tafel, die er für viel zu viel Geld beim Kiosk an der Ecke gekauft hat, weil er etwas brauchte, das nach zu Hause schmeckt.

Sie setzen sich ans Fenster, C. streckt ihre Füße aus und legt sie auf seinen Schoß. Er massiert sie, sie sind noch immer ganz kalt.

»Was ist los? Worüber wolltest du reden?«, fragt sie. Sein Brustkorb zieht sich zusammen. Als er sich vorgenommen hatte, ihr alles zu erzählen, hatte er sich nicht so konkret vorgestellt, wie es sich anfühlen würde, vor ihr zu sitzen, in ihre Augen zu blicken und tatsächlich alles zu sagen. Als sie ihn so direkt anschaut, mit einem Blick, in dem eine ungewohnte Ängstlichkeit liegt, kann er nicht mehr. Etwas hat sie verletzt, aber er weiß nicht, was es war, und er will es nicht schlimmer machen.

»Ich weiß nicht genau, wo ich anfangen soll. Es ist so viel passiert. Und wir haben schon so lange nicht mehr richtig geredet ... Ich weiß nicht, ich bin das nicht gewohnt, wenn du nicht weißt, was bei mir los ist. Und ich nicht weiß, was bei dir los ist. Ich meine, das war doch sonst nicht so. Das ist doch irgendwie falsch.«

C. wackelt mit den Zehen in seinen Händen. Thomas atmet ein und lässt die Luft, so lange er kann, in seinen Lungen. Er atmet langsam aus und fühlt sich plötzlich freier und mutiger.

»Ich habe meinen Job verloren«, sagt er. Er blickt auf den Boden. »Es ist wahnsinnig peinlich und wahnsinnig bescheuert. Ich fühle mich schrecklich. Ich weiß gar nicht, wie ich es erzählen soll, du wirst mich scheiße finden. Ich bin scheiße. Es ist einfach furchtbar.«

C. rückt im Stuhl zurecht, zieht ihre Füße weg und setzt sich auf.

»Warum sagst du es nicht einfach und überlässt es mir zu entscheiden, was ich danach denke. Das kannst du ja sowieso nicht ändern.«

Thomas grinst, das ist schon wieder der alte Ton der alten C.

»Ich habe einen Fehler gemacht. Ich war betrunken und

ein bisschen bekifft auf einer Party. In Bushwick. Das ist hinter Williamsburg, ach egal, wo das ist. Mit den Kollegen. Und ich habe ein Betriebsgeheimnis erzählt. Und da stand offenbar jemand von der Konkurrenz. Ich habe einfach gelabert, und ich kann mich gar nicht mehr genau daran erinnern, was ich gesagt habe. Und wer alles da war. Und dann waren auch vertrauliche Unterlagen weg. Es ist so peinlich. Jedenfalls haben sie wohl irgendwie davon erfahren, und ich musste meine Sachen packen und sofort gehen. Jetzt habe ich keinen Job mehr, C.«

C. schaut ihn mit einem Blick an, den er nicht deuten kann. Dann fängt sie an zu lachen. Erst leise, dann immer lauter. Zuerst verwirrt ihn ihr Lachen, es ist zu laut, zu ungestüm, es passt nicht zu ihr und nicht zu seinem Geständnis. Aber dann nimmt sie seine Hand und drückt sie, ihr laufen dicke Lachtränen über die Wangen, sie verschluckt sich, prustet. Thomas grinst erst, dann lacht er mit. Er hat schon lange nicht mehr richtig gelacht.

»Weißt du was?«, schnaubt sie. »Ich auch.«

Thomas zieht seine Hand weg. Und genau gleichzeitig hören sie beide auf zu lachen.

»Du auch was?«

»Ich habe auch keinen Job mehr. Ich habe vor ein paar Tagen gekündigt. Ich hatte einfach keinen Bock mehr. Dieser Job, diese Arbeit, ist einfach nicht das Richtige für mich. Ich bin nicht tough genug. Ich will etwas anderes vom Leben. Ich glaube, Agnes hatte doch recht.« Thomas flüstert: »Und was machen wir jetzt? Ziehen wir wieder nach Hause?«

»Wo ist denn zu Hause, Thomas?«, sagt C. Früher hätte er geantwortet: Zuhause ist, wo du bist. Heute fällt ihm keine Antwort ein. »Ich glaube, ich gehe jetzt ins Bett.«

Sie steht auf, grinst und seufzt dabei. »Gute Nacht, du Trottel«, sagt sie.

»Gute Nacht, selber Trottel«, sagt er. »Ich komme gleich nach.«

14. KAPITEL

C. wacht früh auf am nächsten Morgen. Thomas liegt neben ihr, und sie müsste noch nicht einmal zu ihm hinübersehen, um zu wissen, dass er noch schläft. Er schläft wie ein Kind, still, tief und auf dem Bauch. Sein Atem geht gleichmäßig und schnell. Sein Haar ist zerzaust und an der Stelle eingedrückt, an der es morgens immer eingedrückt ist. Seine Hand liegt neben seinem Gesicht, kraftlos und weich in den weißen Bettlaken. C. sieht seine Narbe. Und nach all den Jahren versteht sie plötzlich, warum sie ihn so beschäftigt, warum er nicht davon ablassen kann, über sie zu streichen und von ihr zu erzählen. Sie versteht es als Gefühl, nicht als Gedanke. Sie weiß es, und sie weiß es nicht. Sein unschuldiges Fleisch ist zerfurcht. Sein Körper, der ihn bis ans Ende begleiten wird, der ihn am Ende im Stich lassen wird, wird nie wieder unberührt sein. Es ist die Endgültigkeit und die ständige Erinnerung an den Schmerz. C. sieht, wie sein Rücken sich hebt und senkt. Sie rückt näher an ihn heran, bis sie seine Wärme spürt. Thomas wird wach, öffnet die Augen und lächelt. »Guten Morgen«, sagt er sacht.

C. setzt sich auf. Die Sonne scheint durch das Fenster auf das Bett, sie kann sich ihre Kraft vorstellen, der Winter ist endlich vorbei.

»Ich will nach nach Coney Island fahren. Komm doch mit! Ich möchte das Meer sehen.«

Sie ziehen sich rasch an. C. packt eine Tasche mit Sonnencreme und einer Decke, Thomas steckt sich seine Sonnenbrille ins Haar.

»Lass uns Bagels kaufen und in der Subway frühstücken«, sagt er.

Sie treten vor die Tür und bleiben abrupt stehen. Die Morgenluft trifft ihre noch bettwarme Haut wie ein Schlag. Sie schauen einander an, schütteln sich und lachen. Thomas klappert theatralisch mit den Zähnen.

»O Mann, ich dachte, es sei wärmer«, sagt C. »Wollen wir etwas anderes machen?«

»Nein, ich will trotzdem ans Meer. Lass uns die Jacken holen.« Sie packt die Sonnencreme wieder aus und ihren Schal in die Tasche.

Die Fahrt mit der Subway dauert fast eine Stunde. C. hat ihren Blueberry-Bagel schon längst aufgegessen, Thomas hat noch immer eine Hälfte von seinem Pumpernickel-Bagel in der Hand.

»Gut gekaut ist halb verdaut«, sagt er. »Hat meine Oma immer gesagt.«

Das Zitat hat er schon mindestens dreißigmal gebracht, jedes Mal voller Überzeugung, C. zum ersten Mal davon zu erzählen.

»Du kaust gar nicht, du redest die ganze Zeit«, sagt sie freundlich und stupst ihn in die Seite.

»Ich habe Nachholbedarf«, antwortet er.

C. hört ihm nur mit halbem Ohr zu, aber er merkt es nicht. Er erzählt von einem Lamar und einem Matt, und C. hat schon wieder vergessen, wer sie sind. Er erzählt von Musik, die er am Subway-Gleis gehört hat. Von einem

Theaterstück mit einer Nase oder einem Ohr. Und vom Spaziergang über die Brooklyn Bridge mit seiner Mutter. C. stellt ein paar kleine Fragen.

»Und wieso?«, sagt sie. »Ach echt? Und dann?« Und: »Wie cool.« Im Waggon sind fast alle Sitze belegt, aber sie sitzen auf C.s Lieblingsplätzen am Fenster. Um sie herum lesen die Menschen auf ihren Handys, hören Musik oder reden leise auf Englisch. C. und Thomas reden Deutsch, vermutlich kann sie niemand verstehen, es ist, als seien sie allein in der Menge. Am Ende fährt die Bahn oberirdisch. Die Sonne fällt durch die Fensterscheibe, auf der außen Regentropfen getrocknet sind, deren Schatten sich nun schwach auf ihren und seinen Beinen abzeichnen. Seine Haare glänzen in der Sonne. Sie beobachtet ihn, stellt sich vor, wie sie beide zusammen aussehen, wenn jemand anders sie jetzt sehen könnte, zwei nebeneinander bilden eine Einheit. Ohne ihn wäre sie niemals hier, denkt sie. Ohne ihn wäre sie jetzt im Büro in Hamburg, in Nylon-kniestrümpfen. Von Station zu Station leert sich das Abteil. Thomas erzählt, C. nickt und lächelt. Als sie an der End-station in Coney Island aussteigen, sind sie allein.

»Ich hab gehört, man muss hier Hotdogs essen«, sagt Thomas. »Bei Nathan's Famous. Lass uns das mal suchen.«

»Ist es nicht ein bisschen zu früh am Morgen für einen Hotdog?«

»Es ist nie zu früh für Hotdogs«, sagt er und zieht sie an der Hand hinter sich her. C. fühlt sich, als würden sie ein glückliches Paar schauspielern, aber sie macht mit und lässt sich ziehen. Sie überqueren eine breite, graue, son-nenverbrannte Straße, der man ansieht, dass der Strand nicht weit entfernt sein kann. Das Gebäude von Nathan's Famous ist zugepflastert mit Leuchtreklame und riesigen

Plakaten, die Hauswand ist nicht mehr zu sehen. »World Famous Frankfurters since 1916«, »Follow the crowd«, »This is the original«. Eine meterhohe rote Wurst hält ein Schild hoch: »For over 100 years«.

»Ich kann es kaum erwarten«, sagt C. Sie treten durch die Glastür, sie sind die einzigen Kunden. Ein Mädchen in grünem Poloshirt und grüner Mütze schaut gelangweilt zu ihnen auf und legt ihnen zwei Würste im Brötchen auf einen Pappteller. Sie sehen obszön aus, denkt C., wie sie so rot aus dem Wabbelteig hervorlugen. Thomas lädt Senf und Ketchup auf, bis man die Würstchen nicht mehr sehen kann, und reicht C. ihres. Es ist salzig und fettig und spritzt, die Soße quetscht heraus und läuft ihr Kinn herab und über ihre Finger.

»Eklig und lecker«, sagt C.

»Grandiose Sauerei«, sagt Thomas.

Sie gehen zum Strand. Von der breiten Holzpromenade aus sehen sie auf das Meer und den hellbeige leuchtenden Sand, hinter ihnen schlafen die Fahrgeschäfte ihren Winterschlaf: das Riesenrad, die Holzachterbahn mit den großen, roten Buchstaben Cyclone an der höchsten Stelle, das Kettenkarussell, verblichen, salzzerfressen und aus der Zeit gefallen. Sie gehen ein wenig die Promenade entlang, ihre Schritte knarzen auf den Brettern, die Möwen schreien, es ist windig. Die Andenkenläden, Eisdielen und Pommes-Stände am Rand haben noch geschlossen. C. lässt ihren Blick über den breiten Strand wandern. Nur in der Ferne ein paar Spaziergänger. Sie erschrickt. Die Gestalt da hinten, die schmale, kleine Gestalt mit dem federnden Gang – ist das Niu? Sie kneift die Augen zusammen und hält die Hand über die Augen, um sie vor der Sonne zu schützen. Es ist eine alte Dame mit einem schwarzen

Kopftuch. C. schüttelt den Kopf, ein winziges Zucken hin und her, ein Wundern über sich selbst. Sie nimmt Thomas' Hand und zieht ihn die Stufen hinab vom Boardwalk auf den Strand. C. zieht die Schuhe aus. Der Sand ist eisig, aber schmiegt sich trotzdem weich zwischen ihre Zehen und erinnert an den Sommer. »Lass uns dahinten neben das Klohäuschen legen, vielleicht ist es da nicht so windig«, schlägt C. vor.

Sie gehen durch den Sand, die Winterjacke bis oben zugezogen, aber barfuß. C. breitet die Decke aus und legt sich hin. Thomas bleibt stehen und schaut mit zusammengekniffenen Augen aufs Meer.

»Ich habe den Atlantik sonst immer nur von der anderen Seite gesehen. Er sieht hier so zahm aus. Verrückt, oder? Nach Hause geht es immer geradeaus.«

Er setzt sich neben sie.

»Zu Hause ist jetzt hier«, sagt sie.

»Für mich ist zu Hause, wo du bist«, sagt er.

C. lacht.

»Du Kitschknödel.«

Sie streicht ihm übers Haar wie einem Kind. Sie sitzen eine Weile still und lauschen dem Wind und den Wellen. Dann steht Thomas auf.

»Ich hole uns Drinks.«

Er geht zurück zum Boardwalk, C. schaut ihm hinterher. Kurz darauf kommt er mit zwei litergroßen Styroporbechern mit Strohhalmen zurück.

»Strawberry Margarita«, jubelt er und drückt C. das pinkrote Getränk in die Hand. Sie nimmt drei große Schlucke, eisig und süß. Der Kopfschmerz pocht sofort vorne in die Stirn. Ohne den Wind ist es warm, und der Alkohol wirkt, C. zieht ihre Jacke aus und legt sich auf den Rücken.

Die Sonne umhüllt sie wie ein warmes Federbett, sie wird müde und schwer.

Thomas umklammert seine Knie und blickt auf die kleinen, flachen Wellen.

»Was machen wir jetzt, C.?«

C. schaut nicht auf. An der Schwermut in seiner Stimme merkt sie, dass er nicht jetzt-sofort-hier-und-heute meint, sondern ihre Zukunft, aber sie spielt ein bisschen mit ihm.

»Was meinst du? Können wir nicht noch einfach ein bisschen hier liegen bleiben? Ich habe noch gar nicht ausgetrunken.«

»Ich meine, was machen wir jetzt ohne Jobs hier in der Stadt?« C. antwortet nicht.

»Ich könnte mir irgendeinen Job suchen. Kellnern oder so«, sagt er. »Oder Deutschunterricht geben. Keine Ahnung, ob man damit genug verdienen kann.«

»Ich weiß auch nicht«, sagt sie.

»Willst du nie wieder als Anwältin arbeiten?«

»Nein, ich glaube nicht. Also zumindest erst mal nicht. Und auf jeden Fall nicht mehr für eine Großkanzlei.«

Sie schweigen beide. Thomas seufzt.

»Ich glaube, ich brauche eine Pause, eine richtige Pause«, sagt sie. »Ich will in Ruhe herausfinden, was ich wirklich will. Ich will nicht einfach weitermachen, weil mir nichts Besseres einfällt.«

Thomas hebt den Sand in seine hohle Hand und lässt ihn zwischen den Fingern hindurchrieseln, die Sandkörner glitzern in der Sonne.

»Weißt du, was ich schon ein paarmal gedacht habe?«, sagt er. »Es ist gut, dass wir für niemanden verantwortlich sind. Stell dir vor, was wäre, wenn wir ein Kind hätten und beide keine Arbeit mehr.«

C.s Herz fühlt sich an, als würde es kurz aussetzen. Sie hält die Luft an, dann schlägt es wieder gleichmäßig. Die Abtreibung ist schon Monate her, jetzt wäre eine Gelegenheit, Thomas davon zu erzählen. Sie setzt sich auf und schaut ihn an. Er sieht aus, als würde er anfangen zu weiniedergeschlagen aus. Ich kann es nicht, ich werde es nie können, denkt sie. Ich werde es ihm nie sagen.

»Ja, wir sind frei«, sagt sie leise.

Sie schweigen lange und schauen auf die Wellen, die trotz Wind nur flach und sanft plätschern. Das ewige Rollen, hinein und hinaus, auf und ab.

»Das Blöde ist, dass ich den Job wirklich wollte«, sagt er dann. »Ich will keinen anderen, ich will ihn wiederhaben.«

C. ist erleichtert, dass er wieder von der Arbeit redet. »Kannst du es noch mal versuchen? Dich richtig entschuldigen? Das Ganze irgendwie erklären?«

»Nein, ich glaube nicht.«

»Vielleicht kannst du etwas Ähnliches finden bei einem anderen Start-up. Das Fleisch-Dings muss es ja nicht unbedingt sein. Irgendeine andere Firma, die irgendetwas Gutes macht.«

Thomas lacht bitter.

»Als ob das so leicht zu finden wäre.«

C. setzt sich auf.

»Weißt du, es ist eine dumme Floskel, aber es stimmt schon irgendwie, dass in jeder Krise eine Gefahr und eine Chance stecken. Chinesisches Schriftzeichen und so.«

Thomas verzieht das Gesicht.

»Du wolltest doch schon ewig an deinem Buch weiterschreiben, an der Dystopie. 2084 sollte sie doch heißen, oder?«, sagt sie.

»Ich weiß nicht. Auf die Geschichte habe ich keine Lust

mehr. Ich habe daran bestimmt schon seit drei Jahren nicht mehr gearbeitet«, sagt er. Er schaut auf seine Hände. »Ich schreibe schon seit einer Weile nur noch Gedichte.«

»Wirklich? Gedichte?«, sagt sie. »Lässt du mich mal lesen?« Thomas antwortet schnell: »Klar, aber du darfst dich nicht darüber lustig machen.«

»Natürlich nicht. Oder höchstens ein kleines bisschen.«

Sie grinst. Thomas grinst zurück.

»Weißt du, vielleicht sollten wir beide eine Weile lang einfach nichts machen. Wir lassen uns treiben und lernen die Stadt kennen. So wie heute«, sagt sie.

»Von ›nichts‹ kann man die Miete nicht zahlen.«

»Lass das meine Sorge sein. Zur Not frage ich Agnes.«

Thomas seufzt noch einmal, sieht aber nicht mehr so niehoffnungslos aus. C. springt auf, ihre Knie sind ein wenig weich von der Margarita.

»Hör auf mit dem Trübsalblasen. Wir gehen schwimmen.«

Sie streckt die Hand zu Thomas aus, zieht ihn hoch.

»Du spinnst, da schwimmen Eisschollen.«

C. läuft los, der Sand quetscht kalt zwischen ihren Zehen hervor. Er folgt grinsend, aber zögerlich.

»Komm schon, komm mit.«

Ihr ist warm geworden in der Sonne, sie schwitzt unter den Achseln und unter den Brüsten, ihr Gesicht ist rot. Sie zieht sich Pulli, T-Shirt und Hose aus und wirft alles auf einen Haufen in den weichen Teil des Sandes, wo das Wasser ihn nicht erreichen kann. Ihren BH und den Schlüpfer lässt sie an. Gut, dass sie heute zueinander passen, denkt sie, geht aus der Ferne als Bikini durch.

»Komm schon!«

Thomas zieht sich auch aus. Sie geht näher ans Wasser,

eine kleine Welle spült über ihre Füße. Die Kälte erfasst ihren ganzen Körper, sie bekommt Gänsehaut, aber jetzt gibt es kein Zurück mehr für sie.

»Kalt?«, fragt Thomas.

»Badewannenwarm«, sagt C. Sie atmet tief ein und rennt los, die Wellen treffen sie wie Messerklingen erst gegen die Schienbeine, dann gegen den Bauch. Sie taucht unter, taucht wieder auf. »Komm rein!«, schreit sie und japst nach Luft. »Komm, Thomas!« Nach ein paar Sekunden spürt sie die Kälte nicht mehr, ihre Haut hat sich zusammengezogen zu einem festen Panzer. Ihr ist warm, fast heiß. Hoffentlich wird sie nicht ohnmächtig, ihr Herz rast. Thomas steht noch immer draußen, zitternd in seinen Boxershorts, Arme um die Brust geschlungen, ein dünner, kleiner Junge, denkt C. Dann rennt er los, schreit. »Ahhh, ich komme!« »Aaaahhhhhh!« Schon ist er neben C., aber er taucht nicht unter. Er schnappt nach Luft. »O Gott, ich halte es nicht aus, aaaahhhh!« C. schwimmt inzwischen mit ruhigen Zügen, sie ist immun gegen die Kälte.

»Es tut nur am Anfang weh«, ruft sie zurück, ihre Stimme ist höher als sonst. »Du gewöhnst dich schnell dran.« Thomas rudert mit den Armen.

»Ich nicht, es tut weh, o Gott, es ist so kalt.« Er rennt vor, sie schwimmt langsam und bedacht hinter ihm her und setzt erst die Füße auf den feinsandigen Grund, als es zu flach wird, um weiterzuschwimmen. Als sie sich aufrichtet, brennt ihre Haut. Sie fühlt sich so lebendig und so klar im Kopf.

So schnell sie können, rennen sie in das rosa geklinkerte Haus mit den öffentlichen Toiletten, Thomas durch die Tür an der rechten Seite, C. links. Außer ihr ist niemand in dem Raum mit den Metallwaschbecken und dem Neonröhrenlicht. C. zieht sich die nasse Unterwäsche aus, überlegt kurz und wirft sie in den Mülleimer. Dann stellt sie sich nackt vor den schmutzigen, verkratzten Spiegel. Sie ist grellpink und von Gänsehaut überzogen, sie sieht aus wie ein frisch gerupftes Hühnchen. Die Kälte kommt plötzlich und kriecht in ihre Knochen. Das Wasser in den Waschbecken ist nur kalt, darum schaltet sie den Handtrockner ein und biegt und verrenkt sich, um ihren Körper unter die heiße Luft zu manövrieren. Es hilft kaum. Sie reibt sich mit Klopapier trocken und schlüpft in ihre Klamotten. Die Jeans ohne Schlüpfer zu tragen auf der salzigen Haut, fühlt sich aufregend und sexy an, aber vor allem friert sie. Vor der Tür wartet Thomas.

»Mir ist sehr, sehr kalt«, sagt C.

»Ja, mir auch.«

Sie gehen schnell zur Subway, eisige Hand in eisiger Hand.

Der Waggon ist warm und leer, als sie einsteigen, und füllt sich langsam, je näher sie Manhattan kommen. Diesmal redet Thomas nicht, sie schweigen das Schweigen von Menschen, die sich etwas zu sagen haben, aber nicht reden müssen. C. lehnt den Kopf an seine Schulter und lässt ihn dort liegen, obwohl es unbequem ist. In Filmen sieht die Geste immer so natürlich aus, aber C. fühlt sich, als würde ihr Hals überdehnt. Thomas lehnt seinen Kopf gegen ihren. Nach ein paar Minuten setzt sie sich auf und nimmt seine Hand. »Thomas, ich glaube, ich will wieder Carmen genannt werden«, sagt sie leise.

Er blickt sie erstaunt an.

»Ich weiß nicht genau, irgendwie ist es an der Zeit«, sagt sie. »Ich will wieder einen ganzen Namen haben.« Es ist schon dunkel, als sie von der Subway-Station nach Hause laufen. Carmen friert noch immer, aber sie fühlt sich auf eine gute Art erschöpft, wie nach einer langen Wanderung.

Von dem Ikea-Sessel am Fenster aus schreibt Thomas Niu eine SMS.

Niu oder wie auch immer du heißt, ich habe es satt. Ich habe keine Lust mehr auf deine Spielchen. Ich glaube, es ist besser, wenn wir es lassen. Ich möchte dich nicht mehr sehen.

Er drückt den Sendeknopf und fühlt sich frei. Er blickt noch mal aufs Handy. Die Punkte zeigen ihm, dass sie gerade eine Antwort tippt. Er legt das Handy auf die Fensterbank. Es ist ihm egal, was sie antwortet, er hat sich entschieden. Dann linst er doch aufs Display, aber Nius Antwortnachricht ist noch nicht da. Er nimmt das Handy in die Hand und schaut, da sind noch immer die Punkte, sie schreibt noch immer, es scheint eine lange SMS zu werden. Er legt das Handy wieder weg, streicht mit den Fingern über das dunkle Display. Er geht ins Bad, putzt die Zähne, starrt dabei aufs Display und schaut noch mal nach, Niu tippt noch immer. Dann brummt das Handy. Er spuckt die Zahnpasta aus und liest.

Na, wenn du meinst. Aber lass uns noch einmal treffen. Ich erzähle dir dann die ganze Geschichte. Woher ich die Narbe wirklich habe und so. Morgen?

Thomas schaut in den Spiegel, der noch immer ein wenig beschlagen ist von Carmens langer Dusche, in dem Neonröhrenlicht sieht seine Haut grün und grobporig aus. Ihm ist noch immer kalt.

Heute Abend antwortet er nicht mehr. Er legt sein Handy ins Bücherregal neben der Schlafzimmertür, direkt neben das von Carmen, die schon schläft. Es ist eine alte Regel ihrer Beziehung, an die sie sich nicht mehr immer halten:

keine Handys im Schlafzimmer. Er sieht ihr Display kurz aufleuchten, eine SMS kommt an, und Thomas weiß, dass er sie nicht lesen sollte. Er schaut nur ganz kurz darauf. »Niu« steht da als Absenderin. Thomas zuckt zusammen und nimmt das Handy hoch.

Es tut mir leid, Carmen. Ich wollte dich nicht hängen lassen, steht da in der Nachrichtenvorschau auf dem Sperrbildschirm.

Du fehlst mir. Willst ...

Der Rest der SMS ist abgeschnitten. Er müsste Carmens Handy entsperren, um sie zu lesen, aber er weiß ihr Passwort nicht. Seine Hände zittern. Er kann niemandem trauen, auch Carmen nicht. Noch nicht einmal sich selbst. Er geht ins Bett, legt sich an den Rand der Matratze und dreht den Rücken zu ihr. Er kann lange nicht einschlafen.

15. KAPITEL

Carmen liest Nius SMS nach dem Aufstehen im Badezimmer. Die Sonne fällt durch das schmutzige kleine Fenster hinter der Toilette. Man kann es nicht putzen, zumindest nicht die Außenseite, weil die Scheiben sich nur hochschieben lassen, nicht aufklappen. Thomas hat es versucht gleich nach ihrem Einzug, er stand in Boxershorts und seinen gelben Plastikhandschuhen vor dem Fenster, rüttelte daran, schob die Scheibe hoch, dann wieder runter, rüttelte noch mal, dann rief er: »Sag mal, bin ich zu doof oder geht das nicht ganz auf?« Carmen war damals zu leer, um die Szene lustig zu finden. Heute Morgen grinst sie beim Gedanken daran. Thomas mag es gern sauber. Carmen stört Schmutz nicht so, sie bemerkt ihn erst, wenn es richtig schlimm ist. Und die Morgensonne schafft es trotzdem durch die dicke Schicht Staub, die von außen an der Scheibe klebt. Die New Yorker Morgensonne hat Kraft. Carmen kneift die Augen zusammen, sie kann das Handydisplay kaum erkennen.

Eine schlechte Angewohnheit, als Erstes am Morgen mit dem Handy auf der Toilette zu sitzen. Sie wird dort erst richtig wach, oft mit irgendwelchen Nachrichten über Hungersnot, Waldbrände, Polizeigewalt, Flüchtlingslager, eine schlimmer als die andere. Es ist kein guter Start in den Tag, und sie nimmt sich jeden Morgen aufs Neue vor, damit aufzuhören. Heute aber sieht sie keine Pushnachrichten von CNN, der *New York Times* oder *Spiegel Online*, sondern zuerst eine SMS von Niu. Sie ist seltsam unaufgeregt, als sie die Nachricht öffnet, trotz all der Tage, in denen sie auf ein Lebenszeichen gewartet hat. Niu will sie sehen, schreibt sie, am besten gleich heute Mittag in ihrer Wohnung. Sie will reden, schreibt sie. Sie vermisse sie. Dass Niu jemanden vermisst, kann sich Carmen kaum vorstellen. Sie misstraut diesem Satz, und trotzdem fühlt er sich gut an. Sonst war es immer Carmen, die Niu vermisst hat, die gesagt hat, dass sie sie vermisse. Nun ist es andersrum. Sie fühlt sich stark.

Heute Mittag passt nicht, aber ich kann am Nachmittag, schreibt sie zurück. Sie hätte auch mittags gekonnt, aber sie will ein bisschen mitbestimmen. Spielen, nicht Spielball sein. Niu antwortet sofort. *Okay, 15 Uhr in meiner Wohnung? Geht das?* Carmen gefällt, dass Niu nicht wie sonst immer einfach einen Treffpunkt verkündet, sondern sie nun tatsächlich einmal fragt, ob ihr der Termin passt. *Ja, passt, bis nachher*, antwortet sie. Sie legt das Handy weg und putzt sich ab. Die Klospülung ist laut, hoffentlich wird Thomas nicht wach davon. Sie hätte gern noch Zeit für sich, Zeit zum Nachdenken. Sie linst ins Schlafzimmer, Thomas bewegt sich nicht.

Sie macht sich eine Tasse Earl Grey, kippt Milch hinein und beobachtet in großer Ruhe, wie die feine weiße Milchwolke von unten durch den Tee tanzt und sich immer weiter zum Rand ausbreitet. Sie zieht ihre weiche Strickjacke über und tritt aus der Wohnung. Sie setzt sich auf die Treppenstufe vor der Haustür, zieht die Knie hoch und streicht mit den Fingerspitzen über die raue Mauer hinter ihr. Die Sonne fällt zwischen den Blättern der Bäume hin-

durch auf ihr Gesicht, die Schatten sehen aus wie Spitzen-
stoff, gehäkelt aus feinem Garn. Die Luft riecht noch ganz
sauber, die Straße ist noch leer. Eigentlich ist es hässlich
hier, denkt sie. Da stehen überquellende Mülltonnen, da-
neben stapeln sich Dutzende schwarze Müllsäcke. Einer ist
offen, Pappbecher quellen heraus. Manchmal sieht sie dort
Ratten. Die Läden sind noch verschlossen, die rostigen Si-
cherheitsrollos noch heruntergelassen, darauf verblichenes,
nachlässig gesprühtes Graffiti. Die Wände der Häuser sind
scheckig und braun und grau und auch voller Graffiti. Die
Treppenstufen, auf denen sie sitzt, sind ausgetreten, die
Fenster schmutzig, die Farbe blättert von der Haustür und
der Feuerleiter. Aber dieses Licht. Diese Spitzenstoffschat-
ten, die an der Hauswand tanzen. New Yorks Hässlichkeit
ist schön. Vielleicht nur, weil alles genauso aussieht, wie sie
sich New York immer vorgestellt hat. Weil alles so ist wie
im Film und sie jetzt hier hingehört. Es ist ihre Stadt, sie
sieht sie und sie fühlt sie. Carmen umklammert die warme
Teetasse und schlingt die Strickjacke fester um sich. Die
Luft ist noch kühl.

Sie denkt an seinen Blick gestern, an seine Wärme. Und
wie gut es sich angefühlt hat zu lachen, wie etwas lange
Vergessenes. Vielleicht sollte sie sich irgendeinen Job suchen, erst mal kellnern vielleicht. Hier ist ja niemand, der
das verurteilen könnte. Ihre Mutter fände es wahrscheinlich sogar gut. Als sie damals mit ihrem Freund in dem
Käfer bis nach Afghanistan gefahren ist, haben sie schließlich auch von der Hand in den Mund und Gelegenheitsjobs
gelebt. »Von Luft und Liebe«, sagt sie jedes Mal, wenn sie
davon erzählt, es ist eine ihrer Lieblingsgeschichten. Andererseits musste sie da auch keine New Yorker Miete zahlen
und war zweiundzwanzig.

Es ist erst halb zehn, und langsam bereut sie, dass sie das Treffen mit Niu auf den Nachmittag verschoben hat. Vielleicht sollte sie zu Fuß zu ihr gehen. Wenn sie jetzt losläuft, schafft sie es locker, samt Pause bei Starbucks. Oder vielleicht in einem anderen, besseren Café, richtige New Yorker gehen ja eigentlich nicht zu Starbucks. Sie schleicht sich ins Schlafzimmer und holt ihre Klamotten aus dem eingebauten Wandschrank. Thomas liegt mit dem Rücken zu ihr. Er wirkt, als ob er sich schlafend stellt.

Als sie wieder vor die Tür tritt, steht die Sonne höher, und es ist gleißend hell, sie kneift die Augen zusammen. Ein kleiner Junge fährt mit einem Roller an ihr vorbei, seine Mutter rennt hinter ihm her und rempelt Carmen leicht an. Sie spürt sie wieder kurz, die Leere in ihrem Bauch. Aber dann sind Mutter und Kind um die Ecke gebogen, und sie atmet tief ein. Es ist so anders, jetzt durch diese Straßen zu laufen, als vor ein paar Monaten. Die Straßen und Ecken haben einen Platz auf ihrer inneren Karte. Da der Eck-Supermarkt mit der schwarzen Katze. Da hinten der Mülleimer, der immer überquillt. Da drüben der pickelige Kassierer, er winkt ihr zu. Man kennt sie jetzt hier, trotz Großstadt-Anonymität. Hier das Café, in dem sie mit Niu zweimal war. Da drüben abbiegen zu Thomas' Büro, seinem ehemaligen Büro. Da hinten der Subway-Eingang, wenn man in Richtung Norden fahren will. Auf der anderen Seite der Eingang in Richtung Süden. Carmen sieht weniger, wenn sie durch die Straßen läuft, weil ihre Augen auf den Dingen ruhen, die sie wiedererkennt. Andererseits sieht sie mehr, genau weil sie Dinge wiedererkennt. Dinge, die sich verändern, die heute anders sind als gestern. Alles hat Kontext. Und sie selbst ist ein Teil davon.

Je weiter sie in Richtung Norden zu Niu läuft, desto

fremder fühlt sie sich, ihr Kontext verwässert. Sie ist in jeder dieser Straßen schon einmal gewesen, aber die Erinnerung verschwimmt. Sie geht immer langsamer, weil sie nicht zu früh ankommen will. Am Bryant Park, diesem von Büros umzingelten grünen Fleck an der Rückseite der Public Library, gibt es einen japanischen Buchladen mit Café, den ihr Niu mal gezeigt hat. Sie fährt die Rolltreppe hoch, holt sich einen grünen Tee im Pappbecher und ein kleines, grasgrünes Küchlein. Neben ihr an den weißen Tischen sitzen asiatisch aussehende Teenager in kleinen Gruppen, fast alle sind Mädchen, und sprechen in Sprachen, die sie nicht versteht und nicht identifizieren kann. Koreanisch? Carmen holt ihr Handy hervor und liest unkonzentriert durch ihren Newsfeed auf Facebook. Die Posts ihrer deutschen Freunde kommen ihr vor wie aus einem anderen Leben. Eine Klassenkameradin aus der Grundschule lässt sich über Stoffwindeln aus. Urlaubsbilder. Eine Kollegin, nein: Exkollegin, postet eine Landkarte ihrer Joggingstrecke vom Morgen. Carmen hält es nicht lange aus und ist bald zurück auf der Straße und unterwegs nach Norden.

Als Thomas aufsteht, ist es schon fast Mittag. Er ist im Bett geblieben, als Carmen aufstand, hat ihren Geräuschen im Bad und in der Küche gelauscht, gehört, wie die Tür hinter ihr ins Schloss fiel. Dann ist er wieder eingeschlafen. Er fühlt sich, als hätte er am Abend zuvor zu viel getrunken, dabei war er völlig nüchtern. Er hat nie gedacht, dass Niu und Carmen einander kennen könnten. Die Frauen existierten in getrennten Teilen seines Lebens. Sein Gehirn dreht Gedankenspiralen um all die Möglichkeiten, wie sich Carmen und Niu kennengelernt haben könnten. Oder gibt es eine zweite Niu, eine andere Niu? Dinge, die er sich nicht erklären kann, versetzen ihn in Panik. Er muss noch mal mit Niu sprechen, er braucht Antworten. Thomas geht barfuß und in Boxershorts durch die Wohnung und nimmt sein Handy aus dem Regal. *Lass uns heute treffen, ich habe Zeit. Wann und wo?*, schreibt er. Niu antwortet sofort: *15 Uhr, bei mir zu Hause, Apt. 2.*

Ok, bis nachher.

Thomas geht unter die Dusche und lässt das heiße Wasser lange über seinen Rücken laufen. Danach steht er vor dem Kleiderschrank und überlegt, was er anziehen soll. Es wird das letzte Mal sein, dass sie einander sehen. Er sucht ein Outfit, das Niu zeigt, was sie verpasst, andererseits aber so aussieht, als würde er sie nicht beeindrucken wollen. Er zieht die dunkelblaue Jeans und das weiße Hemd mit den vielen kleinen Regenbogen an, rollt die Ärmel hoch und ballt seine Hände ein paarmal zur Faust, um zu sehen, wie seine Unterarmmuskeln aussehen, wenn sie angespannt sind. Es ist vierzehn Uhr, er muss jetzt los. Er versucht, immer rechtzeitig loszugehen, weil er nervös wird, wenn er sich beeilen muss.

Als er aus der Subway in Nius Nachbarschaft aussteigt, ist er überrascht, wie schick es ist. Er kennt sich hier schlecht aus. Die braunen Reihenhäuser haben breite Treppen zu den Eingangstüren, auf den Stufen stehen Blumentöpfe mit hellgrünen Farnen und blühenden Sträuchern. Vor den Türen parken große Autos, vor allem SUVs. Zwischen den Reihenhäusern stehen immer mal wieder kleine Apartmenthäuser mit überdachten Eingängen und Türstehern in schwarzen Anzügen und weißen Handschuhen. Er ist etwas früh dran, als er in Nius Straße einbiegt, und setzt sich gegenüber ihrem Haus auf die mächtigen Treppenstufen und schaut auf sein Handy. 14.48 Uhr.

14.48 Uhr. Carmen ist zwei Blocks von Nius Wohnung entfernt. Sie geht sehr langsam, bleibt immer wieder stehen und schaut in die Schaufenster der wenigen Geschäfte, die es hier oben gibt. Sie sieht ihr verzerrtes Spiegelbild in den Fensterscheiben und erkennt sich kaum wieder. Ob man ihr von außen ansieht, wie sehr sie sich verändert hat in den vergangenen Wochen? Mit jedem Schritt wird ihr mulmiger zumute. Plötzlich kommt ihr Niu so fremd vor und sie selbst sich hier so fehl am Platz. Sie biegt in Nius Straße ein.

14.56 Uhr. Thomas schaut auf sein Handy. Vielleicht kann er schon ein bisschen früher klingeln.

14.56 Uhr. Carmen schaut auf ihr Handy. Vielleicht kann sie schon ein bisschen früher bei Niu klingeln. Andererseits: Zu früh kommen wirkt, als hätte sie es nicht mehr erwarten können. Sie bleibt vor der Treppe zu Nius Haus stehen und blickt zur ihrem Fenster hinauf. Die Vorhänge sind zugezogen. Sie kann sich vorstellen, wie kühl und dunkel es in der leeren Wohnung ist. Langsam steigt sie die Treppenstufen empor, hebt den Finger zur Klingel und lässt ihn wieder sinken. Plötzlich hat sie das Gefühl, beobachtet zu werden. Sie schaut noch einmal hoch. Nius Vorhänge bewegen sich nicht. Sie dreht sich um und blickt auf die Straße hinab. Und dann sieht sie ihn.

Thomas überquert die Straße. Fast wird er von einem schweren, schwarzen Ford Explorer angefahren, er bremst heftig, der Fahrer flucht durch das geöffnete Fenster. »Fuck, Fuck, Fuck.«

Thomas hat Carmen nicht die Straße entlang kommen sehen. Er hat sie erst gesehen, als sie schon oben auf der Treppe bei der Klingel stand. Er will erst rufen, ihren Namen rufen, aber dann springt er auf und läuft, ohne auf den Verkehr zu achten, auf die Straße zu ihr hinüber.

»Thomas«, sagt Carmen.

»C.«, sagt Thomas, verbessert sich: »Carmen.«

Er steigt die Treppe zu ihr empor, sie kommt ihm entgegen. Sie treffen sich in der Mitte, schauen einander an, sagen erst eine Weile nichts und dann fast gleichzeitig: »Was machst du denn hier?« Beide lächeln.

Thomas antwortet zuerst. »Eine Freundin von mir wohnt hier. Niu.«

»Ja, Niu. Ich will auch zu ihr«, sagt Carmen. »Ich wusste nicht, dass du sie kennst.«

»Ich wusste nicht, dass du sie kennst.«

»Ich verstehe das nicht«, sagt Carmen.

»Ich verstehe gar nichts mehr«, sagt Thomas. »Lass uns reingehen. Ich will jetzt endlich wissen, was hier los ist.«

»Wir sind in irgendein verrücktes Spiel geraten«, sagt Carmen.

Sie drückt auf den schwarzen Klingelknopf. Sie hören das Summen der Klingel, aber niemand öffnet. Carmen blickt zu Thomas, der mit den Schultern zuckt und auf die Uhr schaut. Carmen klingelt noch mal. Keine Antwort.

»Ich bin hier um fünfzehn Uhr mit ihr verabredet«, sagt sie. »Ich auch«, sagt er.

Sie setzen sich auf die Treppenstufen, ihre Schultern berühren einander leicht.

»Vielleicht sind wir zu pünktlich«, sagt er.

Sie warten schweigend. Carmen bewegt die Fußspitzen auf und ab. Thomas zieht sein Handy aus der Tasche, dreht es in der Hand herum, ohne darauf zu schauen. Er steht auf und klingelt noch mal. Er setzt sich wieder neben Carmen, sie lehnt ihren Kopf gegen seinen Arm. Es ist jetzt Viertel nach drei. »Meinst du, wir müssen uns Sorgen machen?«, fragt Thomas. »Du meinst um Niu?«, antwortet sie.

»Ja, na ja, vielleicht ist ihr etwas passiert.«

»Glaube ich nicht. Aber ja, kann natürlich sein.«

Dann schweigen beide.

»Was machen wir jetzt?«, fragt Thomas.

»Keine Ahnung. Noch ein bisschen warten.«

Dann geht die Tür hinter ihnen auf und trifft Carmen im Rücken. Sie springt auf. Aus der Tür kommt nicht Niu, sondern ein glatzköpfiger Mann in einer grauen Jogginghose. »O je, sorry«, sagt er und geht an Thomas, der noch immer auf den Stufen sitzt, vorbei die Treppe hinab. Carmen schiebt ihren Fuß in die Tür und hält sie auf.

»Komm, wir gehen hoch«, sagt sie.

Thomas zögert. »Meinst du wirklich?«

Carmen antwortet nicht, sondern verschwindet nach drinnen und steigt die knarzende Holztreppe empor.

»Komm schon«, ruft sie zu ihm hinunter.

Thomas folgt ihr schnell, wirft kurz einen Blick zurück über die Schulter, er fühlt sich wie ein Einbrecher.

Im dritten Stock geht Carmen auf eine Wohnungstür zu.

»Nur angelehnt«, flüstert sie.

Sie drückt die Tür auf und geht hinein. Thomas folgt ihr. Es ist kalt und dunkel im Flur.

»Niu?«, ruft Carmen. »Bist du hier?«

Es ist still, Carmens Stimme hallt lange nach. Sie zieht ihre Schuhe aus und stellt sie neben die Eingangstür.

»Komm schon«, sagt sie zu Thomas. »Und zieh die Schuhe aus.«

Thomas folgt ihr zögerlich.

»Ich bin mir nicht sicher, ob das okay ist. Wir brechen hier quasi ein.«

»Quatsch«, sagt Carmen. »Sie hat die Tür bestimmt mit Absicht aufgelassen.«

Durch die schweren Vorhänge fällt fast kein Licht. Nur an der Seite vorbei landen ein paar Strahlen auf dem Fischgrätparkett. Thomas schaut sich um. Die Wohnung ist komplett leer. Keine Möbel, keine Bilder, keine Klamotten, nichts.

»Hier wohnt sie?«, fragt er. »Sieht nicht so aus.«

»Leer war es hier schon immer, aber nicht so leer. Ich glaube, sie ist weg«, sagt Carmen.

Sie geht ins Nachbarzimmer.

»Hier stand früher ein Flügel. Und da nebenan lag eine Matratze auf dem Boden. Alles weg.«

Sie knipst das Licht an, an der Decke hängt ein Kronleuchter, den Niu offenbar zurückgelassen hat.

»Ich glaube, sie ist weg«, sagt sie noch mal, lauter als vorher, das Echo klingt ihr nach. Thomas sagt nichts, folgt Carmen auf ihrem Weg durch die leere Wohnung. »Warum sollte ich dann hierherkommen? Und du auch?«, sagt sie, mehr zu sich selbst als zu Thomas. »Was ist das für ein Scheißspiel.« Carmen tritt wieder in den Flur und von dort in die Küche. Alles ist sauber, als hätte jemand erst heute Morgen geputzt, nur auf der hölzernen Fensterbank liegt eine tote Fliege wie eine dicke schwarze Bohne. Auf der Küchenablage liegt ein Zettel, ein dünnes gelbes Blatt Papier aus einem Notizblock, in der Mitte gefaltet. Carmen schnappt ihn sich und liest die winzigen Bleistiftbuchstaben. Erst still die ersten Sätze, aber als Thomas hinter sie tritt und ihr über die Schulter blickt, liest sie laut vor:

»Ich bin frei. Ich bin weg. Ihr braucht mich nicht mehr. Vielleicht habt Ihr mich nie gebraucht. Aber ich glaube, dass ich Euch geholfen habe. Ihr wisst, wer Ihr seid. Ihr seid mehr, als Ihr Euch zutraut. Lebt danach. Und haltet zusammen. Vielleicht gibt es mich gar nicht. Vielleicht gibt es mich nicht so, wie Ihr mich seht. Euch gibt es. Wer bin ich für Euch? Niemand ist so frei wie ich. Passt auf Euch auf! Auf Wiedersehen!«

Thomas und Carmen schauen einander an und verziehen das Gesicht, beide mit dem gleichen Stirnrunzeln.

»Ist der Brief überhaupt für uns?«, fragt Thomas.

»Ich glaube schon. Für wen sonst?«, sagt Carmen. »Ich finde es allerdings ziemlich komisch, dass sie uns die ganze Zeit in der zweiten Person Plural anspricht. Ihr. Euch. Sie kennt uns doch gar nicht zusammen.«

»Ich weiß nicht. Ihr ist ja schon klar, dass es uns beide zusammen gibt, sie hat uns ja gleichzeitig herbestellt. Der ganze Brief ist doch völlig wirr. Die Anrede finde ich noch am wenigsten merkwürdig. Gib mir mal.«

Thomas nimmt Carmen den Zettel aus der Hand, streicht ihn glatt und liest ihn leise noch einmal.

»Vielleicht gibt es mich nicht«, liest er vor. »Was soll das heißen? Wirrer Scheiß.«

»Auf jeden Fall ist es ein Abschiedsbrief«, sagt Carmen.

»Glaubst du, sie bringt sich um?«, fragt Thomas.

»Nein, glaube ich nicht, sie schreibt am Ende ja ›Auf Wiedersehen‹. Und dass sie frei ist. Das würde sie doch nicht schreiben, wenn sie sich umbringen will. Ich glaube, sie ist nur weitergezogen. Wohin auch immer«, antwortet Carmen.

Thomas faltet den Brief und steckt ihn in seine Hosentasche. »Komm, lass uns gehen.«

Sie ziehen ihre Schuhe wieder an. Carmen zieht vorsichtig die Tür hinter sich zu. Das Schloss schließt leise, aber bestimmt. Schweigend gehen sie die Treppe hinab, Thomas hält Carmen die schwere Haustür auf. Draußen blinzeln beide ins Sonnenlicht, sie können kaum etwas sehen. Es ist warm, die Vögel zwitschern, ein gelbes Taxi fährt vorbei. Thomas nimmt Carmens Hand. Carmen drückt seine Hand fest und streichelt mit den Fingerkuppen über seinen Handrücken. Sie gehen ein paar Schritte, dann dreht Carmen sich um und blickt zurück. Thomas folgt ihrem Blick. Auf der Straße vor Nius Haus steht Ilja. Als er ihre Blicke sieht, winkt er ihnen zu, die Lippen zu einem schmalen, traurigen Lächeln zusammengepresst. Carmen und Thomas winken zurück. Dann drehen sie sich um und gehen davon.

TEXTNACHWEIS

S. 13, Johann Wolfgang von Goethe: »Der Fischer«, in: *Die schönsten Gedichte*, © 2016 Insel Verlag, Berlin, S. 51.

S. 22, Georges Bizet: »Habanera«, in: *Carmen, Oper in vier Akten*, Textbuch Französisch / Deutsch, Libretto von Henri Meilhac und Ludovic Halévy nach der Novelle von Prosper Mérimée, © 1997 Reclam Verlag, Stuttgart, S. 34.

S. 36, Jay-Z u. Alicia Keys: »Empire State of Mind«, Musik & Text: Shawn Carter, Angela Hunte, Janet Sewell et al., © EMI Foray Music, Masani El Shabazz, EMI April Music Inc., J Sewell Publishing, Carter Boys Music et al. / EMI Music Publishing Germany GmbH.

S. 39 f., Wisława Szymborska: »Entdeckung«, in: *Hundert Freuden*, herausgegeben und aus dem Polnischen von Karl Dedecius, © 1996 Suhrkamp Verlag, Frankfurt am Main, S. 86.

S. 43, Whitney Houston: »My Love Is Your Love«, Music & Text: Jerry Duplessis, Wyclef Jean, © EMI Blackwood Music, Huss Zwingli Publishing / EMI Music Publishing Germany, Sony Music Publishing Germany.

S. 50, Jonathan Franzen: *Die Korrekturen*, © 2011 Rowohlt Taschenbuchverlag, Hamburg, S. 9.

S. 66, Leonard Cohen: »Anthem«, © Sony Songs LLC, Sony Music Publishing.

S. 145, Wikipedia-Eintrag: »Bisexualität«, nach einer Definition der American Psychological Association: »Understanding Bisexuality«, [https://www.apa.org/pi/lgbt/resources/bisexual, zuletzt aufgerufen am 01.12.2021].

S. 185, Walt Whitman: »O Captain! My Captain!«, in: *Leaves of Grass*, © 1954 The New American Library, New York, S. 271-272.